風流佛

幡 一四

風流佛　幸田露伴

章蓓蕾——譯

麥田出版

目次

總序

幡：日本近代的文學旗手

楊照

認識日本的近代文學，一定會提到夏目漱石。夏目漱石在一九〇〇年到英國留學，一九〇三年才回到日本。具備當時極為少見的留學資歷，夏目漱石一回到日本，就受到文壇的特別重視。在成為小說創作者之前，夏目漱石已經先以評論者的身分嶄露頭角，取得一定地位。

一九〇七年夏目漱石出版了《文學論》，書中序文用帶有戲劇性誇張意味的方式如此宣告：

……我決心要認真解釋「什麼是文學？」，而且有了不惜花一年多時間投入這個問題的第一階段研究想法。（在這第一階段中，）我住在租來的地方，閉門不出，將手上擁有的所有文學書籍全都收藏起來。我相信，藉由閱讀文學書籍來理解文學，就好像以血洗血一樣（，絕對無法達成目的）。我發誓要窮究文學在心理上的必要性，為何誕生、發達乃至荒廢。我發誓要窮究文學在社會上的必要性，為何存在、興盛乃至衰亡。

這段話在相當意義上呈現了日本近代文學的特質。首先，文學不再是消遣，不再是文人的休閒娛樂，而是一件既關乎個人存在也關乎社會集體運作的重要大事。因為文學如此重要，所以也就必須相應地以最嚴肅、最認真的態度來看待文學，從事一切與文學有關的活動。

其次，文學不是一個封閉的領域，要徹底了解文學，就必須在文學之外探求。文學源於人的根本心理要求，也源於社會集體的溝通衝動。弔詭地，以文學論文學，反而無法真正掌握文學的真義。

夏目漱石之所以突出強調這樣的文學意念，事實上，他之所以覺得應該花大力氣去研究並書寫《文學論》，是因為當時日本的文壇正處於「自然主義」和「浪漫主義」兩派熱火交鋒的狀態，雙方尖銳對立，勢不兩立。夏目漱石不想加入任何一方，更重要的，他不相信、不接受那樣刻意強調彼此差異的戰鬥形式，於是他想繞過「自然主義」及「浪漫主義」，從更根本的源頭上弄清楚「文學是什麼」。

日本近代文學由此開端。從十九、二十世紀之交，到一九八〇年左右，這條浩浩蕩蕩的文學大河，呈現了清楚的獨特風景。在這裡，文學的創作與文學的理念，或者更普遍地說，理論與作品，有著密不可分的交纏。幾乎每一部重要的作品，背後都有深刻的思想或主張；幾乎每一位重要的作家，都覺得有責任整理、提供獨特的創作道理。在這裡，作者的自我意識高度發達，無論在理論或作品上，他們都一方面認真尋索自我在世界中的位置，另一方面認真提供他們從這自我位置上所瞻見的世界圖像。

每個作者，甚至是每部作品，於是都像是高高舉起了鮮明的旗幟，在風中招搖擺盪。這一張張自信炫示的旗幟，構成了日本近代文學最迷人的景象。

針對日本近代文學的個性，我們提出了相應的閱讀計畫。依循三個標準，精選出納入書系中的作品：第一，作品具備當下閱讀的趣味與相關性；第二，作品背後反映了特殊的心理與社會風貌；第三，作品帶有日本近代文學史上的思想、理論代表性。也就是，書系中的每一部作品都樹建一杆可以清楚辨認的心理與社會旗幟，讓讀者在閱讀中不只可以藉此逐漸鋪畫出日本文學的歷史地圖，也能夠藉此定位自己人生中的個體與集體方向。

導讀

幸田露伴及其筆下的職人小說

幸田露伴是日本明治時期的著名作家。他的創作力豐沛，文字典雅優美，敘事內容濃密，從各方面來看，露伴都堪稱日本近代文學史上最優秀的作家。他的成名作〈風流佛〉（一八八九）與之後連續發表的〈一口劍〉（一八九〇）、〈五重塔〉（一八九一—一八九二），都是以傳統職人為主角，尤其是〈五重塔〉裡的木匠十兵衛，在日本更是膾炙人口的小說人物。

但是迄今為止，露伴的作品翻譯成外文版本的數量極少，跟同時代其他日本作家比起來，露伴在外國的知名度甚低。究其主要原因，應是因為他的小說採用難度極高的文語體書寫，而且他特別喜歡在小說裡使用大量漢字來表達佛教思想。露伴小說的譯者必須能夠掌握中國古文和佛教經典的基礎知識。不僅如此，露伴還經常引用日本古典文學或戲曲歌詞暗示故事人物的身世。譯者為了充分理解作者的用意，就必須具備日本古典文學與歷史典故等各方面知識。

露伴的文字在日本公認是極其艱澀難懂的。他的成名作〈風流佛〉在文學雜誌《新著百種》第五號發表時，作家正岡子規正在大學就讀，跟他同寢室的同學把雜誌買來讓大家傳閱，結果所有同學都認為，小說故事雖然有趣，文章卻不易閱讀。子規甚至自嘲地說：「文章沒人看得懂，肯定不是作者的本意吧[1]。」其他同時代的作家如內田魯庵、田山花袋等人也發表過類似感想[2]。

但是露伴對於深奧精鍊的文語體似乎情有獨鍾。明治維新之後，日本政府大力推行言文一致運動，許多作家如尾崎紅葉、二葉亭四迷、山田美妙等人都開始嘗試用口語體書寫，露伴卻始終抱持消極的態度。就連率先推行國語改革運動的作家山本有三親自登門勸說時，露伴也當面婉拒了山本的提議：「構想不錯，但我年紀大了，以後還是按照從前的寫法來寫吧[3]。」

露伴具備的文字功底主要來自家庭環境與自我鍛鍊。本名幸田成行的露伴，出生在幕府的下級武士家庭，幸田家歷代祖先都在江戶城裡負責接待全國各地前來述職的大名（藩主）。擔任這項任務除了需要接受嚴格的禮儀訓練，還需具備相當的文學、戲曲、音樂等各種藝術素養[4]。所以露伴從小就已熟讀日本古典文學，並對江戶戲曲作家曲亭馬琴的戲曲劇本與中國小說特別感興趣。

一八七八年，露伴進入東京府第一中學（現在的都立日比谷高校）就讀，班上有個叫作尾崎德太郎的同學，就是後來跟他共創日本文學界「紅露時代」的作家尾崎紅葉。

一八八三年，露伴因家庭經濟的理由，放棄了普通高中的學業，轉入遞信省（現在的總務省、日本郵政、日本電信電話的前身）主辦的電信學校就讀。畢業後，以電信技師身分派往北海道余市工作。

露伴在北海道的生活過得單調而孤獨，下班後只能以閱讀打發時間。他在這段時期接觸到大量文學著作，其中包括坪內逍遙的《小說神髓》、《當世書生氣質》等作品。露伴後來表示，《小說神髓》顛覆了小說只能勸世說教的概念，帶給他極大啟發，並因此萌生從事文學寫作的念頭[5]。

一八八七年，露伴不顧一切拋下北海道的工作，花了整整一個月的時間徒步返回東京。他在沿途吃盡苦頭，有時甚至必須露宿野外。在這段艱苦的旅途中，他創作了許多俳句，其中的一首：「故里遙，惆悵伴露眠，野宿中。」即是他最有名的別號「露伴」之由來。

從北海道返回東京後，露伴在父親經營的紙店當店員。他在這段時期接受僧侶朋友推薦，開始閱讀佛教經典，讀透大藏經全部內容，同時又在作家淡島寒月引介下，重新發現井原西鶴的淨琉璃劇本的魅力[6]。

露伴不僅學識淵博，深具文學造詣，更對日本的傳統與文化十分看重[7]。他開始創作小說的時期，日本文壇瀰漫著崇尚西洋、鄙視傳統的風氣，但露伴這時已對西洋產生幻滅感[8]。他認為文學作品應該注重日本的特色，具備東方的元素與色彩。他的成名作〈風流佛〉，與之後發表的〈一口劍〉、〈五重塔〉、〈椀久物語〉、〈風流魔〉等作品也確實體現了這種觀點。

〈風流佛〉的男主角珠運是佛像雕刻師，腦中牢記了所有的佛像造型；〈一口劍〉的主角正藏是刀匠，在師傅口傳心授的精心教導下，學會各種鍛冶刀劍的祕訣；〈五重塔〉的主角十兵衛則是從事寺院建築的宮大工（木匠），他為了實現獨力建造五重塔的夢想，不惜得罪同行，遭人辱罵，歷盡千辛萬苦之後終於完成心願；〈椀久物語〉（一八九九）講述陶器商椀屋久兵衛偷學技巧，跟陶工清兵衛合作燒成珍貴的伊萬里燒彩繪陶器「錦欄手」；〈風流魔〉（一八九八）描寫名古屋的著名雕金師安堂平七追求技藝的極致境界，只要稍不合意，就拿起錘子砸爛已經做好的雕金飾物。

這些職人小說發表後，受到文學界與讀者的廣泛重視，露伴因此站上文壇的頂峰。文學評論家將這些作品稱為「名匠物語」[9]，並歸納出主角之間的共同點：都是技藝卓越的職人，都傾注全副心力磨練技藝，精益求精；在歷盡千辛萬苦之後，主角終於超越現實的困難，達到理想的目的。有些評論家認為，露伴是企圖經由書寫自己「最擅長的職人小說」[10]，對近代文明進行批判，藉此表明自己對作家這個行業的熱情，跟那些傳統職人是完全相同的[6]。

露伴的小說寫作生涯在一九〇五年發生了巨變。這一年，日本因日俄開戰而宣布進入緊急狀態，露伴在《讀賣新聞》連載兩年的長篇小說〈滔天浪〉被迫中斷。此後，他不再創作小說，〈滔天浪〉成為他唯一的未完成作品。他在同年發表的長篇詩〈出廬〉裡暗示，作家面臨國家危急存亡的關鍵時刻，不該繼續編織「躲進草庵獨享安樂」的美夢[8]。

綜觀露伴一生的作品，幾乎涵蓋了所有文學體裁。除了小說之外，他也積極發表詩歌、俳句、短歌、隨筆、評論、戲曲、翻譯、考證等各種文體的作品[11]。〈滔天浪〉之後他雖然放棄了表現自我理想的小說創作，但仍然勤於筆耕。他在晚年發表的〈命運〉雖被歸類為小說，其實是以文語體寫成的長篇敘事詩。

晚年的露伴開始採用口語體書寫，但是能完全讀懂他作品的讀者仍然寥寥可數。不過，日本人對他的敬意並未因而受到影響。日本政府曾經頒發給他各種勳章，報章雜誌爭相刊載那些艱澀難懂的作品。露伴在文壇始終保持一匹狼的形象，幾乎不跟其他作家往來。當其他作家都跟著西洋的各種文學運動改變文風時，他始終如一地埋頭創作不受西洋影響的作品。

一九四七年，露伴去世。以往跟他分屬不同派別的作家這時才意識到露伴的重量。因為日本人長久以來引以為傲的傳統，此時正面臨著存續的危機，而露伴則是日本傳統的守護者[8]。

章蓓蕾

二〇二三年元旦於東京

參考文獻

1《幸田露伴研究序說——初期作品解讀》／瀉沼誠二／櫻楓社／一九八九年／頁一三二
2《幸田露伴上》／塩谷贊／中央公論社／一九七七年／頁八〇
3《令人懷念的文士們（戰後篇）》（電子書）／巖谷大四／文藝春秋／一九八五年／第四章
4《隨筆明治文學2——文學篇・人物篇》／柳田泉／平凡社／二〇〇五年／頁一四五
5《幸田露伴》／柳田泉／中央公論社／一九四二年／頁五一
6〈露伴的軌跡〉／登尾豐／月刊《國文學　解釋與鑑賞》五五四號／至文堂／一九七八年五月／頁一三二
7《幸田露伴的世界》／井波律子・井上章一（編）／思文閣出版／二〇〇九年／頁二五二
8《日本文學史　近代・現代篇一》（電子書）／唐納・基恩／中央公論社／二〇一一年／第八章
9《幸田露伴研究序說——初期作品解讀》／瀉沼誠二／櫻楓社／一九八九年／頁一八〇
10〈新年的文壇〉／大町桂月／月刊《文藝俱樂部》／一八九九年二月／頁二二二
11〈露伴的軌跡〉／登尾豐／月刊《國文學　解釋與鑑賞》五五四號／至文堂／一九七八年五月／頁一三三

風流佛

目次

下　無限之愛，來自憐惜

第五　如是作

上　無私忘我，而生其心

中　滿懷憐愛，心念口演

下　救濟弱女，能以無畏

第六　如是緣

上　一粒情種，雨露滋養

中　兩片嫩芽，破土而出

下　三寸幼木，螻蟻為害

第七　如是報

我自天飛來，他化自在天

第八　如是力

上　楞嚴咒文，難除愛欲

下　化城喻品，執著拒聽

第九　如是果

上　刻成佛體，未得安心
下　妄想成形，自覺妙諦
第十　如是本末究竟等
上　迷迷迷，唯識所變，凡夫執迷
下　戀戀戀，金剛不壞，聖者之戀
團圓　諸法實相
皈依佛門，即得保佑

發端　如是我聞[1]

上　專心一志，修行數年

珠運是個手藝精湛的佛師[2]，他將三尊[3]、四大天王[4]、十二童子[5]、十六羅漢[6]，甚至五百羅漢的模樣都牢牢記在腦中，只要給他一把柴刀或小刀，就能雕刻出這些佛像來。珠運

1　如是我聞：通常是佛經開頭第一句，意為「我聽到佛陀這樣說」。本作每章標題皆來自《法華經》卷一〈方便品〉的經文。

2　佛師：即「佛像雕刻師」，是專門製作佛像的雕刻藝術家。

3　三尊：供奉在廟堂中央的三座佛像，中央稱為「中尊」，左右兩側稱為「脇侍」。

4　四大天王：分別是東方持國天王、南方增長天王、西方廣目天王、北方多聞天王，也稱「護世四天王」。

5　十二童子：日本佛教裡的不動明王身邊有二大童子，不動明王的眷屬有八大童子、三十六童子，卻沒有十二童子之說。有學者認為，或許作者是為了配合「三尊」、「四大天王」，才選擇十二（三乘以四）這個數字。

6　十六羅漢：也稱十六尊者，是釋迦牟尼的得道弟子，名字都被記載在佛經裡。

的手藝為他贏得許多讚美，只可惜稱讚他的那些人，卻連運慶[7]都不知道。珠運深知自己從事的這一行裡，造詣最深的是鳥佛師[8]，而且早已立志要向前輩看齊。但他心中的志向越遠大，就越對自己拙劣的技術深感懊惱。因為他生在日本這個美術大國，卻整天聽到人們慨嘆「飛驒工匠[9]已死」。這讓他覺得很不甘心。

所以滿二十一歲那年春天，這位令人敬愛的青年獨自出發前往嵯峨清涼寺，在佛陀面前發誓，從今以後，他一定要專心修鍊技藝，只要自己還活著就要全力以赴，一定要雕出令人滿意的作品，好在那些長得像石膏像的高鼻子洋人面前出一口氣。

春季裡，陣陣清風吹散嵐山的雲霧，引得詩客俳人無限傷感，文人雅士眺望著落英繽紛，心裡暗自祈禱：「花瓣啊，變成蝴蝶吧，快變成蝴蝶啊。」珠運卻沒有這種閒情逸致，他每天從早到晚都在雕刻那些形狀陌生的天竺花朵，直到晚鐘的聲響傳來，才能結束一天的苦修。

夏天到了，午後的陣雨將三條大道和四條大道的塵土洗刷一淨，鋪著碎石的路面還沒乾，月亮已在夜空升起，清泉的水面映著月光，俳人詩客一面吃著用泉水浸涼的香瓜，一面讚嘆道：「這瓜嚼著真是口齒生香啊。」但珠運卻不跟大家一起去河濱乘涼。夜色中，他燃起白檀碎屑驅趕蚊蟲，一面欣賞纏繞在竹籬上的葫蘆花，讚嘆道：「這種美景也是老天給我的賞賜啊。」這樣的態度也正是珠運的可愛之處。

時序進入秋季，珠運也不跟別人一起出去玩樂。那些風雅之士在酒宴上舉杯暢飲，個個喝得兩頰比楓葉還紅。不久，冬天來了，文人雅士坐在玻璃窗裡，欣賞窗外的雪景，品嘗鍋底鋪著海帶的湯豆腐。珠運不但沒加入他們的尋歡行列，就連京都島原、祇園等地的青樓美女，珠運都不想多看一眼，他的全部心思都集中在手裡正在雕琢的弁天菩薩[10]。有時，珠運工作過於專心，甚至連口水從嘴裡滴出來都不曾注意。平日裡，珠運對古琴、三弦伴奏的流行小調毫無興趣，他只對「歌樂之神」緊那羅[11]心儀嚮往，連做夢都會聽到緊那羅的歌聲。任何人看到珠運那麼專注地鍛鍊技藝，都忍不住要向「建築工藝之神」毘首羯摩祈禱，懇求

7　運慶：鎌倉初期的著名佛師。

8　鳥佛師：飛鳥時代最具代表性的佛像雕刻師，本名是鞍作止利，通稱「止利佛師」。因「止利」跟「鳥」的日文發音相同，也稱為「鳥佛師」。

9　飛驒工匠：奈良時代的律令制規定，因飛驒國自古擁有高水準建築技術，當地每個里需派出兩名木工供中央差遣，稱「飛驒工」。至平安時代末期，飛驒國共派出四萬多名工匠，著名的法隆寺、東大寺等都出自飛驒工匠之手。

10　弁天菩薩：弁才天的簡稱。日本傳統信仰七福神之一。

11　緊那羅：為天神服務的歌者與樂工，也稱為歌樂神、歌神、音樂天。

神明保佑珠運。

日復一日，三年過去了。這三年當中，珠運從早到晚都心無旁騖，埋頭苦幹。正如俗話所說，一分耕耘一分收穫。何況珠運從小就有天分，隨手抓一把雪，就能揉成一個不倒翁；順手拿起小刀，就能將蘿蔔刻成一隻鷺鳥[12]；他這種神奇的技巧經常令人稱奇，更重要的是，經過了三年的苦練之後，他的手藝又更上一層樓。原本就很驚人的技藝，現在就像磨過的刀刃更加銳利。回想起來，從七歲開始拜師學藝，珠運今年已是二十四歲的青年，師父最近告訴他：「我已經沒有東西可以教你了。」說完又勉勵他說：「從現在起，你正式出師了，以後可以靠自己的本事餬口。」珠運聽了師父的勉勵，腦中浮起一個計畫。他想，我是個沒有家累的單身漢，不如變賣父母留下的全部家產，換成盤纏，親自前往奈良、鎌倉、日光等地，觀摩一下古代工匠留下的傑作吧。他打定主意，便背起寥寥幾種雕刻工具出發了。旅途上，他因為綁不好草鞋的繩紐，只好不斷拆開重繫而遭人譏笑，但是這次遠行對他來說，算得上是一趟領略人情世故之旅。

下　天生勤勉，不怕吃苦

珠運踏上旅途時，日本雖然已有火車，但他這趟修行之旅卻走得非常艱辛。沿途塵土把他頭上的草笠染成赤褐色，內衣也沒有逃過在錢湯附上蝨子的命運。春季的某一天，他精疲力竭地走在漫長的道路上，一隻蝴蝶飄然飛過眼前，珠運突然非常羨慕蝴蝶擁有一對翅膀；秋季某一夜，他獨自從睡夢中醒來，身旁的旅客忽然開始磨牙，珠運大吃一驚，不禁暗自慨嘆，「哎！沒想到竟在旅途上碰到這麼悲慘的遭遇。」每當狂風驟起，炙熱的砂石隨風撲打在臉上，珠運不得不閉著眼睛前進，卻又立刻聽到馬車發出刺耳的喇叭聲，還有人朝他狂吼「小心！讓開！」這些聲音總是嚇得他全身發抖。有時還遇到天降大雨，全身淋溼的他像隻落湯雞。有一次，剛好走在一條新修的路上，不小心踢到施工時從地下挖出的石塊，撞掉一塊腳趾的指甲，痛得他根本無法邁步，只好叫人力車代步，誰知卻碰到貪婪的人力車夫，不但漫天要價，最後還搬出行規，強迫他多付一半車資。好不容易到了目的地，旅店的服務也糟糕透頂。其實這種只住一晚的地方，珠運原本也不期待什麼，但這家旅店的棉被就跟服務

12　鷽鳥：「鷽」原是一種鳥類，學名是「歐亞鷽」。本文的「鷽鳥」指一種木雕的鷽形玩偶。

人員的態度一樣，硬邦邦、冷冰冰，即使整個身子都蓋著棉被，脖子周圍卻一片涼颼颼；晚餐裝在盤中的蒟蒻也是黑漆漆的，而且早已變涼。

珠運對貧困的生活是很習慣的，但他從小生長在加茂川畔，那可是個水質柔潤、民情溫暖的地方。然而，在他生平第一次離家遠行的路上，卻必須時時體會翻山越嶺、露宿餐風的辛苦。有時還被露水弄得全身溼淋淋，就連躺下睡覺時也來不及擦乾。那種感覺實在淒涼無比。有時，珠運正在夢中遊覽似曾相識的京都景點，卻被陌生的布穀鳥啼聲驚醒，他下意識朝門外望去，越過門板的破洞，看到天上的星星像在炫耀什麼似的閃爍不已，那一瞬，他只感覺一種無法形容的悲寂猛然湧上心頭。到了柳絮飛揚、桐葉飄落的季節，聽到荒野的寺廟傳來冰冷無情的鐘聲，他不禁深切感受，短暫人生的虛幻無常就像穿過林間的閃電。我若想要完成心願，還有很長的路要走啊！珠運一路懷著策馬前進的心情默默鼓勵著自己。

他按照事先計畫的行程，先到東海道沿線的名山古剎，觀摩神社寺廟裡的神像、木佛、雕梁，甚至連欄間[13]的木雕畫都仔細勘查一番；接著，他又到了鎌倉、東京、日光等地。遊完這些名勝之後，珠運終於要出發去奈良了。奈良是他這趟遠行的最後一站。珠運非常興奮，步履匆忙地登上隆冬的碓冰峠，看到山巔上積滿了厚雪。淺間山頂吹來的寒風凍徹肌骨，陣陣涼意不斷從他的衣襬下方鑽進身體。但是珠運毫不畏懼，更不退縮。他就靠著腳上的一雙草鞋，越過了有名的和田峠、鹽尻峠，然後踏上木曾路[14]，接著，經過沿途的日照山、棧橋、寢覺，最後終於來到須原[15]一家旅店門前。

13 欄間：日式傳統建築的獨特裝置。傳統的欄間木雕畫常以富士山、寶船、花鳥、龜鶴、七福神等寓意吉祥的圖畫為主題。

14 木曾路：正式名稱是「中山道」，江戶時代從江戶通往全國各地的五條幹道之一，起點為江戶的日本橋，終點為京都的三條大橋。

15 須原：位於今天的長野縣木曾郡大桑村。江戶時代是木曾路的驛站。

第一　如是相

無法名狀，才是真美

須原有一種美味的名產，叫作山藥湯。珠運到達旅店時早已餓得發慌，看到店家端上一碗山藥湯，立刻把湯汁澆在飯上，一連吞下好幾碗。待他吃完才想起，吃這麼飽就上床睡覺，豈不傷身？然而，不睡覺又該做什麼呢？他寫完旅遊日記之後，無聊地躺下來，忽然看到房間裡有一盞被煤煙燻成黑色的行燈，燈旁的牆上有一行塗鴉：「山梨縣士族，山本勘介，征討大江山時在此停留一夜。」看那字跡，似乎是用筆尖無毛的禿筆寫的。原來這位英雄也是單身出門，他應該是無聊得不知該做什麼，才會開玩笑寫下這行字吧？珠運想到這裡，除了覺得有點可笑，也感到一絲悲涼。暖桌下面有個土坑，裡面埋著燃燒的煤炭，他便兩腿伸進暖桌。此時此刻，連個可以聊天的同室夥伴也沒有，他只能就著微熱的炭火取暖，孤零零地坐著發呆。沒多久，珠運趴在暖桌上打起瞌睡。就在這時，耳邊突然傳來一陣腳步聲，正朝著他的房間走來。步伐聽來既輕巧又平穩，不像是剛才那個腳跟踏得像雷鳴的女侍。

「打擾了。」紙門外有人溫柔地招呼道，珠運不自覺心跳加快。他忍住打了一半的呵欠，不知所云地應答一聲。紙門迅速被人拉開，門外是個女孩，必恭必敬地向他行了一禮說道：

「冬天在這木曾路上旅行，您受累了。您看，這是我們這裡最有名的特產，叫作『花漬[16]』，是用梅花、桃花、櫻花等花朵醃製而成。經過整個炎夏的發酵之後，到了這大雪紛飛的季節，花瓣都沒褪色，每朵花看起來仍像爭相媲美似的那麼豔麗。如果您覺得不錯，就買些送回京都給府上的夫人吧。夫人獨自在家，可以用這花漬為您供上一份蔭膳[17]，不僅藉此打發漫漫長夜，還可順便為您祈福，祝您在信濃的旅途上一路平安啊。」

女孩一口氣說完這段討好又得體的推銷詞。雖說只是一段客套的開場白，但她的語氣嬌媚可愛，使人自然而然對她推銷的商品產生好感，由此可見她十分聰慧。而且她雖然看似世

---

16 花漬：花瓣製成的醃菜，通常是放在盤中當作裝飾。

17 蔭膳：家中親屬為祈求外出上戰場或出門旅行的家人平安歸來，便在家中為遠行的家人定時供上一份飯食。

故，滔滔不絕地介紹自己的商品，言行舉止卻絲毫不顯輕浮。

女孩說完，默默地打開自己帶來的包袱，從裡面拿出兩三個盒子，動作輕柔地送到珠運面前。珠運根本無心打量花漬，只是愣愣地注視女孩。她卻轉向一邊，避開了他的視線。這時，一陣風從門縫吹進來，吹得燈火左搖右晃，女孩的臉孔雖然模糊不清，出眾的美貌卻是無法掩飾的。

「哎呀！在這深山野林之中，這女孩到底是什麼人啊？」

第二 如是體

忠義父打天下，憨厚母守空閨

人間百態看似充滿歡樂，其實細細探究才知，很多人的身世都很悲慘。話說，從前在京都有個藝伎，名叫室香，她的名氣比八坂之塔[18]還高，名聲比音羽瀑布[19]還響，但是室香終究逃不過命運的安排。《平家物語》的開篇詩有兩句寫道：「娑羅雙樹花失色，盛者必衰如滄桑。」室香的命運則可稍微改寫這兩句詩來形容：「地主權現[20]花失色，盛者必衰如滄桑。」

室香的恩客裡有個姓梅岡的長州藩浪人，不但長得英俊瀟灑，更充滿男子氣概。室香對

18 八坂之塔：祇園與清水寺之間的法觀寺五重塔。
19 音羽瀑布：清水寺南邊懸崖的瀑布，自古就是有名的清泉。
20 地主權現：清水寺北面供奉土地神的神社，有名的賞櫻勝地。

他十分傾心，兩人很快就陷入情網。室香從此只肯跟梅岡在一起，其他恩客看她已經心有所屬，也就不再指名召她相陪，於是室香的熟客逐漸遞減，她房裡點燃的線香[21]數目也越來越少。

「哎，也罷，我命好比牽牛花，短暫人生一瞬間。」室香想。從此她看淡一切，任何事情都不放在眼裡。當時一般人聽到「新徵組[22]」都很畏懼，室香卻一點也不在意。每天雖然手裡彈著三味線上的三根琴弦，腦袋卻執著得好像只有一根筋，一心只顧著伺候夫君，協助埋名隱姓的丈夫躲避追捕。時間過得很快，半年多過去了，室香跟丈夫的生活雖然過得艱難，所幸老天爺一直暗中保佑，這對戀人不但因愛結緣，也很快就有了愛的結晶。但室香萬萬沒有料到，就在她的著帶式[23]辦完沒多久，政治局勢突然急轉直下，接著，就發生了震驚全國的鳥羽伏見之戰[24]，整個社會充滿不安的氣氛，室香才剛展開的眉頭又緊緊皺了起來。

室香的夫君原本就是個剛毅正直的男子，他看到當時的局勢，覺得自己應該抓住機會，一展雄懷大志，決定跟志同道合的同伴一起從軍打天下。室香沒有表示反對，但她想到丈夫即將踏上生死未卜的戰場，從遠在天邊的吾妻路[25]，到酷寒難忍的奧州[26]，都將是他拚命的場所，這次離開家，也不知什麼時候才能回來。另一方面，她也偷偷安慰自己，這才是丈夫光耀門楣的大好機會啊。室香雖然強打精神，鼓勵丈夫，但她心裡也沒有把握，畢竟她也是個怕事的女子，只能暗自著急。不過室香的眼中雖然不斷湧出淚水，卻努力不讓眼淚流下，因為她很明白，男兒應當志在四方，自己不能耽誤丈夫的前程。時間就在這種不知所措、猶豫不決的情緒裡，一天拖過一天，最後，終於到了丈夫出發的日子。

前一天，她把從清水八幡宮[27]求來的護身符縫進丈夫的義經褲[28]裡，夫君露出笑容嗔怪她說：「妳真傻。」

室香憶起丈夫臨行前的情景，昨天的話音仍在她耳邊回響，今天丈夫已在離家一里之外。「哎！我好恨自己這雙眼睛，什麼都看不見。老天爺，您至少也讓我看看他第一天上路

---

21 江戶時代的青樓藝伎接客時以燃燒一根線香的時間為單位收費。

22 新徵組：一八六二年，由江戶城中的浪人組成的警衛隊，次年前往京都，對企圖推舉天皇掌握政權的尊皇派人士進行迫害與壓制，後來改名為「新撰組」。

23 著帶式：日本傳統習俗。孕婦在懷孕五個月的戌日，在腹部綁上貼身腰帶的儀式。

24 鳥羽伏見之戰：一八六八年一月二十七日，幕府軍與薩摩、長州的聯軍在京都鳥羽、伏見進行的一場大戰。也是後來戊辰戰爭的導火線。

25 吾妻路：即江戶通至京都的「東海道」，也叫「東路」。

26 奧州：也稱陸奧國，範圍大約包括今天的福島縣、宮城縣、岩手縣、青森縣和秋田縣。

27 清水八幡宮：舊稱「男山八幡宮」。因受平安時代武將家族源氏供奉，後代的武士都將這座神社奉為戰神。

28 義經褲：一種和服裙褲，江戶時代的武士出遠門時都穿這種和服長褲。

後的情形啊。」室香怨嘆著走出大門，伸直背脊，努力眺望前方。儘管她這種想法顯得有些徒勞，但她的心情卻是可以理解的。

一個月過去，兩個月也過去了，室香始終沉溺在「此恨綿綿」的情緒裡。隔壁的藝伎正在學習筑紫箏，琴聲與歌聲不時傳入室香耳中，聽著聽著，她忍不住想起自己的身世，心底湧起無限哀傷。然而，那些無情的債主卻不分早晚，天天來向她討債。「喂！快點像隔壁的琴聲那樣，噹啷啷、噹啷啷，快點讓錢幣響著噹啷啷的聲音滾進我們的口袋裡啊。」聽到債主的聲聲催討，室香根本無力反駁。她想：「難道蔦蘿失去黑松依靠，就要遭受狂風的摧殘？」想到這裡，她轉眼望著貼在櫥櫃紙門上的幾張書畫，其中一張是廣重[29]的浮世繪，室香想起現在正朝向關東前進的丈夫，心中升起一絲痛惜與眷念。

「老爺，盼君早回啊。」她自言自語道。

「什麼？盼君早回？妳連利息都不付，就想叫我早回，別做夢了。」討債的歹徒大聲吼道。

「哎，不要那麼大聲，你不配這樣對我亂吼。」

室香想起肚裡的孩子，這孩子是夫君留給我的信物，可不是我一個人的。室香還沒看到孩子的臉孔，卻已生出無限的母愛。她想起以往在睡前聽過一個故事，裡頭提到中國非常看重胎教。她做夢也沒想到，自己現在竟會被人逼著還債。室香越想越懊惱，心中悲痛不已。不知從什麼時候起，原本插在髮髻上的玳瑁梳、珍珠簪都不見了，往日滿頭髮飾的美麗模樣也消失了。室香現在就像天女絕命之前，已逐漸顯現五衰之相[30]。她根本懶得打扮，原本豔光照人的肌膚，已經籠上一層煩惱帶來的陰霾；她原本擁有許多心愛的衣裳，現在也全被那些討債的搶走了，手邊只剩一件陳舊的日常服，當然也毋需再用靈香[31]薰蒸了。室香有個弟弟，是她唯一的親人，但她這個親人比沒有還糟糕。因為親人原本應該在她有難時伸出援手，但她這個弟弟卻是個愛賭的酒鬼。所以身陷困境的室香現在連個遇事商量的對象都沒有，她唯一可以依賴的，就是對她十分忠心體貼的老女傭。

沉悶無聊的日子一天天過去，不久，十月懷胎期滿，室香生下哭聲悅耳、貌似美玉的女嬰。她就是剛才那個向珠運推銷花漬的女孩，名字叫作阿辰。

上面這段關於室香的故事，珠運是從旅店老闆的嘴裡聽說的。老闆年輕的時候常到伊勢

29 廣重：歌川廣重（一七九七—一八五八），日本著名的浮世繪畫師，本名為安藤廣重。

30 五衰之相：佛家有「天人五衰」之說，意指天界的天人在壽命將盡時出現的種種現象：頭上華萎、不樂本座、天衣污垢、天身穢臭、腋下生汗。

31 靈香：能劇《羽衣》裡的天女用來薰蒸掛在松樹上天衣的香料。

神社參拜，每次返鄉的路上，他也跟其他觀光客一樣，喜歡到花街去尋花問柳一番，所以對青樓裡的故事略知一二。

珠運是個有血性的男子，聽到這裡，他擦著眼淚催促老闆快點講下去。老闆卻慢條斯理地說道：

「請等一下，一時說得高興，我竟沒注意火爐的火都快熄了。」

第三　如是性

上　母似梅花，風中飄香

旅店老闆開口說道：「我們這深山野外，家家戶戶的飯桌上都只有豆腐、豆腐皮和曬乾的鮭魚。我看您跟那些文明開化青年不太一樣，今晚還特地到我房裡來，聽我這老頭子閒話家常，而且從頭聽到現在。如果您還願意聽下去，反正長夜無聊，我就告訴你阿辰的故事吧。可惜啊，如果是去年，我還能講得更有趣、更感人。讓膚淺的京都人，啊、不，對不起，我是說，讓溫柔多情的京都人在這木曾路上灑下幾滴同情淚。可惜我現在少了一顆門牙，講起話來漏風，連我家供養的家廟和尚都怪我現在朗誦真宗教義書籍時，不如從前念得那麼好了。現在我說故事，沒法盡興表達人物的微妙感情變化，也模仿不來各種人物的聲音了。」

老人先向珠運解釋一番，然後拿起一根看似馬夫使用的大菸管，塞進青內寺菸草[32]，慢條斯理地抽了起來。他嘴裡不斷發出啪啪啪的聲音，一連抽了兩三管菸之後，隨手抓起幾根木柴丟進爐子。爐中飛起的炭灰掉落在老人的褲管上，他伸出手，砰地一聲撣掉褲腿上的灰塵。

「可能是小時候很喜歡看那些『讀本[33]』，我一開始講故事，就十分投入，最後甚至連說故事的自己和故事裡的人物都分不清了。我的孫子一天到晚都在譏笑我。但這是我的老毛病。如果您聽著覺得莫名其妙，還請多多包涵啊。」老人說完，才從頭說起室香的故事。

室香對阿辰十分疼愛，母愛使她重新生出勇氣，但她又顧慮到，即使自己拿起擅長的三味線重回花街謀生，她還是得跟那些有錢的凱子或不懂裝懂的嫖客周旋。她不願再幹這種取悅顧客的行業，更不想在歡場扮演討好眾人的角色，便把三味線的象牙撥子換成不起眼的柊木撥子，從此改行去當音樂老師，專門教導兒童唱歌彈琴。室香平時勤於鍛鍊，練就了高人一等的技藝。她的舉止端莊、品行端正，肩負撫養女兒的重任也使她得以全副精神都專注在工作上，再加上熱心照顧學生，沒多久就得到好老師的名聲，終於為自己闖出一條謀生之路，生活也慢慢安頓下來。

然而，有時年幼的女學生正在練唱，唱到「如今……」時，嗓音突然失去控制，發出尖銳的歌聲，阿辰受到驚嚇，便哇哇大哭起來。諸如此類的情形一再發生。室香疼惜女兒的同時，也煩惱自己的奶水不足，於是一狠心，將女兒送到附近一戶人家寄養，自己則依舊咬牙努力賺錢。

其他人看到室香如此拚命，都忍不住讚嘆說：「哎！好感人。」有些人甚至還為她流下同情淚。而跟這些與她毫無關聯的他人比起來，室香的丈夫卻顯得十分無情。自他離去之後，始終不曾寄給室香一紙半字。室香雖想寫信給他，也不知該寄到哪裡去。她日日思念丈夫，最後得出一個結論：「既然不能背著阿辰踏上尋夫之旅，那麼最便捷的方法，就是在夢裡跟他相會了。」然而，當她真的夢到丈夫之後，又不免杞人憂天起來：「我雖在夢裡見到他，但他一句話也沒跟我說，難道已被流彈打死了嗎？我為了祈求老天保佑他『一定要平安無事』，早已不喝茶、不吃鹽，老天爺不會不懂我的心意吧。如果老天連我對他的情意都不懂，我還向老天爺祈求什麼呢？」每次想到這，她總是流著淚自怨自艾。

室香幾乎天天以淚洗面，從早到晚都活在鬱悶與怨悔中，甚至忘了時間正在流逝，自己

---

32 青內寺菸草：須原附近的清內路村種植的菸草。清內路村位於伊那谷與木曾谷之間，江戶時代的元祿年間開始種植菸草。

33 讀本：受中國白話小說影響，流行於江戶後期的傳奇小說，內容多是因果報應、勸善懲惡。

的年紀也越來越大。不久，阿辰開始學走路了，養母有時會帶阿辰回來探望母親，室香看到阿辰口齒不清地吵著要吃點心，那張小嘴長得跟心上人一模一樣，她忍不住緊緊抱住女兒，捨不得再送走。

阿辰三歲那年的秋天，室香決定接女兒回來親自照顧。她只要看到阿辰的笑容，心中的憂愁立刻消失，即使活得很孤獨，卻能在阿辰微笑的嘴角感受到某種珍貴的東西，就像貧窮人家曬到溫暖的陽光。自從阿辰回到身邊，室香的心情也逐漸平靜下來。

只是，孩子的父親始終沒有回來。室香不禁懷疑，難道他不想看看這麼可愛的女兒？孩子現在雖然年幼，等到她懂得思念父親時，我一定教她：「父親回來時，妳要這樣向他問安。」還要叫她牢牢記住如何鞠躬行禮。希望她父親到時候稱讚說：「孩子教得真好。言行舉止都很優雅。」

室香一直暗自期待著丈夫的消息，但她心愛的丈夫卻始終不見蹤影。難道他跑到龍宮去陪龍王的女兒了？想到這裡，室香心底升起一絲妒意。丈夫忘掉自己也就罷了，最讓她不能釋懷的是，他竟連自己的骨肉也不管不顧。其實室香渴望丈夫的關心也是人之常情，卻不知為什麼，老天爺就是不肯照顧她，實在令人同情。命運這東西就像擲骰子，誰也不知道自己會擲出什麼花樣來。

阿辰有個不務正業的舅舅，外號叫作「賭鬼阿七」，雖然長得相貌堂堂，儀表英俊，做起事來卻十分莽撞，而且臉皮很厚，不論走到哪兒都惹人嫌棄。他的身材十分矮小，攤開手腳躺在地上也用不了一坪，但在廣闊的京都城裡，阿七卻找不到一塊容身之地。他四處遊蕩，不務正業，最後決定去做打零工的木匠。阿七邊打工邊沿著美濃路[34]漂泊到信濃，剛好聽說須原有位富翁要蓋一棟豪宅作為退休後的別墅，阿七便到豪宅的建築工地尋了份差事。只是他終究是個浪子，雖能按照工頭的指示鋸梁柱、裝壁板，但他的人品操行卻不像墨繩[35]那麼正直。

富翁有個寶貝女兒叫作阿吉，阿七到富翁家打工時，便費盡心思挑逗這位富家千金。後來可能是他用木工的竹筆寫在木屑上的情書感動了小姐吧，總之，阿七終於在不該施工的地方完成了「打洞工程」。富翁滿腦子只懂得溺愛女兒，其他事情一概不知，更無法分辨男人的品行。他覺得兩人既然發生了關係，這也是緣分，就收了阿七這個舉世無雙的惡棍女婿。

阿吉成婚後，富翁可能因為心頭大事已了，覺得自己可以放心，結果竟在那一年還沒結

34 美濃路：江戶時代連結東海道的宮宿與中山道的垂井宿之間的支線道路。

35 墨繩：木匠測量用的工具。將繩子一端繫上重物後提起，讓繩子受重力垂直向下，用以測量牆壁是否垂直。

束的時候就一命嗚呼、撒手人寰了。富翁去世後，他的山林、房舍、倉庫，還有迴廊下那些裝米糠泡菜、味噌醬的大缸，全都變成了阿七的財產。從此以後，村中舉行各種集會時，阿七都大搖大擺地坐在貴賓席。哎，細想起來，世間之事多麼可笑啊！

這年秋天，到了漫天陰雲密布、狂風亂吹的時節，可憐的室香受了風寒。原以為只是輕微的感冒，誰知病情越來越重，最後竟躺在床上爬不起來。一個寒冷的秋夜，她獨自躺在棉被裡無聊地聽著逐漸遠去的蟲鳴，一面在腦中胡思亂想著。室香深知，自己就像秋天的霜露，很快就會從這個世上消失。想到這裡，她撐起身子，在紙上寫下阿辰的身世。抓著毛筆的手不斷顫抖，紙上的字跡勉強可認，寫完之後，她將紙片和孩子的父親留下的一張詩箋一起裝進孩子的護身符錦袋裡。

室香想到自己命在旦夕，如今卻不知該把孩子託付給誰，也不知孩子將來會遇到什麼苦難。她只能在心底向加茂神社的神明祈求道：「懇求神明垂憐，如果孩子的父親還活著，求神明保佑他們父女團圓。夫君若能稱讚我一句：『室香雖是藝伎，卻是個令人疼愛的女人。』我也能含笑九泉了。」室香朝著遠方默禱後睜開眼，看到燈火已經縮成螢火蟲一般大小。微弱的燈光下，她望著熟睡的阿辰，那張臉看起來那麼天真無邪，也不知正在做什麼夢，我多想再活十年，至少讓我幫她梳了銀杏髻[36]再走啊。室香不禁悲從中來，用衣袖摀著嘴哭起來。

這時，阿辰在夢裡不知看到什麼可怕的東西，突然哇哇大哭起來。

「媽，好痛喔，痛死了。爸爸還不回來嗎？阿源打我好痛啊。他說，沒有爸爸的孩子就是小狗，打得我好痛。」

「喔，真的很痛吧。」室香說著緊緊抱住女兒，阿辰很快又陷入沉睡。

「天啊，我還不能死，可是現在卻得了這身病，天下還有比我更苦的人嗎？」

下　兒如清水，岩下飲泣

木格門發出一聲巨響，門被拉開了。然而，緊接著開門之後，關門的聲音卻靜悄悄的。七藏穿著一身華服，臉上露出不可一世的表情走進門來。他像在炫耀似的，絮絮叨叨地向室香講述自己掙到今天這份家業的前因後果，對於自己失聯很久這件事，他不但沒有表示歉意，甚至一個字都沒提，只顧著得意地告訴室香說：「今天是帶我老婆到京都來觀光，順便帶她來看看妳。」

36　銀杏髻：明治、大正時期流行的婦女髮髻造型。腦後的髮髻向左右彎成兩個半圓，形狀像銀杏葉。

七藏的妻子看起來端莊賢淑，連忙上前向室香彎腰行禮說：

「我叫阿吉，是個鄉下粗人，慶幸跟您成了一家人，以後還請多多關照。如果不嫌棄的話，就當我是您的親妹妹吧。」

室香聽了很開心，因為她覺得阿吉的語氣裡充滿鄉下人的純樸，很值得信任，所以她勉強撐起腦袋，很有禮貌地向阿吉行了一禮。阿吉是個感情豐富的女人，看到室香病得嚴重，忍不住說道：

「姊姊病成這樣，還帶著一個孩子，我怎麼能丟下妳，去參觀什麼祇園、清水寺、金閣寺、銀閣寺呢？就算去了，也不會覺得開心吧。從現在起，就由我來照顧姊姊，一步也不會離開妳身邊。」七藏在一旁聽了這話，不高興地想，妳這不是多管閒事？但他也不好叫老婆別這樣，便向兩個女人說道：

「既然如此，這裡太窄了，我一個人回旅店去睡吧。」於是，七藏在室香家吃了晚飯，又喝了幾杯酒，這才搖搖晃晃地踩著微醺的腳步離去。他一面呼著酒氣，一面哼著小曲，東倒西歪地頂著寒冷的河風來到先斗町[37]。這傢伙真是卑鄙無恥，居然還有心情到河邊的花街去尋花問柳。

室香見到阿吉後第三天去世了。她死得很安詳，應該是因為她覺得孩子找到可以依託的對象吧。臨終前，她對佛法的真義有所覺悟，體認到一切都是神明保佑，她才能有這種結局。到了離去的最後一刻，室香口誦「南無阿彌陀佛」，聲音極為悅耳動聽，就像歌舞伎主角從花道[38]退場時，樂隊奏起〈送三重[39]〉一樣。「南無阿彌陀佛」誦經聲彷佛在為一代名伎室香送行。

室香的遺體送到了京都東山鳥部野的火葬場，佛門的清風帶著化為一縷煙塵的室香，翩然飄向天空。為室香超度的和尚聽了她的故事，再三讚揚逝者的善行，還激動地流淚說道：「從今天起，極樂世界肯定又多了一位能歌善舞的女菩薩。」

喪事辦完之後，阿吉覺得自己不能就這樣離去，便付給老女傭一些酬勞，請她抽空整理一下室香的遺物。這天，兩人在佛龕深處的架子上發現一包東西。「這是什麼？」阿吉有些納悶，打開包裹一看，裡面裝著各式各樣的錢幣，總數不到一百圓。

「這是……」阿吉吃了一驚，仔細打量才發現，包著錢幣的紙上寫著許多字：

「寫給我發生意外後收養阿辰的善心人，這是我的一點心意，雖然數目不多，卻是我一

37 先斗町：京都加茂川邊四條大道上的著名花街。
38 花道：從主舞台通向觀眾席的副舞台，外形像主舞台通往觀眾席的走廊。
39 送三重：歌舞伎的退場音樂，通常在主角經由花道退場時用三味線演奏。

分一釐從日常生活裡節省出來的。請您收下。」

讀到這裡，阿吉傷心得全身發抖。沒想到室香這麼愛女兒，阿吉想，我又怎麼能丟下孩子不管呢？於是，她決定帶著五歲的阿辰跟丈夫一起返回須原。

然而，阿吉做夢也沒想到，人間的因果關係就像竹罐裡的骰子，總是轉來轉去循環不已。過沒多久，七藏逐漸開始顯露本性，他仗著自己有點財產，就去跟人家賭丁半[40]，剛好碰到賭場裡有一群壞人，把他當成凱子，整天圍在他身邊動腦筋騙錢，阿吉發現家裡的財產越來越少，忍不住勸戒丈夫幾句，誰知他竟嫌老婆囉唆：

「妳一個女人家，不必操心這種事。我對賭博可是樣樣精通，那些騙人的伎倆在我身上不管用。我又不是每次都輸。」七藏說完，頭也不回地出門去了。他一出門就是三四天不肯回家，要不然就是跑到松本善光寺、飯田或高遠的賭場鬼混。要是輸了錢，他就更不肯罷休了，最後總是輸得更慘；贏錢的話，他會叫旅店的飯盛女[41]來陪酒、打賞，非把贏來的銀子像流水般花光才肯罷休。七藏這毛病一發不可收拾，從岳丈那裡繼承的山地、森林也在轉瞬之間揮霍一空，敗家的速度簡直比「春天的小馬跑下山坡」還快。

阿吉哪經得起這種焦心的折磨，一下子就得病死了。這時阿辰才十歲，就在這年的冬天，她嘗到人間最悲慘的滋味。

阿吉臨終的時候，七藏也不在家，留下阿辰一個小孩不知所措，就連附近鄰居都看不下去，齊聲指責道：

「這混蛋整天待在長久保那個不正經的女人家裡，連他老婆死了都不管，太可惡了。」

眾人都很憐憫阿辰，大家合力幫忙辦完了喪事。但從此以後，七藏的毛病比往昔更嚴重了，村裡那些講道義的鄉親看他很不順眼，他卻一點也不在乎。最後，七藏終於把須原那所富翁的豪宅拱手讓給別人，連院裡孤零零的石燈籠，還有樹上的青苔，也全部落入了別人手中。長屋門[42]後面那幾棵高大的冷杉雖然還在，風吹樹梢的沙沙聲也跟從前一樣，但是七藏已被債主趕到主屋旁邊的破屋去了。

一個人的品行就像木屐的屐齒，一旦歪了，就再也無法扳正。七藏的日子雖然過得不如意，但他手裡還是抓著酒杯不放，有時窮到只能折兩根樹枝當筷子，卻還在炫耀自己的象牙骰子。阿辰碰到這種愚蠢的舅舅，真是不幸極了。唯一值得慶幸的是，阿辰出落得十分標致，雪白的肌膚跟御嶽山的積雪一樣清澈透明，高雅脫俗的臉蛋看起來就像一朵石楠花。然

40 丁半：賭客下注猜測兩顆骰子共擲出幾點，「丁」是偶數，「半」是奇數。
41 飯盛女：江戶時代在驛站旅店伺候旅客用餐的女侍，通常也從事賣春。
42 長屋門：江戶時代武士家族宅第常見的大門型態。大門兩側各建一座連棟式的長屋，供家臣或奴僕居住。

而，就算阿辰遇到好對象願意娶她，對方一聽到「七藏」這個名字，就嚇得全身發抖，比聽到山崩、雪崩更害怕。所以阿辰雖然已滿二十歲，卻仍然是個生活在悲慘中的女孩。白天，她必須強打精神做些零工餬口；到了晚上，她背著花漬到驛站的各家旅店去推銷，那些吃她豆腐的顧客當中，有些人甚至還是賤民出身。每天夜裡回家的路上，她總是掏出一天辛苦所得的幾個銅板，買酒帶回去孝敬舅舅。

「您一個人很無聊吧？還缺些什麼東西嗎？」阿辰討好地向舅舅噓寒問暖，臉上也總是堆滿笑容，但就算她如此殷勤伺候舅舅，七藏總會故意找她麻煩。譬如不久前，七藏才命令阿辰說：

「妳去上田當妓女吧。」

由此可知七藏這傢伙多麼貪婪。俗話說，連捕食活鳥的老鷹都懂得報恩。意思是：老鷹在冬天晚上抓到小鳥後，腳擱在小鳥的羽毛上取暖，第二天早上，為了報答小鳥給自己保溫，老鷹不但不吃小鳥，反而放走牠，而且那一整天都不會往小鳥逃走的方向飛去。

第四　如是因

上　根本之情，難以拋棄

珠運今晚聽了阿辰的故事，深切體會到人間悲哀。這個世界上有很多人，每個人都跟別人不一樣，珠運不知該如何理解世上的所有人。老闆剛講完故事，屋角突然傳來咻咻聲，一陣山風吹來，吹得珠運更覺寒冷，塞滿悲傷的胸口隱隱作痛，他吸吸鼻子，向旅店老闆道謝後，回到自己的房間。一踏進屋子，他就看到剛買的兩盒花漬擺在床間的地上。珠運脫掉衣服，砰地一下倒在被褥上，隨手拉起夜衣[43]蓋在身上，這時，阿辰的身影突然清晰浮現在眼前。他抬起頭，睜開眼皮，立刻看到那兩盒花漬；待他閉上雙眼，阿辰的幻影又出現在他

43　夜衣：一種狀似和服的棉被。在天氣嚴寒的地方，大家不僅晚上蓋著睡覺，白天也穿在身上，作用相當於棉袍。

眼前。

「這是怎麼回事?」珠運大吃一驚，重新睜開雙眼，那兩盒花漬又映入眼簾。

「喔，看到這兩盒花漬，我就想起剛才聽到的故事，所以才睡不著。明天還要翻越馬籠峠，然後要步行前往中津川呢。今晚可得好好睡覺才行。」珠運在心底告訴自己，於是趕緊吹熄行燈，設法讓心情平靜下來。然而，他一閉上眼皮，阿辰的美貌就立刻浮現在眼前。

「哎呀!怎麼會這樣!」珠運用力睜開眼，瞪著天花板。這回雖然眼裡看不到花漬，但盒裡不只綻放出陣陣梅花香氣，還迅速地飄向枕畔，令他感到更加難耐。不知為何，他的心跳突然變快，眼前浮現出一片百花爭豔的景象，櫻花、桃花、薄荷花、菊花……都在爭相綻放，耳邊似乎還聽到蜜蜂吸吮花蜜時發出的振翅聲。

「連耳朵都被雜念迷住，我太蠢了。」

珠運想到這，連忙緊閉眼皮，拉起身上的夜衣蒙住腦袋。誰知如此一來，腦中的幻影變得更不可思議了。剛才那片百花爭豔的畫面中央，現在竟浮出阿辰嬌媚的身影。她看起來那麼高貴，更驚人的是，她的背後似乎還有一圈朦朧的圓光，看起來就像一座白衣觀音[44]。這麼美麗的造型，就算在古人雕刻的佛像裡也沒看過啊。珠運不禁從他專業的角度陷入沉思，正想得入神，突然一聲巨響打破冬夜的寂靜，原來是一隻老鼠從廚房跑出來。可惡，這下更睡不著了，珠運想。

下　無限之愛，來自憐惜

「大家不但要穿有裡的襯褲，腿上還要裹上綁腿，頭上除了帽子之外，要再包一層頭巾，而且要拉得低低的。」旅店老闆的語氣樸實親切，聽起來就像慈父的叮嚀。「雙層棉布外套的釦子全部扣緊，還要在衣領和腰部綁一條手巾，這是為了防止外套鬆開透風。下面的裙褲是鹿皮做的，褲腳當然塞在綁腿裡面，腳上都穿了兩層布襪，草鞋裡面還要塞進三四根辣椒，這樣可以預防凍瘡。手套是用毛皮做的，背上還要背一雙足橇[45]以防萬一。但你就算準備得再周到，碰到今天這種暴風雪的日子，還是很難應付山上的狀況喔。山上現在吹著狂風，連天空都像在發出吼聲。群峰同時轟鳴，山巔上、樹梢上、山谷裡全是積雪，一陣大風吹來，積雪在空中飛舞，就連眼前的景物都看不見。要是一不小心陷進積雪

44　白衣觀音：相傳觀音菩薩有三十三種不同形貌，白衣觀音就是其一，形象莊嚴、慈祥神聖。

45　足橇：裝在草鞋或皮鞋底部的木製冰鞋，使人走在雪地上可分散體重，不容易陷入積雪。

中，粉雪被風颳進鼻孔，那真是比淹死還痛苦呢。更別說像您這種住在城裡的貴客，您不但沒有道具，也沒做好心理準備。我看啊，您要是珍惜性命，今天還是留在這裡吧。」

原來如此，珠運想，光是聽老闆的描述都令人害怕，反正自己也不急著上路，於是他在暖桌旁重新坐下說：

「聽您這麼一說，那我就再打擾一天吧。」說完，他掏出菸管，無聊地抽起菸來，邊抽邊隨意四下打量著。突然，他看到地上有一把黃楊插梳，是女人插在髻上做裝飾用的。

「喔，大概是那個賣花漬的女孩掉在這裡的吧？」珠運想。他伸出手拿起梳子的瞬間，腦中又浮現了女孩的身影，同時也想起老闆昨晚告訴他的故事。

「那個可惡的舅舅，竟然還活在這個世上，實在令人氣憤難平啊。」珠運不禁感慨。這種想法越強烈，他就越覺得阿辰惹人憐愛。

「如果我是佛陀的話，一定讓七藏即刻死於非命，再幫那位姑娘找到她音訊不明的父親；我要讓宮內省頒發她綠綬、紅綬、紫綬……所有勳章都頒一個給她，褒揚她的『貞順善行』；我還要找小說家將她的可憐身世寫成賺人熱淚的故事；讓專畫美女的浮世繪畫師祐信[46]和長春[47]復活，請他們細心描繪阿辰的美貌；我還要讓她嫁給日本最有錢的財主，脫掉那身打滿補釘的棉衣，換上繡滿花紋的美麗華服，為她那頭沒有光澤的亂髮抹上最高級的沉香油、白檀油，在她的髮髻插上粗得像火鉗似的黃金簪子，上面鑲一顆飯糰大小的珊瑚珠子……只可惜，我沒有如此神通廣大的能力，現在真的一點辦法也沒有。雖說我變賣了全部家當，口袋裡還有三百多兩銀子，但這是我的活命錢啊。而且我身在旅途，必須盡量節儉才行。只要一隻腳上的草鞋還能穿，就不能丟掉整雙草鞋，所以我現在連一塊絲綢的半襟也沒有能力送給她……但她實在令我心儀。哎，那麼美麗又可愛的女孩，我要如何才能結識她？我該做些什麼……？啊，對了，有辦法了！」

珠運思索到這裡，腦中突然閃過主意，他迅速打開小包袱，從裡面拿出一把小刀，放在小磨刀石上研磨起來，沒多久，刀刃就磨得十分銳利。磨好小刀之後，珠運抓起剛才的插梳，在厚重的梳背上進行雕刻。他花了整整一天的時間，總算大功告成，接著又找了一張紙，包好梳子，準備等阿辰來的時候交給她。

不知她看到梳子會是什麼表情？珠運暗自期待著。他是個不懂風情的傻小子，這天晚上，戶外風雪交加，一點也沒有停歇的跡象。像阿辰這樣嬌弱的女孩，根本不可能冒著風雪

46 祐信：西川祐信（一六七一—一七五〇），江戶時代前期至中期的浮世繪畫師，擅長美人畫。

47 長春：宮川長春（一六八二—一七五二），江戶時代的浮世繪畫師，宮川派始祖，以優雅華麗的美人畫自成一家。

走過來。珠運暗中編織的美夢也就泡湯了。

然而，水流不通的地方，積水就會越來越嚴重，這個道理同樣適用於珠運的感情。他越是見不到阿辰，對她的思念就越發強烈。現在只要一想到阿辰，他覺得自己幾乎都要窒息了。

「我現在坐在這個昏暗的房間裡，天花板雖被煤灰弄得很髒，至少還有個屋頂，榻榻米雖已泛紅，至少還沒破掉；那扇紙門上畫著名畫〈李白觀瀑〉，但是畫中的李白頭上卻有一塊形狀怪異的污跡，可能是去年春天屋頂的積雪融化、漏水造成的吧？看起來就像瀑布直接淋到李白頭上似的。但至少這座屋子的結構非常牢固，雖然牆縫裡有風吹進來，卻不至於讓我冷得發抖。我坐在這個位置也非常舒適。但那身世淒涼的可憐女孩卻住在破屋裡，她家的屋頂根本就沒有天花板，屋中燃燒雜草冒出的黑煙早就燻得屋頂內側黑中發亮。累積多年的煤灰就像蛛網一般，一縷一縷掛在屋頂上，簡直就像掛在深山樹梢上的松蘿。我閉上眼就能想像，在那破爛屋頂的下方，女孩正要將滿頭富有彈性的髮絲向後梳成垂髻；儘管地上的榻榻米早已破爛不堪，但她仍然挺著柔弱的身子，嫻靜乖巧地坐在那裡。

「至於那個沒有人性的七藏，大概還是滿臉驕橫地盤著腿，坐在火爐旁邊吧。我光是想像，就好像看到那張令人厭惡的嘴臉。他身上套著藍格花紋寬棉袍，大概早就喝夠了，但他嘴裡還是不知足地吵吵嚷嚷，先用凶狠的目光瞥一眼倒在爐邊的窄口細頸白瓷小酒瓶，然後瞪著正在做針線的阿辰，命她立刻去幫自己打酒。那醉漢嘴裡說出的話語，像縫衣針一樣尖銳，刺得阿辰心頭滴血。衣衫單薄的她原本就已冷得全身發抖，這頓刺人的言詞更像刻骨寒風，無情地撲打著她的全身。她要如何抵擋陣陣亂吹亂颳的邪風呢？她的破屋只有一層單薄的牆壁，牆裡的竹架早已露在外面，掛在窗上的擋風竹簾也鬆散變形，完全失去功能，就像阿辰毫無希望的命運一樣。一個『貧』字擋住她七分的運氣，現在她只能依靠那僅剩的三分『不捨』活下去吧？」珠運思前想後，早已分不清現實與夢境。

「哎……」他嘆口氣，陣陣雪花打在雨戶，不斷發出沙沙聲響，珠運突然感覺腳趾發冷，原來暖桌下的炭火早就熄滅了。

第五　如是作

上　無私忘我，而生其心

閃著金光的朝陽徐徐升起，堆滿積雪的山峰反映著陽光，面對這片美景，就算背脊並沒感受到陽光的暖意，珠運還是覺得景色美得令他無法直視。木曾路上瀰漫清新明亮又令人自豪的氛圍，空氣裡留存著古代日本的雅致，聞不到一絲來自西洋的頹廢氣息。路邊的屋簷下，小鳥爭相鳴唱。珠運不禁感慨，這就是上古神話時代流傳至今的景象吧？我現在連這些瑣碎的細節都覺得有趣，是因為昨夜的暴風不留痕跡地煙消雲散了吧。空中的雲層之間，甚至已能看到蔚藍的天空，難怪心情如此悠然自得啊。

早餐是梅干、濃茶配米飯，珠運覺得這頓飯比平時更美味，吃完之後，睡意一掃而空。為了不讓腳趾沾到泥漿，他特地穿上一雙雪駄[48]，懷著輕鬆的心情走出旅店。剛踏出店門，他就想起自己花了一番心血雕好的木梳，如果不親手交給阿辰實在有點可惜，於是便向旅店老闆打聽阿辰家的地址。原來她家只要從大路轉進小巷，再走幾步就到了。珠運決定順道繞過去，只要將木梳從窗口扔進去就行，他想。

沒多久，果然看到老闆告訴他的那棟豪宅，想必就是那個須原的富翁從前住過的房子吧。院裡種著高大的日本冷杉，院子很大，四周圍著一道圍牆。豪宅旁邊有間破屋，似乎是最近才被大風吹歪的。珠運走到破屋前，側耳傾聽屋中的動靜。然而，屋內一片寂靜，不像有人在裡面。珠運覺得不解，耳朵再貼在破紙窗上聽了一會，聽到屋裡似乎有人正在低語，他更加訝異，又凝神聽了一陣，這才聽出那聲音是一個女人正在抽泣。

「咦，那個沒有人性的七藏又幹了什麼壞事？」珠運四下張望一番，在門板上找到一個大窟窿，便從洞裡窺視屋內。誰知不看還好，一看之下，珠運不禁火冒三丈。

「豈有此理！那傢伙到底是厲鬼還是惡魔？我珠運這麼尊敬那女孩，奉她為現代摩利夫人[49]，那傢伙竟然這樣糟蹋她！」

只見屋裡有個女孩，雙手反剪，被人用繩子綁在表面粗得扎手的柱子上。女孩美麗的嘴

48　雪駄：也叫雪踏，是將竹皮草履接觸腳底的竹皮背面貼上一層皮料，增加防水機能。

49　摩利夫人：也叫末利夫人，原是印度迦毘羅衛國某村長的女兒，後來被舍衛國波斯匿王看中，從侍女變成王后。

唇就像兩片紅色花瓣，但可悲的是，那麼美麗的嘴裡卻塞著一條髒兮兮的手巾。綁在她髮髻根部的紙繩已扯斷，幾縷黑髮像柳葉似的垂掛在她臉上，淚水不斷地順著髮絲流下面頰。女孩的衣著凌亂，前襟敞開，露出胸部，晶瑩的肌膚就像春天的晨雪，好像馬上就要融化似的。

珠運看到眼前的情景，激動得失去控制，猛然向前一跳，抬腳踢開雨戶。接著便是一陣忙亂，只恨自己沒有多長幾隻手似的急忙解開女孩身上的繩子，掏出她嘴裡的手巾，又從懷裡拿出那把梳子，替女孩梳理整齊一頭亂髮，之後才將木梳放在她手裡。他發現女孩全身凍得冰涼，心中實在不捨，忍不住緊緊抱著她，不斷撫摩她的背脊，生怕柱子戳痛她似的。女孩似乎嚇呆了，一句話也說不出來，只是愣愣地瞪著珠運的臉孔。珠運覺得很不好意思，向後退了一步，這才發現自己穿著鞋子就闖了進來，弄得榻榻米上到處都是雪塊。他也搞不清自己究竟為何變成這樣，連忙轉身奔向屋外。

大約跑了五六十公尺，珠運在積雪路上腳底一滑，差點跪倒在地。好不容易穩住腳步之後，他又想起一件事。

「糟糕，忘了拿我的蝙蝠傘[50]和行李。」

他只好轉身返回剛才的破屋。阿辰已經走到玄關外，看到珠運回來，她連忙緊抓著他的衣袖不放，珠運沒法甩開她。事已至此，他並不後悔自己的多事，也不覺得有什麼值得擔心的，但還是有一種奇異的感覺，讓他的心臟跳得很快，這是以前從未經驗過的。珠運只好在通往客廳的階梯上坐下，眼睛望著土間[51]地上的一堆木屑。阿辰動作溫婉地向他行了一禮，低著頭說：

「您是住在『龜屋』的客人吧。感謝您路見不平，拔刀相助。但我深知自己逃不過命苦的遭遇，就算我想要逃避，也是逃不過的，剛才被您救起時，我還暗自慶幸，現在卻覺得自己愚蠢無比。在我解釋原因之前，您聽到我這麼說，可能會覺得我太不懂事，或許您還會因此鄙視我，我當然感到非常羞愧。而且您是懷著慈悲心腸，才幫我解開了繩索，但我現在連一聲謝謝都不說，還要向您提出不合理的要求，這也讓我感到非常痛苦。但我還是想求您，請像剛才那樣，把我捆起來吧。」

珠運大吃一驚，他做夢也沒想到阿辰會提出這種要求。

「那怎麼可以？或許妳有複雜的理由，可是，妳這要求實在太不合常理了。如果是叫我

---

50 蝙蝠傘：幕府末期從西洋傳入日本的洋傘，採用金屬傘架、黑色傘面，撐開時酷似蝙蝠。

51 土間：日式建築的空間設計，通常位於玄關或廚房的進門處，不鋪地板或榻榻米，只用紅土、碎石與石灰混成的「三和土」加水拍成平坦的地面。

去痛打一頓捆妳的傢伙，我一定為妳效力。雖然我的手臂如此瘦弱，而且臂上的肌肉小得可憐，但我對妳萬分敬愛，日日夜夜都懷著崇敬的心情，當妳是至高無上的女神膜拜，而妳現在卻要求我將妳捆起來！這比叫我用做糖人的小刀雕刻白檀樹心更難下手啊。妳看，這是妳前天晚上掉在旅店的梳子，妳看到這把木梳，就能明瞭我的心意。龜屋的老闆已經將妳的身世都告訴我了。請恕我鹵莽，我真的非常同情妳，我若是神仙，真的想幫妳做些什麼，但我現在什麼都做不了，才決定不顧肩痠背疼，花了整整一天的工夫，在妳這把梳子上雕刻各種花朵。我想用這種方式表達我的心意。妳若肯將這把梳子插在髮髻上，那就是我這輩子至高無上的榮耀，肯定讓我欣喜若狂。所以我今天才特地送來梳子。沒想到竟然看到剛才那一幕。我怎麼能袖手旁觀呢？就算我多管閒事好了，一時無法控制自己就解開繩子和手巾。如果這種行為讓妳覺得受到冒犯，我向妳道歉。但妳叫我再照原樣把妳綁起來，這種要求真叫我傷心啊。妳以為我是個殘忍的殺手嗎？妳這種要求，就算叫我去死，也不能從命。」

阿辰聽著面前這位心地坦蕩的男子語氣堅定地說完，便伸手拿起木梳打量起來。插梳的厚度不到三公釐，寬度大約六公釐，梳背並不算長，上面卻巧妙地雕刻著各式各樣的花朵，除了單瓣的梅花，重瓣的櫻花之外，還有桃花、菊花、薄荷花……有些線條細緻得連肉眼都無法分辨，她彷彿聞到陣陣花香從梳子上飄來。眼前這個人是誰？他究竟是什麼人？竟能雕出如此精巧的作品。阿辰思索著，視線從梳子轉向珠運，不由自主地偷偷打量起眼前的男子。他的膚色不黑，嘴唇緊閉，眉尾的毛色不濃，形狀卻很俊美，眼神十分清澈，臉孔和全身都散發著自然又有品味的氣息。像這樣的男子說出的愛慕之詞，哪個女人會不喜歡聽呢？

中　滿懷憐愛，心念口演

「妳剛才說自己命苦，還說就算想逃也逃不過這種命運。但在這個世上，從不會有人笑著向命運低頭啊。大多數人都必須咬緊牙關，狠起心腸，才能做出決定呢。妳現在這樣輕易覺得自己逃不過命運的擺布，這種想法，是因為妳對世界懷著過多的怨恨吧。妳的看法雖然符合『無常』的道理，聽起來卻不近人情。從妳那麼美麗的嘴裡說出這種話，肯定有難言之隱。從這個角度考慮一下，我好像也能理解妳的想法了。哎，只怨三世相[52]，因果誰造成？是誰讓蜘蛛在花上結網？是誰讓妳跟七藏結下惡緣？珠運我一想到這，就忍不住抱怨老天。我雖不能為妳出主意，但妳可以當我是撓癢不求人的耙子，用來撓撓背上的癢處。只要不叫

52　三世相：佛教因緣說認為三世（過去、現在、未來）的因果、善惡、吉凶都可以根據人的生日、人相等判定。

我將妳那嬌弱的身子捆起來，我一定絞盡腦汁，幫妳想辦法，但妳總要先告訴我來龍去脈啊。其實我也不想強迫妳，但我們今天就這樣分手的話……怎麼說呢，對，就好像『畫龍不點睛』。妳若覺得不礙事，不妨說出來，我聽完一定竭盡所能為妳解決問題。」

阿辰聽了珠運這番話，心裡既高興又悲傷，她想，在這人情淡薄的世上，就連自己的親舅舅都在為難我，眼前這個陌生人卻心懷仁義，這麼為我著想，想到這裡，她忍不住抽泣著說：

「感謝您的好意，但我不能告訴您自己的身世，不，不是我不願說，而是有不可奉告的苦衷，請您見諒。原本只是跟長輩意見不合，受了點懲罰。但我若將這種小事一天到晚掛在嘴上，像您這麼懂得人情世故的人聽了，恐怕會覺得我太膚淺，甚至讓您對我的好感全都消失殆盡。不過，您對我的好意，我是絕對不敢輕忽的。剛才您溫柔安慰我的那些話，我也永遠都不會忘記。今天真的很高興，因為你我才明白，做個女人是多麼幸福。然而，即將下市的當令蔬果雖比剛上市的時候更珍貴，但保鮮期也更短暫。您既是出門在外的旅人，我們能夠相處的時間，大概也短暫得只有一眨眼工夫。可能太陽還沒升到那根樹梢上面，我們就得互相道別了。說實在的，我真想幫您提提行李，至少也送您到三戸野、馬籠的附近，但我現在連這點小忙都幫不上，萬一現在舅舅回來，看到我們在這裡聊天，可就糟了。不知他會怎麼責怪您呢。所以我才毫不客氣地說了這些，主要還是為您著想，我不想再給您添麻煩了，請快回去吧。」

阿辰其實還想說：「我多希望您在這裡住上一千天、一萬天……」但她硬是嚥下這句話。這時，她的頰上浮起兩片紅暈，看起來可愛極了，珠運看到她這模樣，又如何能夠轉身離去呢？

「先不管妳舅舅怎麼說，俗話說『騎虎難下』，妳現在叫我袖手旁觀、半途而廢，這種事，就算是京都周圍那些沒骨氣的男人也做不出來。更何況，剛才也跟妳說了，我是真心覺得妳是個善良的女孩，現在看妳遇到困難卻見死不救，那就該怪我不懂『螻蟻雖小，其志也大』的道理了。妳說不能告訴我事情原委，其實我只要拼湊一下前因後果，也能猜出個七八分。無論如何，我還是希望妳聽從我的勸告。因為我完全是為了妳好，按照我的意思處理，不至於讓妳落個壞女孩的名聲。妳看這樣如何？龜屋老闆看起來是個正直的老實人，我從他的言談就能看得出來。所以，我暫時送妳到他那裡去吧。可能還需要付點錢給他，但我一定會想辦法解決這個問題。或許妳覺得我只是個陌生人，又不是妳的親戚，實在不必做這些，但我覺得，如果自己有個妹妹碰到這種情況，我大概也會這樣照顧她。我實在不能眼看著自己心愛的妹妹受苦。對，妳就放寬心吧。就想成是我在為自己積陰德而行善。來，妳跟我來！」語畢，珠運便抓起阿辰的手。

珠運後來對朋友提起這件事的時候說，如果那時阿辰甩掉他的手，就表示她是古風的今川派[53]女性；如果她反過來握住他的手，就表示她是西洋派女子。但是阿辰既未甩掉珠運的手，也沒有反握，因為她沒受過什麼教育。

我從沒見過阿辰那樣難能可貴的女孩，珠運對朋友說。那位朋友卻覺得，他救出阿辰這段故事可能是吹牛。

下　救濟弱女，能以無畏

「喂！吉兵衛，你想用你那套道理來教訓我？抱歉，老子是不講理的，也不怕死，因為我是生死和道理都不放在眼裡的『賭鬼阿七』！從前我勾搭過有夫之婦，還幹過拐賣人口的勾當，但我現在改邪歸正了。我可不是要賣這個外甥女唷。只因有人願意出一百兩，叫我給他外甥女。我也搞不清他究竟是要收阿辰做養女還是小妾，反正我決定將阿辰交給他了。誰知阿辰有了心上人，竟跟我鬧脾氣，還哭著說她不願到陌生人的家裡去。我看她很可能會逃跑，才在我出門找買主的這段時間，暫時把她捆了起來。珠運那個混蛋跟這件事有什麼關係?他幹麼多管閒事?」

「阿七,阿七,你先閉上嘴。我可是一點也聽不懂你在說些什麼。阿辰雖是你的外甥女,但她跟你不一樣,在這個驛站裡,人人對她讚不絕口。她長大成人之後,從沒在臉上搽過脂粉。每年的新年和中元節,就連一雙便宜的紫杉木屐也沒買過。她看在你是舅舅的分上,不管你平日多不講理,也努力忍著。其實大家看得一清二楚,人人對你恨得咬牙切齒,都為阿辰流下同情的眼淚。就連那個平時給婆婆吃冷飯的狠心媳婦,聽了阿辰的故事之後,也都不再任性,甚至還會討好長輩,向她婆婆噓寒問暖問道:『夜深了,給您做碗蛋湯當消夜吧?』可是你這混蛋,上次竟差點將她賣給上田花街的人口販子。我真不知你要那一百兩做什麼。總之,你是夠卑鄙的,才會打主意賣掉那麼溫順的女孩。那位叫作珠運的客人對她有情有義,你要是能有人家一半的仁義,我也不對你說這些了,反而要感激得流淚呢。」

「喂,龜屋老闆,我跟阿吉結婚時找你當媒人,你就想趁機倚老賣老了吧?但請你不要左一句你這混蛋,右一句你太卑鄙,阿七阿七的亂叫。老實告訴你,七七四十九,就算世道

---

53 今川派:室町前期的武將今川貞世將家訓整理記錄成為《今川狀》一書。後來到了江戶時代,有人改編成《女今川》,作為當時訓誡婦女行為舉止的讀物。

變了，變成七七六十，我也不會聽你的。阿辰是我外甥女，不是你女兒，你快點把她交出來！趁我阿七還沒發怒之前，按照我的意思辦事，對大家都好。可能你會說，你是受了珠運那傢伙拜託才幫他來勸我，你又不是他，怎麼替他決定？要不然，你就讓我見見他吧。」七藏剛說完，就聽到珠運應聲說道：

「好啊！那你就見見那傢伙吧。」說著，珠運便走到七藏面前。七藏瞪著兩眼從頭到腳打量著跟前的青年，只見他鼻梁高挺、目光有神、方臉寬腮，一看就不是自己惹得起的人物。七藏於是依舊坐在地上，卻挺起了肩膀，身子湊到珠運的面前說：

「你就是那個叫珠運的小子？看你長得如此瘦弱，竟然拐走了阿辰。小小年紀，手段倒是挺厲害的。可是啊，年輕人，土雞見到鬥雞，都會怕得發抖。你若有自知之明，趕緊夾著尾巴滾蛋吧！少在這裡跟我胡說八道，快把阿辰交給我！」

「說得倒是好聽，什麼胡說八道。我也打開天窗說亮話吧，就是因為我不希望你賣掉阿辰姑娘，所以才來找你商量。」

「別在這裡胡言亂語了。」

「我說阿七啊，你聽我說，有沒有什麼辦法可以不賣她啊……」旅店老闆還沒說完，七藏就舉起拳頭說：

「你這可惡的流浪漢。」

「啊呀！」阿辰驚叫著跑出來。吉兵衛也勸阻道：

「七藏，七藏，你真是的，真是個沒有大腦的男人。也不必勉強賣掉她啊。大家可以好好商量嘛。」

「哼，怎麼可能商量出什麼結果？你要是肯出一百兩，我就把她交給你。」說著，七藏一手拉著阿辰就要起身離去。吉兵衛連忙拉著他的和服下襬說：

「哎呀，坐下坐下，好好聽我吉兵衛跟你說。也不知你是要讓她去當妓女，還是做人小妾，反正現在已經不准買賣人口了。」

「什麼！囉唆死了，你這老頭。我要讓她幹什麼，你管不著。老實告訴你，我已經花光二十兩訂金了，不能反悔啦。你真多管閒事，快滾吧。」七藏惡狠狠地說著，眼中露出老鷹抓到兔子似的凶狠目光。龜屋老闆知道事情已經無法挽回，便閉嘴不再說話。珠運懷著滿腔悔恨望著阿辰，只見她滿臉無助頹喪的表情，就像無處攀附的牽牛花正遭到狂風吹打似的。她轉身向珠運深深行了一禮，打算跟舅舅一起離去。珠運看到她踏出兩步、三步，又停下腳步，轉頭望著自己，那模樣實在引人憐憫。

「我向八幡神[54]發誓，這事絕對不能就此放過！」珠運想。他當場攔住七藏，順手就瀟灑地拋過一百兩。老闆和阿辰都露出驚訝的表情，但珠運顧不了那麼多了，他一心只想立刻跟七藏辦妥手續，讓眼前這位好女孩盡快跟壞人斷絕關係。

謝天謝地，事情終於圓滿解決了。龜屋老闆也決定收阿辰做養女，暫時讓她住在自己家裡。

54　八幡神：弓矢之神。江戸時代的武士起誓時總是用「我向八幡神發誓」做開頭。

第六　如是緣

上　一粒情種，雨露滋養

阿七的所作所為在鄰里間引起了公憤。其實這也難怪，任何人都不會覺得自己娶幾個小妾有什麼不對，但是看到兒子到青樓嫖妓，就忍不住想要怒聲責罵。同樣的道理，周圍鄰居現在一看到七藏在喝酒，就忍不住暗中咒罵：「看吧，那傢伙在喝他外甥女的鮮血呢。」

同樣的情形連續出現幾次之後，就連七藏這種不要臉的壞蛋，也覺得在這裡待不下去。不久，他只好丟下那間破屋和一堆鹽米的欠條，不知跑到哪裡去了。至於七藏丟下的爛攤子，最後還是龜屋的老闆出面幫他了結。

珠運為了處理各種問題，在龜屋住了一個多星期，這是他當初做夢也沒想到的結果。他跟旅店老闆混熟之後，覺得老闆的人品非常可靠，阿辰也是可愛的女孩。每天跟大家圍坐爐邊談笑風生，眾人的笑語就像極樂世界的迦陵頻伽[55]發出清脆的笑聲，火爐旁的空間就像極樂淨土，整天瀰漫著和樂融融的氣氛。

龜屋老闆沒將珠運當成客人，珠運因此覺得住在這家旅店輕鬆又自在。山野中的旅店雖不能提供鯛魚之類的高級食材，卻有蠶豆味噌醬做成的豆腐湯，再加上賓主的想法接近，交談起來十分愉快，連帶地，連旅店提供的菜肴也變得特別美味。有時，老闆還拿出自製的粗茶招待珠運，這種粗茶泡出來的第一道茶湯，味道總是格外清香。

深夜閒聊時，阿辰為了排遣時光，拿出自己珍藏的栗子剝給珠運吃，每一顆栗子都蘊藏著她的情意。珠運開心地吃著栗子，心底泛起陣陣喜悅，因為嘴裡的栗子是阿辰特別為自己剝的。鄉野居民的人情味好濃厚，珠運想，他們的熱情絕不輸給京城。

然而，珠運偷偷屈指一算，原本計畫出發前往奈良的日子已經過了好幾天。我得趕快到奈良去，他想，不能這樣無所事事，浪費時間。這一天，他打算收好行李立即上路，便催著老闆結帳。老闆訝異地說：

「哎呀！哎呀！婚禮還沒辦啊。」

「啊？誰的婚禮？」珠運問。

「這還用問？當然是阿辰的婚禮啊。」

「阿辰跟誰？」

「別說笑了。不跟你還能跟誰結婚？」老闆說。珠運一下子脹紅了臉，緊張的心情令他口乾舌燥，但還是迅速地說道：

「老闆，別開我玩笑了。我可不記得答應過要娶她。」

「哎呀，你這話就顯得太落伍了，簡直不像京都來的人會說出口的。現代青年可不能這樣啊。你那天不是手一揮就丟出一百兩，害得七藏連『不』都說不出口，現在怎麼又像個孩子似的？當然啦，這種事誰都會害羞，也難怪你說不出口。但你也不必為難，老頭我早就看出來了，我一定會按照你的想法準備，絕不會讓你失望。你就安心等待吧。」老闆說著，臉上露出成竹在胸的表情。

但是珠運無法接受老闆的好意。

「哎呀，哎呀，老闆，你誤會了。我對阿辰小姐雖然十分心儀，但我從來都沒有娶她為妻的想法。實在是因為不忍看她陷入困境，才出手相助，再說我現在出門在外，竟然還在旅途上娶個老婆，完全就是自找麻煩嘛。」

---

55 迦陵頻伽：佛教傳說的人頭鳥身動物，據說聲音美妙，能誦讀佛經。

「哈哈哈哈，怎麼會麻煩？阿辰天生美貌，就算她沒有學問，不會演奏古琴或三味線，但她會做針線啊。而且她謹守婦道，性格溫柔，對丈夫尊敬體貼。這樣的女孩還嫌麻煩，真是從伊奘諾和伊奘冉[56]兩位神仙開國以來從沒聽過的新鮮事呢。你現在說這些，只是為了面子。而你所做的那些，其實都是心裡喜歡阿辰啊。我活到這把年紀，怎會看不出來？雖然我頭上梳著髻，頭腦是能跟得上時代的，也知道文明開化的青年想些什麼。事實上，我知道你是真心喜歡阿辰，阿辰對你也是由衷愛慕，看你們如此相愛，我真的非常感動，所以早就跟我家老太婆商量過了，只要一切準備妥當，就幫你們辦喜事。

「珠運，你聽我說，老人言就像套牛車時掛在牛尾上的牛鞧，看起來沒什麼用，其實用處可大了。你娶了阿辰之後，不論去奈良或京都，都帶著她一起去吧。我跟老婆也曾經年輕過。那時的我可挑剔了，為了買一把短刀，總要左挑右選，物色半天才能決定。我老婆那時喜歡把手鏡藏在懷裡，沒事就掏出來，對著鏡子搔首弄姿一番。那時我們雖然年輕，卻下了狠心，決定奢侈一下，一起出門四處遊玩。那次是先到滋賀的義仲寺，再到京都六條的東本願寺和西本願寺去參拜。在外面旅行的時候，我老婆可比平時風趣可愛唷。直到現在，我還會夢到當時的情景呢。醒來之後告訴老婆夢境，她聽了也會笑得樂不可支，連假牙都笑掉了。喂！珠運，喂！啊，失禮了，你也不是我孫子……」說到這，老闆露出樸實的笑容，伸手撫摸著自己光禿禿的腦袋。

中　兩片嫩芽，破土而出

我長到這麼大，從來沒愛上過哪個女人。從前在伊勢的四日市看過一位美女，之後連續三天，她的身影都在眼前晃來晃去，因為我一直在思索，她額上的那顆痣，如果能用白毫[57]遮住就好了。後來，我又在東京的天王寺看到一位豔麗的女子，她手裡抓著菊花正在掃墓。之後的一星期，我整天都想著她，因為我當時正在構思佛像的造型，希望下次雕刻手持吉祥果[58]的鬼子母神像時，能把那個女人的手勢當作藍本。

現在我愛上了阿辰，雖不像前兩次那樣，是為了琢磨技藝，但我並沒有娶她為妻的想法，更不想當她是小妾或情婦。如果非要我交代理由，我想，反正就是不知為何覺得她很可

56　伊奘諾和伊奘冉：日本神話裡開天闢地的神祇，也是天地渾沌初開後初夏的第七代兄妹神祇，日本的第一塊陸地由他們創造，後來又生下日本諸島和諸神。
57　白毫：佛陀的眉心有漩渦狀的白毛，長一丈五尺，右旋捲收，叫作「白毫相」，是佛陀的特殊標誌。
58　吉祥果：即石榴。

愛，一時心血來潮，就幫她付了一百兩。我心裡完全沒有一絲不純潔的念頭，誰知這位老闆卻誤會了我，非要幫我出頭操辦喜事。真是多管閒事！

我這輩子唯一的願望，就是雕出理想中的新佛像，現在我怎麼能娶妻呢？而且阿辰如果沒有那樣的舅舅，她應該能嫁給富翁，享受榮華富貴的生活。

反正不管別人怎麼想，我自有打算。珠運想到這裡，暗自做出了決斷。他寫了一封信給阿辰，信中向她表明：「我絕不會把自己施捨的小惠當成枷鎖，用來當作娶妳的藉口，我心裡沒有一絲一毫這種卑鄙的想法。」

留下這封信之後，珠運踏上了旅途。穿過山林，走過原野，頭也不回地踽踽獨行在山路上。

有人批評珠運說：「那傢伙真奇怪，難道是木頭人？」其實說這種話的，都是沒有大腦的庸俗之輩。

還有些愚蠢之人暗中猜測：「從前釋迦牟尼拋棄妻子，躲進山中修行，是因為他的妻子得了癩病，這種病，就連當時的名醫耆婆都束手無策。釋迦牟尼可能在親吻時碰到妻子的爛嘴唇，對妻子的愛情也隨之幻滅了吧。」

有些人則把珠運比喻為西行[59]，對他大加讚揚，「啊呀，太偉大了！真的值得尊敬。從前西行和尚收到源賴朝贈送的銀貓鑄像，立刻又轉送給門外的孩童。這種善行，只有西行才辨得到啊。」

然而，這些人只知讚美西行看破一切，卻不知西行出家後也曾感嘆，下雪的日子實在好冷啊。

說起來，人類真是奇怪的動物，非要自己兩眼都瞎了，才知道從前觀賞過的朝陽多麼美麗，非要搬到巴黎生活之後，才知道日本的澤庵蘿蔔[60]多麼美味。

珠運決定揮揮衣袖，不留下一絲依戀。他毫無牽掛地踏上旅程，然而，走了一里左右，阿辰的身影突然浮現在他眼前，又走了兩里左右，彷彿聽到有人呼喚「珠運先生」，但他回頭再三張望，卻沒看到任何人影。

等到走出三里之外，珠運覺得好像有人拉住他的袖子說：「喂……」這次一定是阿辰了，珠運想。但回頭一看，還是看不到人影。

珠運繼續走了四里、五里、六里，他距離阿辰越來越遠，猶豫卻漸漸從心底升起。

59 西行：平安末期至鎌倉時代的僧侶，俗名佐藤義清。出生官宦之家，二十二歲時辭官出家修行。

60 澤庵蘿蔔：也叫澤庵漬，把曬乾的蘿蔔放在米糠、食鹽、海帶、辣椒等調味料裡，連續醃漬數月而成。

最後，他心裡真的很想再看阿辰一眼，便對自己說，乾脆還是回去吧。這念頭剛在腦中浮起，他的腳就不自覺地退後了一步，但又轉念一想，「不，不行，我不能回去。」於是又繼續向前走。等到走出一兩百公尺，心裡更加渴望聽到阿辰的聲音，身體也不自覺地開始向後轉，這時，他看到路邊有一座地藏菩薩石像。

「珠運，去奈良！你要到奈良去！別搞錯方向。」地藏菩薩好像正在向他勸說。珠運又走了一百公尺左右，看到前方過來一對夫妻，兩人一面走一面閒聊，似乎聊得非常開心。

「我也想跟阿辰聊天啊。」珠運腦中浮起阿辰的身影，腳底就不自覺地退後了兩公尺。

「哎呀，怎麼會有這種事……」珠運發現自己雖又向前走了五六十公尺，卻不知不覺地躑躅不前，不僅如此，還向後退了六公尺……他繼續向前走十步，又立刻退後四步，就這樣來來回回，前前後後，最後竟變成一腳向前一腳向後的怪異姿勢。

珠運搞不清自己究竟怎麼回事，他走到一家專賣名產栗子炊飯的店門外，在木凳上坐下。

「咦……怎麼搞的？」珠運想起一種傳說中的植物，叫作帚木[61]，據說行人可從遠處看到樹梢，但是走近一看，卻什麼都看不見了，珠運覺得眼前這座山裡跟自己的心裡，似乎都長著這種虛無飄渺的帚木。至於他心裡那棵帚木究竟是什麼模樣，我們還是留給言文一致體[62]的小說家來描寫吧。

下　三寸幼木，螻蟻為害

世上若無疾病磨人，男人永不會懂溫柔[63]。據說現代有位才子，臉上留著翹向兩邊的八字鬍，傲慢的鼻梁上掛著夾鼻眼鏡，整天向人宣傳父母干涉子女造成的弊害。若有父母向他反駁，他就奮力反擊，不讓對方有開口的機會。

有一次，這位才子喝了只花一天釀成的劣質白蘭地，喝完後引起腸炎，才子痛苦地躺在床上掙扎。他母親端來一碗湯對他說：

「我做了一碗片栗湯[64]，可能你不會喜歡這味道，但還是喝喝看吧。」

61　帚木：據《源氏物語》第二篇〈帚木〉描述，傳說在信濃國園原的伏屋地方有種怪異樹木，遠看很像倒置的掃帚，走到近處卻看不見了。

62　言文一致體：口語與書寫體合而為一的文體。

63　作者引用《古今集》的句子並稍作修改，原句為：「世上若無櫻花季節，春天不再因花開花謝而心情起伏。」

64　片栗湯：片栗粉加入生薑、蜂蜜沖成的茶湯，日本民間相信可以治療感冒。

才子正因腹瀉感到沮喪，喝了湯之後，才明白母親多麼愛他，而他能有母親照顧是多麼幸福。才子終於知道感恩母親。從此以後，他在外面吃飯，一定會帶點禮物給母親，就算只是吃一頓三毛錢的廉價洋食，也會把甜點的蛋糕裝在口袋裡，帶回去給母親吃。

後來有人聽說這件事之後感慨道：「老天爺對萬事都自有安排，凡夫俗子不該隨便表示不滿。」這話確實很有道理啊。

話說，珠運一路走到馬籠，因為路上受了點風寒，到了馬籠之後便發起燒來。人在旅途上生病，最容易感到無助，珠運忍著病痛躺了兩天，正不知如何是好，這時，吉兵衛和阿辰剛好到旅店來找到了他。於是兩人忙進忙出，辛辛苦苦照料病人。很快地，珠運的病情開始好轉，吉兵衛和阿辰找來一台轎子，小心翼翼地將珠運抬回龜屋。從此每晚都由美女熬夜伺候這位患者。

阿辰向來篤信佛教，她只按照鄉下庸醫的藥方為珠運煎了湯藥，但藥效卻遠超過藥師如來的神藥。珠運喝下阿辰親手為他熬成的藥水，當然立刻藥到病除，病情一天天好轉起來。

阿辰為了祈求珠運早日康復，還向各方神明許過願，發誓戒食各種飲食，只求神明保佑珠運恢復健康。等到珠運病好之後，他才知道阿辰曾為自己許願，珠運高興得幾乎流下眼淚。他病了一個多月，這時仍然全身無力，不過已經可以坐起來了。旅店老闆還為他舉行了慶祝病癒的宴會。這天，等到賓客散去之後，珠運終於下定決心，拉著阿辰的手走進一個房間。兩人待在裡面談了很久，也不知談些什麼。

阿辰從房裡出來時，整張臉布滿紅暈，一直紅到耳根。第二天，珠運滿臉嚴肅地請老闆當他們的媒人。「我上次跟你說老人言和牛鞧一樣，怎麼樣？看吧！現在你相信了吧？」吉兵衛笑咪咪地說：「其實我早就為你們準備得差不多了。打鐵趁熱，今晚就舉行婚禮吧。為了紀念你們這段不平凡的姻緣，我就把阿辰當作自己的養女送嫁，也算我積一份陰德吧。」

說完，吉兵衛便向家中的奴僕吩咐道：「來啊！快端出小膳桌來！還有大碗，那個喜宴專用的酒壺，都拿出來啊！什麼，你連蝶花[65]都不會折啊？」

吉兵衛吩咐著，忍不住責罵外甥。婚禮就在既熱鬧又充滿鄉野的純樸氣氛中展開了序幕。

就在大夥忙得不可開交的時候，一個男人突然從外面走進旅店。「這是給阿辰小姐的信。」男人說著，拿出信封遞給老闆。阿辰讀完信，匆匆交代了一句話：「我馬上回來。」語畢，就慌慌張張地跟著那個男人出去了。天黑之後，婚禮的時間快到了，阿辰還是不見蹤

65　蝶花：用紙摺成的蝴蝶狀裝飾品，喜宴時繫在酒壺蓋、茶碗蓋上當裝飾。

影。吉兵衛急得不得了，派人到處去打聽，最後終於從同業的口中得知，那個帶走阿辰的青年就住在另一家旅店。

原本不該脫落的牛鞧，現在突然從牛尾上掉下來。吉兵衛不知該說什麼，他更不知該如何向珠運解釋。

阿辰絕對不會跟陌生男人跑走的，她不是那種行為不檢點的女人，但她究竟到哪裡去了呢？吉兵衛思索半天，想不出答案。就在這時，剛才那個青年又來了，還帶來一個包袱，遞到吉兵衛面前。

吉兵衛打開包袱一看，裡面有一封信，只見信上寫道：

龜屋吉兵衛先生敬啟

我與您素未謀面，聽說您曾給予我家阿辰小姐諸般關照，實在感激萬分。然而，現又聽說，您正準備為阿辰小姐舉行婚禮，這真是令人震驚的消息。現因某些特別的理由，有人反對阿辰小姐舉行婚禮。關於這件事，本該由我們親自出面，向各位提供協助的朋友當面致謝，並向各位詳細說明，但是因為情況緊急，而且阿辰小姐也另有想法。不瞞您說，為了避免以後引起糾紛，我們現在也不便出面阻止婚禮進行，只能先騙阿辰小姐回去，這樣才能延遲婚禮。我們這項臨時的決定為您帶來了困擾，實在抱歉，近日裡我們還會親自登門拜訪，向您說明細節，現在先把不久前您交給七藏的一百圓[66]全數奉還，另外再奉上一百圓，略表謝意，敬請笑納。

岩沼子爵家臣　田原榮作　敬上

信尾還有一行文字寫道：「珠運先生那裡，敬請代為轉告。」除了這封信之外，包袱裡還有看起來像一疊廢紙似的兩百圓鈔票。

66　即是前面章節提到的「一百兩」。一八七一年日本政府規定新制貨幣單位，「一圓」等於舊制「一兩」。在本文中，作者從這一章開始把「一百兩」改寫為「一百圓」。

第七　如是報

我自天飛來，他化自在天

「哎呀！是阿辰！」一個男人奔過來緊緊抱住阿辰。阿辰定睛一看，只見男人臉孔輪廓清秀，衣著華麗，臉頰上留著華美的鬍鬚。

「啊？好像在哪裡見過他……」阿辰縮著肩膀在腦中思索半晌，然後戰戰兢兢地抬頭望著對方。男人眼中的熱淚滴在她臉上，一股溫熱滲進她的骨髓。

「對了，五天前為了準備婚禮的化妝，我曾經照過鏡子，這個人跟我在鏡中的臉孔一模一樣。如此說來，他就是我父親吧。」阿辰是個聰明伶俐的女孩，轉念至此，立刻撲到父親懷裡。

子爵看女兒這樣，不禁想起室香當年的模樣，他雖是性格剛毅的男人，這時也忍不住傷心地憶起二十年前的那一天。「祝您一路平安……」室香跟他分手時，說話的聲音那麼無力，他其實很想回頭再跟她說些什麼，卻努力咬著嘴唇壓下了心中的衝動。他也不知自己為什麼要裝出不在乎的樣子，甚至還加快腳步，迅速走出門去。事實上，他根本不必走得那麼匆忙。當時他只恨自己腦後沒有多長一雙眼睛，無法看到身後。即使現在回想起分離的情景，他的心裡仍然充滿悲傷。

「女兒啊，原諒我，都是我的錯，害妳受苦了。從今以後，我不會再讓妳去賣花漬，也不讓妳衣衫襤褸，更不會讓妳再受風吹日曬。妳對我這些年的遭遇一定也很好奇吧？來！讓我告訴妳，離開妳母親之後過了兩三天，新環境帶來的緊張感漸漸被我對她的思念取代了。深夜在戰場上獨自仰望月亮時，我就忍不住流淚，總是偷偷舉起軍服的窄袖，不斷擦拭著怎麼也擦不乾的眼淚。

「每當軍隊出發的瞬間，馬蹄發出震耳的聲響，大軍齊步踏破朝霧，勇往直前。那一瞬，我心裡總是想起妳母親，心中激盪不已，好像被刀鞘尖端的鐵飾鉤住似的。然而，軍中的生活異常忙碌，就連寫封信的時間都沒有。俗話說，時間會沖淡往事的記憶。我沒有寫信給她，並不是對她的愛變淡了，而是戰況實在過於激烈。

「攻下江戶城之後，我們並未在當地駐留，而是立刻趁勝追擊，一直打到奧州。我漸漸聞慣了砲火的煙硝味，再也想不起粉黛香；我經常在睡夢中被進擊的號角聲驚醒，根本無暇追憶嬌妻滿頭亂髮的睡姿。愛情和生命已被我拋到腦後，擊潰敵人的決心令我振奮；趁著凱歌高奏的勢頭，我們從早到晚都在摩拳擦掌，隨時提心弔膽地準備迎擊。激烈的巷戰就像地獄般慘烈，我們恨不得吃敵人的肉充饑，喝敵人的血解渴，彷彿自己已化身為阿修羅[67]。我在戰場上奮勇賣命，很快就立下了戰功。連續記功一兩次之後，連總司令都認識我了，從此我便踏上了晉升之路。

「不久，我受到提拔，擔負起指揮作戰的任務。肩頭的責任越來越重，我只能咬緊牙關，拚死作戰。幸運的是，我不但從來沒被子彈打中，而且戰無不勝，攻無不克。

「有一天，總司令對我說：『你既有才能又有學識，何不跟隨某某大使到國外進修呢？最好再好好研究一下某種制度，等你回國之後，國家一定會重用你。』聽完這話，我想，若是走上出國深造這條路，我就違背了當初跟室香的約定。然而，當時的我正是血氣方剛的年齡，一心只想著，這可是男兒一展大志的機會啊。所以我就興高采烈地跟著大使到了美國，後來又轉到歐洲，前後在國外待了七年之久。

「我常想起室香，哎，不知她現在怎麼樣了？生下的孩子是男還是女？我連自己的孩子長什麼樣都不知道，孩子也不知道我的長相。我多麼想快點把孩子放在膝上，臉貼著臉一起玩耍啊。我買了好多新奇的玩具，譬如橡膠娃娃、氣槍……打算帶回去送給孩子，親眼看看孩子高興的模樣。我還經常登上三四樓的建築物，從高處眺望日本的方向。後來我認識了一位身分高貴、長期駐留歐洲的長輩，名字叫作岩沼卿。他沒有兒女，所以看中我這身分卑微的晚輩，並好意地向我表示，想讓我繼承他的家業。我雖再三婉拒，他始終不肯讓步，最後我只好恭敬不如從命，接受他的提議，欣然隨他一起回到國內。

「回國之後，我不但受到重用，連姓氏都改成了『岩沼』。當然，我也沒有忘本，就算我的身分比從前尊貴了，還是記著妳母親室香對我的恩情。

「我派出家臣四處尋找妳們，漸漸弄清了情況，聽到妳母親去世的消息，我真是悲痛萬分。可憐她還沒跟我一起享福，就離開人世了。哎，我吃了這麼多年苦，一方面是為國家盡忠，另一方面也是希望回報我最心愛的妻子，盼望有一天能夠笑著跟她一起回憶從前的艱苦啊。

「現在回想起來，那時我身上的小袖[68]和服因為布料早已陳舊不堪，稍微用力就會撐破，需要在布料下面再襯一塊裡布；我的腰上雖然插著長刀和短刀，鞘上的油漆卻早已斑駁

---

67 阿修羅：佛法的守護神。佛教天龍八部護法之一。

68 小袖：一種窄袖管的和服，江戶時代十分流行，不分男女都穿這種和服。

不堪。任何人看到我那時的模樣，都不相信我將來會有光明的前程，但是室香一點也不嫌棄我，她不在乎我的外表，不顧旁人的譏諷，還冒著被捕的風險，把我藏在她的房間裡。室香對我的這份情義，我永遠都不會忘記。後來當我決心要去從軍時，我用淚聲向她說明，她雖流下不捨的眼淚，臉上卻裝出笑容，體貼地安慰我說：『這是您的夙願。我聽了也為您高興啊。』她這種反應雖是出於教養，但我是個隨時可能送命的男人，她卻依舊把我照顧得無微不至。『您的頭髮亂了。』她邊說邊拿起梳子，幫我梳好髮絲。就連刮臉、剃頭之類的瑣事，也不讓旁人代勞。那時她悲傷得連手都抬不起來，幾乎無法用細細的元結繩幫我束緊髮絲，但她還是咬緊牙關，繞到我的身後，含悲幫我梳好髮髻，然後又從自己的髻上拔下金簪。那簪子還有她身體的餘溫，就被拿去變賣成鈔票，替我購置了出門的隨身用品。

「從前在那座種滿牡丹的花園裡，我跟室香曾經一起賞花。她用窄口花瓶和兩三枝菊花插成古流的花藝，總是讓我讚不絕口。那時我跟她一起躲在四疊半榻榻米的房間裡，氣氛多麼融洽，兩人總是笑聲不斷。可悲室香卻離開了人世，如今只剩下我孤單一人，陪伴我的只有自己的朦朧身影，這種無聊的日子多麼難以打發啊。

「現在擁有的榮華富貴要跟誰分享呢？我一直沒有續弦，因為我對未來早已不抱任何希望。我只顧著到處打聽親生骨肉的下落，經過多方探聽，終於找到了當初寄養妳的老婦。但我從她嘴裡只打聽到妳後來被人帶到信濃去了。我立即派人去找，卻怎麼也探訪不到妳的消息。

「我沒有其他孩子，只有妳這麼一個親生女兒，日子一天天過去，我年紀越大，越想念自己的骨肉。光是信州一個地方，我就派了三個家臣去找，好不容易才聽說田原找到妳。他正要幫妳脫離那個壞蛋七藏的魔掌，卻不知為何被耽擱了。接著我又聽說，有個叫作珠運的小子救了妳，妳欠著他的人情，不得已才被龜屋老闆逼著答應匆忙成親。我派去的家臣聽說這些，只好先回江戶來向我報告，待他第二次抵達須原時，又聽說妳馬上就要舉行婚禮了。他急得不得了，於是急中生智想到一個辦法。從前我為室香寫過一首和歌留作紀念，那個家臣猜想妳應該知道這件事，就讓我在信尾附上那首和歌。結果還來不及向妳解釋，就強行把妳帶到這兒來了。

「女兒妳受驚了吧。但妳不用害怕，我還會派人到龜屋那裡處理這件事。以後妳就是岩沼子爵家的大小姐了。我會慢慢教妳各種禮節與學問，還要為妳找個乘龍快婿。等我看到長孫誕生，以後就是在夢裡跟妳母親重逢，我也能對她交代了。我只要想到這裡，就高興得不得了呢。

「現在看到妳重新梳了頭，換上新衣裳，一下子就變得這麼漂亮，跟我剛才在門縫裡看到的妳，完全不一樣。現在想想，我這個父親，一直讓這麼漂亮的女兒穿著棉布做的棉襖，真是太慚愧了。我已派人去找賣雜貨的小販，馬上就會來的。妳看看還需要什麼，梳子、簪子之類的，自己挑選吧。衣服要到『越後屋』訂做。還有，這個女孩叫作阿霜，以後就聽妳使喚。她是來服侍妳的婢女，妳不必像剛才那樣，那麼恭敬地向她行禮。以後我還會帶妳去欣賞歌舞伎，參觀各處名勝，也要帶妳去參加舞會、音樂會，讓妳慢慢熟悉都會生活。妳識字嗎？連《消息往來》[69]和《庭訓》[70]都學過了？啊，我太高興了。對了對了，還要給妳找個有學問的好師父。」

好不容易講到這裡，阿辰的父親終於向女兒說完充滿父愛的長篇故事。眼前這種結局，不正是珠運所期待的嗎？他心目中的女神終於善有善報，得到了報償。但這種結局將為他帶來什麼呢？

69《消息往來》：初等教育教科書，蒐集了各種書信的慣用語句。

70《庭訓》：江戶時代以前幼童習字與認字的初級教科書。

第八 如是力

上 楞嚴咒文，難除愛欲

上一回裡關於阿辰的父親岩沼子爵的故事，簡直就像舊時代的作家創作的章回小說，最後終於迎來「大團圓」的結局。龜屋老闆吉兵衛聽完故事，想起那個提著小竹籃去買菜的阿辰，竟是身分比庶民高貴萬分的岩沼子爵愛女，忍不住驚訝地說：

「所以說，世上還是有神明、有佛祖的。因果循環，報應不爽。蘿蔔種在肥沃的土裡，自然長得粗壯。幸運的果實屬於好人，所以阿辰小姐最後終於得到幸福。」

吉兵衛高興得不得了，臉上露出欣喜的表情。他聽了田原提出的建議，二話不說，立刻表示贊同。這樁婚事原本是他先提起的，但他現在好像已經忘了似的，並沒向田原提起這樁婚事。因為他想到了珠運。不用問也知道，珠運現在的心情肯定十分鬱悶。吉兵衛顧慮到這一層，決定親自出面宣布取消婚禮，並把阿辰從貧家姑娘變成子爵千金的消息告訴大家。他把田原幾天前送來的一百兩銀子推回客人的面前，直截了當地告訴田原：

「現代人的禮數我不太清楚，但這種不該收的錢，我是萬萬不會收下的。府上還給珠運先生的一百兩銀子，我已經如數交給他了。子爵到現在沒向珠運表達一句感謝之詞，卻讓我這老頭收下厚禮，這比叫我用一口破牙嚼炒豆更令人為難啊。我還是把錢還給您吧。」

「哎呀，您誤會了。這是子爵的一點心意，您別固執，請務必收下。珠運先生那裡，我也要當面表達謝意，只是，他現在不在這兒。已經出發到外地去了嗎？什麼？在裡面的客房？既然如此，我去拜訪一下……」說著，田原提起皮包就要往店內走，老闆想給他帶路，田原卻拚命制止了他。

「對不起，有人在嗎？」田原先向屋裡打聲招呼，然後拉開紙門，向珠運行禮後自我介紹一番，接著又簡單說明一遍阿辰的身世和岩沼子爵的經歷。說完，他向珠運道謝，感謝珠運從前對阿辰的各種關照。接著，他將子爵致贈的幾樣禮物和兩百圓、子爵親筆書寫的感謝信及阿辰寫給珠運的書信，一起放在珠運面前。辦完這些之後，田原就只是低頭行禮，不再說話。珠運看他這樣，臉上露出不悅的表情，只拿起阿辰的書信，其他幾樣東西根本懶得碰一下，甚至連不久前吉兵衛代為轉交的一百圓，也拿出來丟到田原面前說：

「拿回去吧。你們這種做法真的很無聊。我珠運是為了賺錢才救出阿辰小姐的嗎？笑話！我是為了心愛的阿辰才出力相助，可不是為了岩沼家的千金。後來我們漸漸熟稔了，加上彼此有緣，不，或者該說，有緣分相助，我們才會互相喜歡，互訴衷腸。其實像我這種出門在外的旅人，連行李都怕太多，我卻決定娶她，連婚禮的日子都訂了，結果你卻突然跑來帶走阿辰。這種無情的行為，等於把我們的戀情化為一場夢，然後又把這個夢丟給貘吃了。

「當時我搞不清怎麼回事，連續兩三天都氣得全身沒勁，現在聽你解釋，才知道他們是父女。你身為人家的家臣，聽說主子的寶貝女兒要嫁給我這種低賤之人，便焦急得趕緊把她帶走，這也是可以理解的。我呢，也絕不會不知自己的身分，企圖在岩沼子爵的千金身上得到什麼。這些禮物和錢，請你全部帶回去。我心裡早已做好準備，當初的花漬女郎明確地跟我約好了，我們兩人要結為夫婦，所以只要她不變心，我一定會娶她為妻。就算御嶽山的白雪在十二月融化，我對她的愛情是永遠不會消失的。哎，我真討厭岩沼子爵的千金。而我心裡戀戀不忘的，是花漬女郎啊……」說到最後，珠運百感交集，簡直有點不知所云了。

「好，這一點最重要，也是主人叮囑我要達成的任務。」田原露出曖昧的笑容暗自盤算著：「就算他們的戀情比諏訪湖的冰還堅硬，我也要變成一陣溫暖的春風，不斷在他耳邊吹拂，必須讓他的痴情化為流水，免得將來變成麻煩。」

田原連連地舔著上唇說：「您說的這些，每一句都很有道理。但我們沒辦法把一個人分成兩半啊。而且阿辰小姐也不可能再變成花漬女郎。所以您的願望是不可能達成了。而您又說不喜歡岩沼家的千金，想必您從來也沒打算要當子爵的女婿。您跟阿辰小姐雖然私訂了終身，但是並未舉行婚禮啊。我看阿辰小姐現在似乎對您還有感情，不過我家老爺說，那只是年輕人不經大腦產生的感情，將來一定會發生變化。老爺打算將來為小姐找個門當戶對的對象，就是說，老爺想找貴族少爺當他的女婿。其實老爺這種想法，只要將心比心，設身處地幫他做父親的想一想，應該不難理解。這一點，我想您那麼聰明，肯定能夠體會。我這番話聽起來，或許會讓您覺得我是想拆散您跟阿辰小姐，但老實說，當初跟您約定終身的，是那個賣花漬的女孩阿辰啊。原本就是沒法實現的約定嘛。依我看，您不如像個男子漢，乾脆地了結這段姻緣，這才是為雙方著想呢。再說，既然您對阿辰小姐有恩，子爵當然也不能怠慢您，他以父親的身分送禮給您，也是應該的。您現在堅決不肯收下，我就很為難了。懇請您理解我的立場，務必收下吧。」田原伶牙俐齒地說完一大套道理之後，就離開了龜屋，也不知他是否回到東京去了。總之，從此以後，他再也不曾出現在珠運的面前。

哎，這就是人生……猛虎也會被樹上的猴子欺負，但能怎麼辦？只能抱怨彼此身分相差太遠啊。

「假設我有個官職或頭銜，田原那傢伙一定會向我恭恭敬敬地磕頭行禮，甚至磕得額頭上印出榻榻米的花紋呢。子爵也一定會向我客氣寒暄，把我當成貴客，最後還會招我為婿。可恨如今的世道雖然標榜四民平等[71]，其實庶民和貴族之間還是存在明顯的差距。他們太小看我珠運了，竟然想用幾百圓或幾萬圓就打發我，以為用錢就可以叫我閉嘴。這種令人厭惡的做法，我一輩子也不會忘記。不過，換個角度來看，人家畢竟是正四位[72]的子爵，不願招我這個佛像雕刻師當女婿，也是人之常情吧。

「但事實上，我從事的佛師這種職業，在世人眼中並不低賤。佛師的源流最早可以追溯到光孝天皇的皇子是忠親王[73]，平安時代的佛師『定朝[74]』後來受封成為我國第一位僧官。西洋還有俗語說『繪畫是彩色的無聲詩』，又說『雕像是由人物畫像的精華凝聚而成』。我擁有值得尊敬的雕像技術，甚至比米開朗基羅技高一籌，就算有千金小姐肯嫁給我，也不是

71 四民平等：江戶時代的庶民分士農工商四種等級，叫作「四民」。一八七二年，政府頒布太政官布告，規定農工商皆為平民，但另一方面，政府又同時創設了華族、士族兩種等級，跟皇族共享特權身分。

72 正四位：日本官僚制度中的一種品位，用來定義官階大小及俸祿多少的級別化方式。「正四位」是介於「從三位」與「從四位」之間的等級。

73 是忠親王（八五七—九二二）：平安時代前期的皇族，光孝天皇的第十二皇子。

74 定朝（不詳—一〇五七）：平安中期的佛師，因在法成寺造佛有功被尊為佛師始祖。

不可能的事情？」

轉念至此，珠運突然醒悟，自己現在就算氣得怒目圓睜也於事無補。他的胸膛裡塞滿了遺憾和懊悔，憤怒令他咬牙切齒，卻找不到發洩的對象。他感到更加怨忿，甚至在半夜也氣得滿臉通紅，不停地自言自語：

「這副無用的肉身不要也罷。哎！乾脆跳進木曾川的急流吧。只願來生能夠變成一個從不認識阿辰的人就好了。」

下　化城喻品，執著拒聽

珠運越來越瘦了。旅途上生過那場大病才剛痊癒沒多久，現在又因為失戀帶來煩惱與悲傷，他不但身形更加消瘦，精神也顯得委靡不振，整天盡做些噩夢，一下夢到自己掉進深邃的泥淖中，水草纏著兩腳不能動彈；一下夢到自己走在積滿露水的青苔路上，忽然一隻冰涼的山蛭滑進領口。每次從夢中驚醒，珠運都覺得心裡很不舒服，感覺連陽光都變暗了，他不免自怨自艾地想，就連天地都要這樣折磨我嗎？

龜屋當初只是旅途上的一站，誰又料到，自己竟然一眨眼就在這裡住了三個月。他原先的計畫是在到達奈良的路上，每天必須步行十里路，但是現在別說每天十里，就連在屋中隨意走幾步的力氣都沒有。白天，他沒事就打個盹，醒了就說幾句莫名其妙的瘋話，看到旁人也不苟言笑，臉上一絲笑容也沒有。

春天的腳步近了，溫和的暖風吹過藍天，覆在枝梢的積雪紛紛落下，垂掛在家家戶戶簷下的冰柱，也在不知不覺中消失。水珠順著屋簷不斷滴落，整片白雪化為碎塊，然後逐漸失去蹤影，朝南的茅草屋頂重新露出臉孔，看起來跟去年一模一樣，就連老眼昏花的龜屋老闆看到重新露臉的屋頂，也開心地嚷著：「啊唷，好久不見！現在水變暖和，草也發芽了。」

「你還沒看到老鷹吧？雉雞也還沒出來吧？」吉兵衛為了寬慰珠運的鬱悶心情，不斷找話跟他說，最後連香魚的話題都扯了出來。在這春光明媚的季節，年輕人都充滿活力，就像奔跑在春季原野的小馬，珠運這種病懨懨的模樣，實在很不正常。吉兵衛有時突發奇想向珠運打趣說：

「哎呀呀，你想不想看舞蹈表演？想看的話，就去木曾路呀。」他邊說邊配上長唄[75]的節

75 長唄：一種使用三味線演奏的樂曲，最先是作為歌舞伎的舞蹈伴奏音樂而誕生。

拍哼唱起來。他唱的這段雖不是長唄〈狂亂雲井袖〉[76]的歌詞，但他是真心希望逗得珠運開心一笑。可惜吉兵衛的努力並未成功，表演一番後，他只好心焦地勸慰珠運。

「不要哭，別哭了。人生就像一輛手推車。如果你這輛車有個輪子陷進水田，與其待在原地乾著急，還不如先去外面逛逛。說不定你會碰到另一個女人呢。俗話說『同一棵柳樹下面未必總能釣到一樣的泥鰍』，但是誰知道呢，說不定就像另一句俗話說的，哪天你就『從蛤蜊裡找到珍珠』了。哎！年輕人，你放寬心吧，人生何愁找不到戀愛的對象。」

吉兵衛在他的禿腦袋裡搜尋半天，終於想出這段老掉牙的「獎勵出軌論」，又加進一些老掉牙的舊笑話，絮絮叨叨說唱了一陣。然而，珠運根本不想聽，就算吉兵衛說得十分有趣，珠運也只是連連嘆氣。

看來這套行不通！吉兵衛思量著，決定不再開玩笑耍嘴皮，而改用慎重的語氣，一本正經地勸說，誰知平時看來性情溫和的珠運，這時不知為何按捺不住，突然像唱大薩摩調[77]似的粗聲粗氣地嚷道：

「多管閒事！不用你操心。討厭！」

吉兵衛遭到珠運出言不遜的反駁，只好閉嘴，但他忍不住暗自思索。

「我若是不管他，他肯定患上如今早已不流行的相思病，我雖想幫他一把，但他這件事麻煩得很。要不然，乾脆趁他還沒斷氣，趕緊趕他出去算了。只是，我實在不忍心做這種事。當初若不是我慫恿他跟阿辰結婚，現在倒也好辦，問題是，這件事是我出的主意，該由我幫他了結，否則我吉兵衛就不算個男人。」吉兵衛是個值得尊敬的長輩，想到這，便在腦中盤算起來。

吉兵衛畢竟上了年紀，人生經驗豐富，作為人生戰場上的老兵，他很快就看出了問題癥結，簡單地說，就是因為珠運整天無事可做，才有時間反芻失戀的痛苦。又過了幾天，吉兵衛來對珠運說：

「你真是日本最有福氣的傢伙！別急，且聽我慢慢跟你說。昨天我做了夢，夢裡出現一座金碧輝煌的宮殿，裡面住著一位衣著鮮亮的公主。她的臉孔朝向床間，不知在做什麼。公主的兩鬢和後頸髮髻的線條梳理得溫婉柔美，我要是比現在年輕二十歲，真想從背後撲上去抱住她。你別看我現在雖已彎腰駝背，看到面前有位美豔的公主，還是忍不住偷偷走到她身邊。待我手撐著迴廊、眼睛轉向她的側面一看，你猜怎麼樣？那竟是阿辰！我真的大吃一

76 〈狂亂雲井袖〉：歌舞伎《重重人重小町櫻》裡的配樂，歌詞勸人不要執著。

77 大薩摩調：江戶淨琉璃的一派，由大薩摩主膳太夫所創，經常用在劇中表現勇武的場景。

驚。她比以前賣花漬的時候更漂亮了幾百倍，臉上卻是滿臉憂鬱的表情。那樣子真恐怖，看得我全身汗毛都豎起來。我又向四周打量一番，看到床間的牆上掛著一幅畫軸，你猜畫的是誰？就是你啊。我看了有點嫉妒，躊躇半天，不知如何是好。這時，迴廊下面突然鑽出八百八靈狐[78]從身後追上來，還想咬我的腳跟，我嚇壞了，立刻拔腳就跑。誰知就在這一瞬，或許是靈狐為我戴上了諏訪法性的頭盔[79]還是八升小米的紙袋[80]，總之，我忽然連東南西北都分不清了，只有兩個眼珠不斷地轉來轉去。這時我驚醒了過來，發現自己的腦袋鑽進搔卷棉被[81]的袖子裡，所以不能動彈。

「說起來，你跟阿辰的故事雖比不上《本朝二十四孝》[82]裡的八重垣姬和武田勝賴，但你就是現代的勝賴呀！很光榮吧！哈哈哈哈。」吉兵衛說完發出一陣笑聲，悄然離開了房間。珠運獨自待在房裡，心情比剛才更淒涼。吉兵衛的一番話撩起他對阿辰的思戀，他孤寂地靠在屋柱上思前想後，不知不覺閉上眼皮……這時，阿辰的身影突然清晰地浮現在眼前。

「喂，等一等。」珠運伸手想拉阿辰的衣襬，那幻影霎時便消逝了，只留下一股餘恨在他心底盤旋。事到如今，不如將她的面影用木頭雕刻出來吧，珠運腦中浮起這個念頭。他沒發現這個念頭其實並不是他自己想到的，而是來自龜屋老闆的暗示。

珠運去找老人商量自己的計畫。吉兵衛聽完稱讚道：

「喔，這主意不錯。你想找個清靜房間的話，以前阿辰住過的那間屋子最理想了。只要鋪上榻榻米，把那裡當成工作室，住上一個月左右，是一點問題都沒有的。啊？你說不讓我過去看你？喔，我知道了。除了送飯以外，就不讓外人去打擾你，對吧？但你這樣不是像坐牢嗎？嗯，好吧，既然你堅持要這樣，就沒辦法了。但我偶爾還是送報紙過去吧？啊？報紙也不要？這可不好，不好啦！精神沮喪的時候，應該看看社會上發生的趣事才好啊。」

吉兵衛眼看珠運聽從安排，生活飲食都託付自己負責照料，又看到珠運欣喜地搬進戀人住過的房間，老人也覺得很高興，唯一的問題是沒法立刻找到可供雕刻立像的優質巨木。吉兵衛到處託人打聽，都尋無可用的材料，最後只好找了一塊很厚的二手檜木板材交給珠運。

---

78 八百八靈狐：後面提到的劇本《本朝二十四孝》裡的角色。「八百八」表示數目極多，「八百八靈狐」即是一群靈狐之意。

79 諏訪法性的頭盔：劇本《本朝二十四孝》裡的重要道具，是諏訪神社的神明在武田信玄的夢中賜給他的禮物，戴上這個頭盔上戰場可保戰勝。「法性」指具有神力之意。

80 「八升小米」的日文發音跟「諏訪法性」相近。

81 搔卷棉被：狀似和服的棉被，附有兩隻衣袖，作用相當於棉袍。

82 《本朝二十四孝》：淨琉璃劇作，也曾以歌舞伎、日本舞蹈等方式演出。故事講述日本戰國時代的武將武田信玄和上杉謙信兩家的恩怨。

第九　如是果

上　刻成佛體，未得安心

佛師為了雕成佛像，必須心中充滿勇氣，努力修行佛道，淨心潔身，誠敬齋戒，隨時誦念「南無歸命頂禮[83]」，專心一志，盡心盡力，三拜一鑿，九叩一刀。克服各種苦難之後，才終於雕成一座佛像。

酒肉和尚看到這座佛像或許會讚嘆道：「真是難能可貴！這座雕像完美地展現出佛陀的三十二相[84]，看到它等於就是看到了佛陀啊。只要膜拜這座佛像，肯定就能獲得庇佑。」但這只是俗僧的淺薄看法，佛師根本不會在乎俗僧的看法。因為對佛師而言，雕刻佛像是那位叫作優填大王[85]還是什麼烏龍大王[86]的大人物交付下來的任務。佛師誠惶誠恐地專心雕刻，額上滴下的汗水也不敢擦，木屑蹦進眼中也不怕疼，生怕一不小心就刻壞佛像。為什麼佛師這麼在意自己的成績呢？因為佛師一心只想獲得大王的認可。

有位商家少爺曾說，佛像這種東西，過度地崇拜是毫無意義的。他還舉出一位和尚的例子來證明自己這種看法。據說那位和尚經常抱怨：「一天到晚對著佛像念經，真是累煞人也。」但是這位和尚每天晚上跟他老婆熬夜閒聊，卻一點也不嫌累。商家少爺用這個例子得出的結論是：「人生就像肥皂泡一樣虛幻，人活一輩子就像一場夢。我必須抓緊『山中無老虎，猴子稱大王』的機會，及時行樂，否則我就吃虧了。」據說這位少爺經常慫恿他父母到廟裡進香，等父母出門後，他就趁機到帳房去偷銀子，然後跑出去嫖妓。

話說回來，珠運為阿辰雕刻的木像逐漸浮現在扁平的木板上。當初開始動手雕刻，並不是因為有誰雇他做這件事，就算他刻成一座木像，也不會有人給他工錢。珠運只是為了滿足自己的眷戀，才想雕刻出阿辰的容貌來。他常常拿起雕刻刀在木板上削一下，然後茫然地閉上雙眼，在腦中兀自幻想一番。耳中似乎聽到阿辰用嬌滴滴的聲音說道：「買點花潰吧？」

83　南無歸命頂禮：「南無」是皈依、歸命、頂禮的意思。「歸命」是將身心歸投佛、法、僧三寶，「頂禮」則是以頭觸地承接佛足之禮，是佛教禮拜中的最敬禮。

84　三十二相：佛陀所具有的三十二種殊勝容貌形象。

85　優填大王：第一座佛像的創始者。

86　烏龍麵的「烏龍」日文發音與「優填」相似。

這時，眼前便浮起阿辰可愛的嘴唇。「啊，對了對了，她的嘴唇就是那樣。」珠運想到這，像要抓住腦中的形象似的，趕緊再補上一刀，再用錘子敲一下鑿子，接著退後幾步，再三打量，同時想起兩人在那短短幾天裡的恩愛情景。

那時他們互相伸出援手，他從七藏身邊救出阿辰，阿辰伺候過身染重病的他。當時他發著高燒，滿身大汗，阿辰卻一點都不嫌棄他全身汗臭，反而用她柔軟的雙手照顧他，使他心底充滿欣喜。然而，往事如煙，當時的歡喜現在早已煙消雲散，只剩下滿腔的思念飄向阿辰所在的京城上空。每次想到這，珠運心裡就感到特別悲傷。

想當初，我幫阿辰解決困難後正要離開這間屋子，她卻伸手拉住我的衣袖，那時我要是毅然甩開她的手，現在也不會這麼痛苦了，珠運想，我現在是因愛生恨，才對這段感情發出怨嘆吧。

他越想越迷惘，茫然若失的腦中一片混亂。突然，阿辰的身影浮現在他眼前。她的眉型畫得十分嫵媚，兩個水汪汪的眸子，蘊含著無限柔情，阿辰正在凝視手裡的木梳，也就是珠運刻上許多花朵的那把梳子。看到她那美麗的身影，珠運忍不住讚嘆道：「啊！就是這姿態！」說著，他又拿起鑿子，把幻想中的人物刻在木板上。

很快地，二十多天過去了，珠運終於按照自己當初的構想刻成一座木像。他沒讓雕像穿上阿辰當花漬女郎時的那身襤褸衣衫，也沒給她子爵千金的錦衣玉帶；他在雕像身上刻滿梅花、桃花、櫻花、菊花等各種花朵，彷彿一件百花織成的華麗花衣。在他充滿愛意的眼中看來，眼前的木像簡直就是觀音菩薩的化身。他已不在意別人的眼光，接著又在木像背後加上一圈圓光，木像頓時化身成為美麗的仙女雕像。

珠運對自己的作品非常滿意，整天心神蕩漾地望著雕像。這天晚上，他在夢裡又跟阿辰重逢了，因為心情特別興奮，他就把從前一直藏在心底的情話全都向阿辰傾訴。

「珠運我原本不懂愛情，現在卻掉進煩惱深淵，都是因為妳這酒窩，真可恨啊。」

「因為被愛而沾沾自喜的愛情，太膚淺了。必須讓你覺得討厭到可恨的程度，才是『絕不變心，願以生命交換』的真愛啊。」

「啊？妳說什麼呀。我可是準備一輩子都愛妳的。」

「哎唷，騙人。剛才還說我『可恨』，現在又說『愛妳』。前言不對後語嘛。可見先生您多麼能言善道。」阿辰含笑瞪著珠運，舉手佯裝要打人的樣子。珠運一把抓住阿辰纖細的手腕，溫柔地握在手裡。

「必須讓妳覺得討厭到想動手揍我的程度，才是『絕不變心，願以生命交換』的真愛。」

珠運像鸚鵡學舌似的重複一遍。阿辰看他那模樣實在可笑，忍不住笑著低聲嚷道：

「放開我的手啊……」

「不放不行？」

「對。」

「哎唷唷，那是我失禮了。」珠運說完立刻放開阿辰的手，嚴肅地露出不悅的表情。阿辰從一旁打量半晌，似乎很擔心的樣子。珠運被她看得有點不好意思了，便伸出兩手想要遮住阿辰的眼睛，誰知阿辰一把抓住他的手，並模仿男人的聲音說：「不放不行？」說完，兩人發出開心的笑聲。

不料就在這時，珠運卻聽到子爵蒼老的聲音喊道：「女兒，女兒。」他立刻驚醒了，睜眼一看，原來昨晚忘了關窗，一隻烏鴉剛從窗外飛過。

「討厭，竟是那隻烏鴉在叫？」珠運氣憤不已，猛然轉回頭，看到自己剛完成的雕像，跟夢裡見到的阿辰簡直相差太遠了。他突然覺得遮蓋在阿辰身上的那些花朵很不順眼。「這些是哪來的蔓草妖怪啊？」他心裡充滿厭惡，甚至對自己的作品發出嘲諷。

「不穿花衣的話，該穿什麼呢？」

想了半天，珠運也不知該給雕像穿什麼。他邊思索邊將雕刻刀放在磨刀石上，開始研磨起來。

下　妄想成形，自覺妙諦

珠運拿起雕刻刀，先削掉一朵遮住木像手臂的花朵，接著又削掉第二朵。他決定拋棄原本的構想，除去雕像身上的全部花衣，讓她恢復自然的面貌。他覺得自己正在進行的作業很有意義，因為雕像與生俱來的自然美即將展現在世人面前。這身花衣原本就多餘，現在一刀一刀削掉花朵，他覺得非常有趣。沒多久，手裡的刀子已經削到肩膀和脖子周圍。不管是梅花還是櫻花的花瓣，都不夠資格用來遮掩這具女性肉體美。珠運嘀咕著，一面連連揮刀。

削掉豐滿可愛的乳頭之後，他又補上一刀，砍掉遮蓋乳頭的菊花。「這種花，連香氣都沒有，竟敢如此驕狂。」珠運自言自語著，飛速揮動手裡的刀子。說來也真好笑，這座雕像原本是他昨天才完成的傑作，現在他卻滿臉恨鐵不成鋼的表情，好像這雕像是阿辰的仇人刻出來的。其實木像現在變成一具裸體女人，也是根據他的妄想刻成的，但他現在想到那是一具真實存在的肉體，不禁覺得昨天為雕像刻上花衣的做法愚蠢極了。

「那等於是為美麗的雕像塗了一層粗糙的廉價顏料啊。」珠運想到這，心中既後悔又慚愧，手裡的刀子便不由自主地飛快揮動起來。他緊緊抓著刀子，專注地在木像上面切鑿削砍。就像個惡作劇的孩子在聖經裡畫了山水天狗[87]，但到了星期天早上，又焦急地拿著橡皮，想擦掉自己的塗鴉。刀子已跟珠運的手連為一體，刀刃映著燈光，不斷閃出鑽石般的亮光，切鑿木板的聲音彷彿箭矢從空中飛過時發出的風聲。

每揮動手裡的刀子一下，他就退後一步，仔細檢視自己的成果。他全身充滿幹勁，精神昂揚，就像一把古琴的琴弦雖被撥斷，琴聲卻仍餘音繚繞。他花了這麼多年學到的知識，費盡心血練就的技術與經驗，正在他的拳頭上迸出火花。他忘了疲倦，忘了困乏，腦中思路清晰，全神貫注，專心一志，片刻也不敢鬆懈，就連額上不斷冒出的汗珠，他也無暇擦拭。當他進入這種專注修行的狀態後，耳中再也聽不到外界的聲音，腹中再也感覺不到饑餓，身體與生命也自然而然地不再被他放在眼裡。他已獲得完全的解放，內心充滿了自信。

珠運呼出一口熱氣，吹掉雕像上的木屑，在他專注地一呼一吸之間，銳利的目光也同時聚集在作品上。原本那座阿辰的虛妄身影被包裹在假象的花衣下面，現在已從空虛的幻影中解脫出來。呈現在珠運眼前的，是一座造型莊嚴曼妙，具有不可取代神聖實相的風流佛。

珠運抬頭仰望著佛像，腳底搖搖晃晃向後退了幾步，一不留神，猛然跌坐在地上，他用手搓弄著散落滿地的木屑，臉上露出若有所思的笑容。人活在苦多樂少的三界[88]之中，原本就像身處燃燒中的火宅，眾生心中充滿苦悶，永遠無法獲得安寧。

突然，門外傳來一陣急切的呼喚：
「珠運先生，珠運先生。」

87　山水天狗：用草體字的「山」跟「水」組成的天狗臉孔圖案。
88　三界：指欲界、色界、無色界，也就是眾生生死輪迴的世界。

第十　如是本末究竟等

上　迷迷迷，唯識所變，凡夫執迷。

龜屋的女傭進屋對珠運說：「我家主人請您務必過去一趟。」珠運想，反正這間破屋也沒東西可偷，便立刻起身跟著女傭一起來到龜屋。吉兵衛滿臉等得心焦的表情，先向珠運問候一番，再把珠運拉到裡面的房間。

「是這樣的，珠運啊，你在這兒已經住了這麼長一段日子。原本積雪那麼高，現在都化得差不多了。我看最近天氣很好，出門遠遊也不至於太辛苦。你原是為了修習技藝，才決定前往各地觀摩。像現在這種季節，要是一直窩在房間裡，豈不可惜？

「說起來，我想你自己也很清楚，一切都是因為你的心被阿辰帶走了。這種結果對一個年輕人來說，當然很無奈。但我萬萬沒想到，你雖被她拋下，卻一點也不恨她，甚至還為她雕刻木像。

「據說從前中國有位痴情又愚蠢的皇帝，他在寵妃去世後，命方士燃起返魂香，企圖喚回妃子的靈魂。結果他雖然看到了寵妃的靈魂，心情卻更加悲傷。老實說，我覺得你現在跟那個皇帝一樣愚蠢。之所以當面這樣責備你，完全是為了你好，我勸你啊，還是死了這條心吧。就當從來沒見過阿辰這個人，還是繼續到奈良去修行吧。我跟你雖然只是萍水相逢，卻還是希望你練成一身超群的技藝，更希望將來聽到你到處受人歡迎的好名聲啊。

「但我現在對你說這些，並不是要趕你走唷。不瞞你說，昨天我在你窗外偷看了一眼，看到雕像好像已經圓滿完成了。我才想，你再繼續待下去，對你也沒有好處。我現在心裡對阿辰越埋怨，就越想偏袒你，越是真心誠意想要幫你，希望你將來前途光明。我昨晚用心想了一整夜，結論就是，你還是用你的賺錢工具，狠心切斷這段沒有價值的感情吧。今後也別再到處遊蕩，還是直接前往奈良或西洋去吧。

「當初勸你辦喜事，是我老頭子這輩子犯下最大的錯誤。除了這件事，我不記得自己還做過什麼壞事。現在我只擔心將來到了地獄，閻王爺可能會給我掛上寫著『壞人』兩字的鐵牌吧？所以今天早上向佛祖供茶時，我特地真誠地懺悔了一番。

「我勸你辦喜事，後來又叫你不要辦，我這麼做，就好比把一根黏蟲竿塞到你的手裡，卻又不准你殺生。老實說，這種話我也實在難以啟齒，但我還是得硬著頭皮向你道歉，也要真誠地向你提出忠告，你還是忘了阿辰那個女人吧。

「這次我應該不會再弄錯了。只是，人哪，畢竟是活的，我們也不能強迫別人非得怎麼做。尤其像人情這種東西，最麻煩了。譬如我們到家廟去拜拜，順手帶一把榁樹葉供在祖墳上，這件事說起來很簡單，但是跟這件事比起來，我反而覺得，寧願用自己吃苦賺來的錢買件友禪和服給孫女，比在祖墳供上榁樹葉更簡單。人這玩意真是太奇怪了。

「我幫你打過算盤，也計算過得失，雖然你珠運不一定跟珠算扯得上關係，也不一定需要計算什麼二一添作五或是六。總之，你珠運還是得踏上旅途，才能有所收穫；若是把你放在人情的天平上秤量一番，根據你的靈魂砝碼狀態來看，你大概三乘五得出十八的結果都有可能……世界上有很多男人追求女色，他們覺得在青樓讓妓女陪著喝口小酒，價值遠遠超過整箱錢幣。這種男人最後都因為貪戀女色，而搞得傾家蕩產。

「至於你呢，不，至於您呢，您這麼執著於自己的妄想，也是人之常情。但我用自己這雙閱歷豐富的老眼，細心觀察過某些反派人物的戀愛，為了讓您理解我的看法，就向您報告一下自己的觀察結果吧，也希望藉此幫您斬斷自己對阿辰的情絲。

「首先我曾調查過男女為何會愛上對方，也調查過男女會愛上什麼樣的對象，調查的結果十分可笑。我的結論是，不論是迷戀女人的男人，或是被男人迷倒的女人，他們愛上的，其實只是自己的幻想。

「普通人展開一段戀情的順序大致是這樣：男人首先聞到一陣梅花清香，於是回頭張望，看到一名身輕如柳、貌美如玉的女人。於是男人暗自讚嘆：真是個美女！到這個步驟為止，不論你是西行還是凡夫俗子，幾乎所有人都是一樣的過程。但有些頭腦較差的傢伙，就會從此把那女子的身影烙印在眼底，再也無法忘懷。之後若是有緣，又跟女子偶遇兩三回，女人記住了男人，還跟他打了招呼，從此男人心中的那個幻影就會變得更有分量。女人的歡聲笑語不斷傳進男人執著的耳朵，反覆在他耳中縈繞，兩人若是進一步交往，就開始彼此打鬧嘻笑，互相體貼關懷。

「男人跟女人約會時，順便帶一本《新著百種》[89]當禮物，女人也會嚷著：『夏季的夕陽好厲害，陽光還是這麼強，你被曬熱了吧？』一面拿起有名的岐阜團扇替男人搧風，擠乾浸過冰水的手巾後送到男人手裡。

「男人受到這種待遇，自然是喜不自勝，又吃到女人送上的甜瓜，甘美的滋味立即填滿他的胃袋。這下可不得了！原本的幻影突然有了靈魂，漸漸幻化成千姿百態，比佛陀的三十

89《新著百種》：一八八九年起吉岡書籍店發行的小說雜誌，本作第一次發表就刊載在《新著百種》第五期。

二相更多采多姿，甚至多達一百三十二相呢。幻影中的女人聲音嬌美無比，比餵過美聲藥的黃鶯叫得更嘹亮。女人則擁有一副慈悲心腸，看到男人笨手笨腳，反而更加溫存體貼，把男人照顧得無微不至。

「男人受到女人的溫柔照拂，忍不住下狠心喊道：『管不了那麼多了！』就算自己的父親要跟他斷絕父子關係，他也不在乎，決心要娶那個女人為妻。最後，男人終於跟女人結為夫婦。但在組成小家庭之後，男人才發現女人並不像當初幻想中那麼理想。

「這時他才發現女人後頸髮際線周圍沒什麼頭髮，看起來光禿禿的；乳房下方還長了一顆痣，形狀酷似烤焦的紅薯。不僅如此，女人還喜歡跟收廢紙的小販調情拌嘴，那模樣不但令他感到難堪，甚至連她嘹亮的嗓音，他也不想聽了。而最讓男人受不了的是，女人玩花牌的時候表現得像個凱子，即使受騙輸了大錢，她也毫不在乎。

「男人開始後悔了。為什麼當初會娶這種女人當老婆？如今自己的人生已經過半，最後一幕才剛拉開序幕，壓軸戲卻已上場。事實上，一切都怪他心裡那盞燈，硬把一尺的竹尺照成兩尺的影子，明明不是什麼值得留戀的女人，卻被自己幻想成天仙。

「那個令你既恨又愛的阿辰，就跟我說的這種女人一樣。只因你對她一往情深，才對她產生了幻影。我看你在阿辰的雕像背後加上圓光，或許打算當她是神聖的菩薩來膜拜。其實一切都是你的幻影啦！幻影！阿辰那女人才不像你想的那麼高貴優雅呢。老頭子我今天才明白這件事，實在可恨啊。你別再執迷不悟了。先看看這份報紙吧。」

吉兵衛越說越激動，剛開頭還很客氣地稱呼珠運為「您」，說到後來變成「你」也不再更正。甚至平時不敢對珠運表達的不滿，也忍不住全說了出來。

「這個自以為是的老頭，竟給我開什麼戀愛講座。還那麼不客氣地把我心愛的妻子叫作『阿辰那女人』、『阿辰那女人』，真是笑死人。」珠運邊思索邊氣憤地瞪著吉兵衛。他沒有理會吉兵衛的勸說，只向他問道：

「昨天託您訂購的胡粉[90]送來了吧？」珠運說完，就像搶似的接過胡粉和刷子，並把報紙塞進懷裡。吉兵衛雖想挽留，珠運卻起身就往外走。他慌慌張張地快步奔回自己熟悉的破屋，抬頭一看，那座悠然自得的風流佛就在面前。珠運看著雕像，心中的怒氣逐漸平息。他決定拋開吉兵衛剛才那番勸說，先為雕像塗一層合適的顏料。或許珠運是個有點呆的男子吧，塗完顏料之後，他又靠著屋柱盤腿坐下，悠閒地欣賞起自己的作品。

看著看著，他忽然想起剛才吉兵衛對自己說過的那些話，於是翻開報紙，一個標題立刻

90　胡粉：繪製日本畫所需的白色顏料，主要成分是貝殼。

躍進眼中：「岩沼小姐和業平侯爵」。珠運連忙轉動眼珠細讀那則新聞：

被喻為深山美玉的當代美女岩沼小姐，自她遷入都城之後，城裡的三千佳麗皆因她失色。多少名門公子、豪賈富商都為她傾倒，爭相討她歡心。其中有位號稱業平[91]再世的某侯爵，向來深受大眾好評，最近終於獲得岩沼子爵許諾，即將在近期與子爵的千金結為連理。眾所周知，侯爵的頭腦聰明，舉止文雅，是一位不負「今日業平」稱號的好青年。子爵千金跟侯爵因互相愛慕而決定結為百年之好，實在是世人歆羨的對象。

珠運讀到這，臉孔突然脹得通紅，又立刻轉為蒼白。他用力抓起報紙，三兩下就撕成碎片，然後不管三七二十一就把碎紙撒向空中。

下　戀戀戀，金剛不壞，聖者之戀

撒謊這種行為不知是誰先開始的，如今的社會早已世風日下，誠實人被當成傻瓜，說真話被視為愚蠢。

珠運的師父對弟子說過：「從前大家都以為，男女之間只要彼此承諾永不變心，就能相守終生。但有些男女卻很狡猾，他們雖在神佛面前起誓立約，卻是用毫無誠意的筆尖蘸上虛情假意的墨汁，寫了一紙虛有其表的文字，實在可悲啊。相較之下，還不如買一張牛王寶印[92]，用自己的鮮血在符紙背面寫上血書，然後拿到神明面前發誓才更值得贊許。

「最近很多男女把錢看得比命還大，根本不將熊野牛王放在眼裡，也不怕遭到報應，他們通常都是自己寫一張借據給對方，上面寫著：『今收到借款現金千兩。金額無誤，特立此證為憑。』結尾還附上一句：『我若變心，可憑此證索款，必定如數償還。』寫好之後，再蓋個骯髒的圖章來強調承諾的分量。其實有一本書裡曾介紹，這種憑證是用烏賊的墨汁寫的，印泥裡面也混入了烏龜的小便，經過一段時日，憑證上的字跡和印章會自然消失，變成一片空白。自從這種投機取巧的詐騙手段出現後，男女私立字據的習慣也慢慢廢除了。據說現在最現實的做法是，男人把手裡的公債證券改成女人的名義，女人則把父母像人質一樣送到男人身邊供他使喚。」

91　業平：本名「在原業平」，日本最具代表性的俊男。

92　牛王寶印：除厄護身符，符紙上寫著「牛王寶印」或「牛玉寶印」，可貼在門上或隨身攜帶。

珠運的師父還告訴他的弟子：「現在這年頭，女人找丈夫，最好找個理學士或文學士，因為現在這種人最有前途；至於男人找老婆嘛，從前是認為男人最好能娶個音樂家、畫家或助產士，因為這樣最不虧本。但是娶老婆若要考慮虧不虧本，還不如找個會玩仙人跳的女演員、老鴇，或專門在錢湯脫衣場扒人財物的『更衣室扒手』。最好都是擅長英語或法語的交際花，只要讓她們攀上華族少爺，一天之內就能騙到五六枚金戒指呢。如今這種女人才是最受歡迎的妻子人選。珠運啊，你可要小心，別被女人騙了。」

當初珠運聽到師父的勸告，還在心裡冷笑說：「怎麼可能有這種事？」現在他終於發現自己多麼愚蠢。

如今回想起來，自己犯下最大的錯誤，就是視阿辰為女神，當成菩薩膜拜。就像刀匠有時會用刀刃上的血槽[93]來掩飾裂紋，阿辰託人從田原捎來的那封信裡，也用謊言完美地掩飾了自己的劣根性。她在信裡寫道：

我實在忘不了你，無時無刻不在思念你。我整天都向神明祈禱，期望在不久的將來能告訴父親我這份心思，好讓我們盡快朝夕相伴。

珠運回想到這兒，當初讀信時的那份喜悅已經化成了一股怨恨。他挑起充滿恨意的眼角，全身無力地靠在屋柱上。半晌，他微微抬起垂下的腦袋，仰頭直視阿辰的雕像。只見她悠然佇立眼前，全身散發著高貴的氣質，就像廣闊夜空裡的一輪明月，似乎對人世間的紛紛擾擾毫無知覺。珠運突然對自己心中的疑惑感到十分羞恥，不自覺地嘆了口氣。

「哎呀，我想歪了。那麼美麗的阿辰，怎麼會有那種卑鄙的想法？那天在龜屋後面的客室商量終身大事的時候，阿辰跟我的態度都那麼嚴肅，絲毫沒有說笑的成分。我們真摯坦誠地向對方保證絕不變心，就算天上劈下雷電，也不能分開我們。不管子爵多麼位高權重，就算他幫阿辰找了其他對象，但我跟阿辰早已生死相許，我的命就是她的，她的命也是我的，她只有一條命一個身子，怎麼可能再嫁給侯爵？而且我們在客室商量的時候她還撲過來，額前光滑的髮絲貼在我的膝上，她激動的模樣多麼令人憐愛……」

珠運想起阿辰接著還向自己含淚說道：

「我是個愚蠢的女人，你卻如此愛我，對我這麼情深意重，我真覺得既幸運又感激，滿心喜悅卻找不到適當的字眼表達，每次想到這，我就對自己這張笨嘴感到羞愧。

93 血槽：刀劍上跟刀身平行的長條凹槽。

「我永遠不會忘記那天早上，你送還梳子給我，在那把毫不起眼的梳子上，你刻上了各種花朵。從那時起，我就愛上你的溫柔體貼，我小心地珍藏著那把梳子，不讓那些花瓣缺損半片，因為每朵梅花、櫻花都留下你雕刻刀的氣味。每個白天，我將你給我的寶貝插在髮髻上，它就是我的寶石皇冠，我每次舉手投足都非常留心，不讓梳子掉下來；晚上睡覺之前，我把它收進針線盒的盒底，放在自己枕畔，每晚都要打開盒子欣賞好幾遍，才能夠入睡。

「我尤其忘不了那天，舅舅不知為何那麼無情冷酷地對你說了那些粗魯難聽的話，其實一切都該怪我，結果卻讓你聽到那些令人不悅的責罵。每句話聽在耳中，都讓我心中隱隱作痛。當時我強忍憤怒，抬頭望著你的臉，誰知你竟表現得那麼悠然自在，不但毫不在意，還輕輕鬆鬆幫我解決了問題。在那之前，你已多次幫助過我，為了報答你的大恩大德，我至少應該為你按摩肩背、腿腳才是，你卻反過來對我那麼柔情體貼。每天清晨，我把洗臉的溫水放在迴廊邊，再將楊樹枝的一端弄成牙刷狀，用托盤端著楊枝牙刷和食鹽到你面前。對我來說，這只是舉手之勞，你卻對我百般呵護地說：『都怪我每天起得太早，害得妳也跟著早起，看妳被寒冷的晨風吹著，好可憐，真叫我心疼。』

「常言道，人生短短五十年。如果這輩子都能與你相守，我就沒有任何遺憾了。我只求自己能夠盡心盡力報答你的恩情。我對你的愛慕之情，比從前更深更濃，不僅如此，我好像比從前更懂事了。從前的我對自己的外表一點都不在意，不知從什麼時候起，我開始留意化妝打扮，有時還會對著鏡子偷偷自問，不知他喜歡我梳什麼樣的髮型？有一天晚上，我洗完澡，羞怯地化了薄妝，怯生生地走進客室，看到你正微笑著凝視我，你的眼中彷彿隱含著某種平時沒有的東西。看到你那眼神，我不禁暗自怦然心動。

「說來令人害羞，其實我並不是為自己打扮，因為我心裡一直有個願望：『希望珠運讓我留在他的身邊』。可能吉兵衛先生也看出我的想法，才會找你商量婚事。他叫你娶我為妻，你卻再三推辭……那時我剛好在門外聽到你們爭論。我只感到腦中一片慌亂，頭暈目眩，幾乎站不穩腳步。我趕緊轉身離去，夢遊般的躲進一間空柴房。一隻腳剛踏進房間，熱淚立刻奪眶而出。我哪有資格成為你的妻子呢？

「吉兵衛先生或許是為了我著想，但他對你說那些話，實在太鹵莽，也太令我悔恨。我只想做你的女侍，一輩子陪伴在你身邊，這樣我就非常心滿意足了，卻沒想到吉兵衛先生那麼多事。

「我不禁擔心起來，萬一你以為是我讓他去跟你提親，而遭到你的誤解，被你厭惡的話，我該怎麼辦？我這輩子會落個什麼結局呢？想到這，我不禁傷心地哭了起來，也忍不住想埋怨你：珠運你真是的，怎麼說起話來那麼冷酷無情啊。

「我一面哭一面想，說不定阿辰在你心裡就像孩子抓到的一隻小麻雀，你只是幫忙放生我而已。那天之後過沒多久，你就不辭而別，離開了龜屋。我聽到這消息時，心裡的感覺就像我花了十天割下的稻草，一天就被火燒光了。當時我在心中嘆息道：看來這輩子除了當尼姑，我已經無路可走了。

「後來聽到你在馬籠病倒的消息。我當場吃驚地嚷起來。但另一方面，我這顆痴迷的心，卻暗中湧起一絲喜悅，因為我想到，這下就可以去照顧你了。事實上，我的辛苦還是值得的，因為今天大家就要為你舉行慶祝病癒的喜宴了。不過，這件喜事雖然值得慶賀，剛才在廚房裡，我卻感到有點沮喪，擔心你又會不告而別。剛好那時吉兵衛的老婆看到我在傷心，便對我說：『妳若想跟珠運結為連理，就趁他不注意偷偷從他頭上拔一根頭髮，然後跟妳的頭髮緊緊捆在一起，口中念〈急急如律令〉，一面把頭髮丟進谷底的小溪，這樣就行了。』其實我心裡也明白，這個討厭的老太太是在開我玩笑呢，但我那時一心只想留下你，甚至還覺得她教我的辦法極好，差點就按照她的指示念咒了。當時我這顆小小的心靈充滿了痛苦，總以為自己做錯了什麼，或因為想法太淺薄，遭到你的嫌棄。我獨自懊悔、煩惱著，直到我聽到你說的那句話：『就算雷電從天上劈下，也不能把我們分開。』

「啊！老天爺在上，我在此發誓，阿辰這輩子都跟定你了。」

珠運回想到這兒，又想起阿辰當時淚流滿面，淚水甚至浸溼了自己的衣服，難道她說的都是謊話嗎？

報紙上寫的才是謊話吧？我竟然相信報紙，而對妻子的真誠起了疑心，我太卑鄙了，珠運想。但他又立刻轉念想到，無風不起浪，報紙總不會無中生有吧。再看業平侯爵的條件，不但身分高貴、儀表出眾，而且才能卓越，顯然是一位優秀的人才。

「哎呀！真叫人嫉妒！我既沒有身分地位，外表也不俊美，更沒有拿得出手的才能，根本沒法跟他相比。子爵說的沒錯，阿辰對我只是一種不成熟的少女情懷，她在京城受到開放風氣的薰陶，一定早就變心了。」珠運想來想去，情緒更加低落，也不知如何是好。突然，他大吼一聲：

「現在我懂了。妳這善變的女人，為了自己的榮華富貴，選擇那個侯爵，拋棄了我！」

「你怎麼說這種話，阿辰我……」突然有人開口說道。

啊？珠運大吃一驚，回頭望去，這時夕陽即將西沉，布滿彤雲的天空燦爛明亮，屋中一片寂靜，只有那座雕像孤零零地站在他的面前。

「可惡！心亂如麻，腦子裡面亂烘烘的，我居然聽到阿辰的聲音。吉兵衛跟我說的那些話，全都說中了。我好不甘心！竟被妄想中的幻影戲弄。甚至像個笨蛋似的聽到了不存在的聲音。阿辰這女人已迷惑我到這種地步。我竟不知妳是個多變的女人，簡直就像漂浮在塵世的浮萍。當初錯看妳是天上的菩薩，還在妳的雕像背後加上圓光，可惜啊！管他是哪家的業平還是瘋瘋鬼，隨妳的便，妳高興就嫁給他吧。」

「你這話說得太過分了。是你自己多變吧。」

「哎唷？好奇怪！這聲音確實是……難道煩惱讓我陷進醒不過來的夢裡了嗎？」珠運揉揉眼睛，只看到眼前那座孤零零的雕像。

這時，風中傳來數數歌的歌聲，他側耳傾聽，似乎是在遠處那棵日本冷杉的下面，一群孩子正拍著手鞠[94]唱道：

從一數到百，接到拍呀拍。
一歲銜奶頭，兩歲已斷奶。
三歲自己睡，四歲學撚線。
五歲會紡線，六歲始織布。

歡快的曲調裡聽不出一絲人間辛勞。孩子們整齊地發出純真悠揚的歌聲，一面打著拍子，一面高聲歡唱。奇妙的是，這些人類創作的歌曲聽在耳裡，卻像清風從耳邊拂過，帶來美妙的感覺。手鞠遊戲的規則是接到球的孩子連續拍一百下之後，把球交給下一個孩子。珠運覺得這種遊戲跟人生十分相似，只要人類擁有與生俱來的「欲望」，就會拚命設法滿足這種「欲望」。那些孩子有時因為失誤沒拍到手鞠，但他們也只覺得遺憾，而不會聯想到報應什麼的。孩子的世界跟戀愛或人生無常之類的想法是扯不上關係的，那些開心歡唱的孩子令他非常羨慕。

「哎，天真無邪是最可貴的。從前的我，什麼都不懂，就像還沒染色的白麻線，所以我活得純真無欲。然而，當我嘗到戀愛的喜悅之後，我就像染了色的白麻線，最後自己被苦惱弄得一團糟，就像浸溼的麻線最終纏在一起，根本解不開。」珠運陷入了沉思。這時，不知從哪兒傳來一個聲音對他說：

「我不喜歡那個顏色。」珠運不自覺閉上眼，眼前清晰地浮現出阿辰的面影，他雖覺得那張臉有點可惡，但是看到她含淚辯解的模樣，心中的恨意早已不知去向。

原來如此，珠運想。

94　手鞠：用絲線纏繞而成的線球，可大可小，玩法類似沙包。

耳邊只聽阿辰正在向他抱怨，「是你自己的心多變吧。只憑一張報紙，你竟如此生氣，還把我們的海誓山盟拋到腦後。」

珠運覺得她這番辯白也沒錯，但他又立刻想到，自從阿辰回到子爵身邊，只讓田原帶來過一封信。

他寫過好幾封信給阿辰。每封信的開頭都先祝賀他們父女團圓，然後傾訴自己被她拋棄的怨悔與痛苦，有些內容連珠運自己都不好意思讓別人知道。

每次一提起筆，他就覺得自己好像湊在阿辰的耳邊低語，不知不覺開始振筆疾書，根本停不下來：

夜半鐘聲響起，傾訴我的孤獨。朦朧夢中來重聚，心中無限歡喜。誰料雞鳴報曉，打斷了戀愛路，可嘆情深不再。

寫到這，他還覺得意猶未盡，於是又加上一堆拉拉雜雜的附記，一下說「妳的美貌讓我十分擔心，想必那些都會的好色男子都已拜倒在妳的石榴裙下」，一下又說「我覺得好無助，擔心妳也把我看成那種輕薄男子」，「哎，我真希望歲月飛逝而去。因為多年之後，妳的容貌將會改變，那時我就能向妳證明，我對妳的愛永遠不變。我明知這是不可能的事，但我還是向神明祈求，求神明讓我如願。」

珠運把無數的牢騷與怨嘆都寫在信裡。寫完之後，他挑個看似牢固的信封，嚴密地黏住封口，反覆檢查幾遍，然後才端端正正地貼上郵票，拿去投遞。然而，阿辰至今沒有片紙隻字告訴他信已收到。他每天都盼望著，期待收到她的來信，但始終沒下文。珠運想，這麼沒誠意，妳怎麼能這樣呢？

「一切都是父親的意思，他想幫我另找個丈夫。」

「哼，討厭的聲音，又是我的妄想企圖欺瞞自己，才弄出這種聲音吧？」珠運想。

他抬起頭，看到風流佛露出看透一切的表情。接著，聽到戶外傳來兒童正在拍手鞠的歌聲：

清水三棵柳，麻雀落鷹爪。
嘰嘰砰砰砰，從一數到百，
嘰嘰砰砰砰，接了繼續拍。

除了歌聲，他聽不到任何聲音。

「又是我的幻想弄出來的花樣吧。哎！可惡！看來只有我自己徹底剪斷情絲，拋棄一切煩惱、愛執才行。」珠運暗自打定了主意，但在心底的某個角落，卻仍然殘留著一絲不捨，也因為心底這份愛戀，他才那麼專心地瞪著阿辰的雕像。

這時，天空裡的雲層已經散去。夕陽西下，窗戶開在東邊的房裡陷入一片昏暗，所有的物體都籠上一層淡墨色彩。落日餘暉中，阿辰的肌膚白得耀眼，充滿生氣。在這朦朧的月夜裡，雕像看起來就像活的，好像開口對她說話，她就會回答似的。

珠運的全副心思都被雕像吸引，雖然雕像是他親手刻成的，但是看到雕像如此栩栩如生，他也不禁全身汗毛聳立，幾乎忘了呼吸。然而，珠運立刻毅然清醒過來，就在他瞪著雕像的眸子微微轉動的那一瞬，他的表情霎時發生了變化。

「嘿，我才不會被這張美麗的臉孔迷倒呢。妳要是還有一絲值得留戀之處，珠運我就算把命賠給妳都沒話說，但妳這女人絲毫沒有節操，我怎麼會捨不得妳？看到妳那蒼白的脖子，我都覺得噁心！」珠運說完，動作粗魯地轉過身子。

「哎哎……」他聽到有人發出哭泣聲，接著那聲音又說：「我既被你懷疑，又厭惡到這種程度，還值得活下去嗎？你乾脆殺了我吧！」珠運這次看清了，正是雕像在對自己說話。

「哎唷，多奇怪啊！阿辰的雕像是我凝聚全部感情完成的，難道是我的魂魄也融進雕像裡了？就算我對她的執迷附身在雕像上，但我現在決定把這份感情拋到腦後，重新變回從來不知戀愛滋味的珠運。妳這蠱惑人心的妖怪！來啊來啊，讓妳嘗嘗我這佛師的手段，什麼戀愛啊，不捨啊，統統砍光，統統斬斷。」說完，珠運忽地一下站起來，高高舉起右手的柴刀，那氣勢似乎連鐵塊都能劈碎。但他再定睛細看，雕像全身散發著高貴溫柔的氣息，圓潤的裸體顯得那麼柔軟，好像一刀砍下，就會從體內噴出溫熱的鮮血似的，他如何狠得下心揮出柴刀呢？

在高貴的愛情面前，怨恨與憎惡就像火上的冰塊，遲早都會融化。珠運手裡的柴刀不自覺掉落地面。自己的戀愛沒有結果，卻又無法斬斷情絲，一想到這種內心的苦楚，就算自己是個大男人，也忍不住流下了男兒淚。

他用力忍住嗚咽，身子卻在拚命掙扎，然後他砰地一下撲倒在地。就在這時，不知從哪兒傳來咯嚨一聲，好像什麼東西倒了下來。珠運感到有一雙溫軟的手臂，不知是從天上還是地下冒了出來，總之，這雙玉石般光滑的手臂摟住他的脖子，接著，他又感到雲彩般柔軟的鬢髮正在摩擦自己的臉頰，髮絲裡散發出微微香氣。珠運大吃一驚，連忙轉眼望去，只見那個人就站在身後，她還是跟從前一模一樣。

「阿辰嗎？」珠運說著緊緊抱住她，嘴唇印在她的額上。他已分不清究竟是雕像活過來了，還是女人來找他了。

諸位若要追問這一幕究竟是真是假，這問題根本無法說清。總之，這是一件玄之又玄的天下奇聞。

團圓　諸法實相

皈依佛門，即得保佑

男女必先經過心靈交流，才會產生愛情。宗教也跟愛情一樣，信徒必須跟神佛之間互相感應，才會對神佛產生信仰。

珠運對阿辰付出專注的愛情，他這種虔誠跟對佛陀的信仰是一樣的。儘管他無法弄清阿辰是否變成了佛像？還是佛像變成了阿辰？但他終究皈依了自己創造的那尊佛。珠運懷著被佛陀拯救的感恩之情，跟阿辰手牽手肩併肩，一起悠然飛向雲端。

兩人離去後，空氣裡瀰漫著白薔薇[95]的芬芳。吉兵衛跟村中的男女老幼都高聲表示祝賀：「可喜可賀！可喜可賀！」如雷的歡呼聲傳進七藏那對扭曲的耳朵，趕走他心中的煩惱

95　白薔薇：當時流行的香水品牌，全名叫作「素馨香・白薔薇」。

與傲慢。七藏若有所悟，決心離開先前藏身的黑洞，跟田原一起守在風流佛左右，擔任護衛的任務。

從此以後，各地民眾時常瞻仰到各種樣貌的風流佛。她總是駕著白雲，四處雲遊，佛身周圍有一圈美麗的光環。某地有位紳士曾經看到一身亮麗打扮的風流佛，她穿著天鵝絨長裙，頭上的寶石皇冠上裝飾著鴕鳥羽毛；另一位貴族看到了身穿白領和服的風流佛，腰上纏著織錦腰帶，金碧輝煌的服飾十分耀眼。

另外有位農夫，他看到的是身穿破棉衣，腳踏爛草鞋的風流佛，佛身腰上掛著一把磨得發光的鐮刀；還有一位小販，他看到的風流佛穿著阿波皺紗[96]縫製的浴衣，腰上繫著一條八端綢[97]腰帶，頭上插著鎳銀簪子。

在寒風凜冽的北海道，風流佛的身上穿著漁夫棉衣，黏在衣裳表面的鯡魚鱗不斷閃出奇異的光芒；而在巨浪滔天的佐渡島，漁夫看到的風流佛身上穿的是碎布條跟棉線混織而成的裂織和服外套。不久，聽說業平侯爵認識了一個穿細跟皮鞋的女人，她穿著一身耀眼的衣裙，衣服上還有鮮亮的緞帶裝飾。

各地民眾看到的風流佛，就是珠運創作的那尊佛。儘管所有佛教經典裡都找不到她的名字，但是大家卻看到各種樣貌的風流佛化身。所有的虔誠信徒都把她視為終身守護神，只要向她虔誠膜拜，風流佛就會保佑信眾多子多孫，家庭幸福，即使是對這位守護神稍有不滿的信眾，若是像珠運那樣處於身心煎熬的狀態時，風流佛還是會本著慈悲之心庇佑他們。

供奉風流佛的信徒若是不小心拜錯了，誤把伊斯蘭教或摩門教的木偶、泥偶當成神佛敬拜，他們現世和未來的兩代後人都會遭到嚴厲懲罰，不僅佛像背後的圓光從此變成火焰光，信徒的全家和他們的靈魂都將灰飛煙滅。

啊！故事講述到此，不勝惶恐，就此擱筆吧。

96　阿波皺紗：四國德島縣阿波地方生產的皺紗，織法類似泡泡紗。

97　八端綢：一種廉價綢布。

五重塔

一

女人獨自坐在長方火盆旁，臉上露出略顯落寞的神情。房間裡連個說話的人都沒有。長方火盆打造得十分堅牢，四面用木紋美觀的櫸木圍住，頂端的桌緣特地配上橡木框邊。女人大約三十歲，一對男人似的眉毛，又濃又黑，眉色裡透著幾分淡青，就像雨後山巒的色彩。或許是才用剃刀修過吧，眉上的剃痕[1]有些泛綠，也為她增添幾分溫文高雅的氣質。女人的鼻梁挺拔，眼角有點上吊，剛洗過的頭髮隨意綰個髻，髮髻根部只用棉紙捻成的髮繩輕輕紮住，再用一根簪子固定髮髻。這種打扮似乎毫無魅力可言，但她膚色微黑的臉孔長得十分清秀，垂在臉頰周圍的幾絲亂髮又那麼烏黑亮麗，所以就連不喜歡中年女人的好色之徒，也忍不住讚嘆她的姿色。

「她若是我老婆，倒想做幾套衣服給她穿上。」那些男人經常在背後對她品頭論足。但女人從不看重打扮，日常的穿著也以樸素端莊為主。她的那些衣服雖然花色不俗，卻也沒什麼特別吸引人的地方，最多就是在二子織[2]棉外套的衣領上縫一塊絲綢護布[3]而已。就拿她現在披著的棉外套來說吧，是用一件早已看不出原樣的舊衣服改的，布料雖是寬條紋的平紋綢，卻已不知下水洗過多少次了。

屋中一片寂靜，只有廚房那邊不時傳來女傭洗碗洗菜的聲音。家裡似乎沒有其他人，女人無聊地用舌尖舔弄著嘴裡的牙籤，玩了一會兒，她用力咬斷牙籤，噗地一下吐向一旁，然後開始撥攏火盆裡的炭灰，好不容易把燒剩的炭火全部埋進灰燼裡，又從手邊的小竹籃裡拿出一塊碎布，動手擦拭銀光閃閃的火架、火盆內側的爐火盤，擦完之後，把銅壺也擦拭一遍，連壺蓋都擦得一乾二淨，接著才把南部霰地[4]大鐵壺重新放回火盆上。

整理完畢後，女人用玳瑁菸管代替右手，把一個漂亮的木片拼花菸草盒拉到面前。把菸草裝進菸管後，女人這才悠然自得地吸了一管菸。那個菸草盒是朋友去大山參拜石尊權現[5]的路上，順便到箱根買來送給她這位大姊的。煙霧像線香般從她嘴裡緩緩吐出，女人深深嘆

1　剃痕：剃掉眉毛的痕跡。江戶時代的已婚女性有剃眉和染黑牙齒的習慣。
2　二子織：江戶末期出現的高級棉布，採用極細的雙股棉線織成。
3　護布：包覆在和服衣領周圍的布，防止難以洗淨的汗漬污垢浸染和服，也稱「半襟」。
4　南部霰地：「南部」原是日本東北盛岡藩的藩主姓氏。第二代藩主重視茶道，聘請全國著名鐵匠生產各種鐵鍋、鐵壺。「南部鐵器」現在已是日本鐵器的代稱。「霰地」則是一種正方形排列的細碎紋樣。
5　石尊權現：神奈川縣伊勢原的大山自古是日本山嶽信仰的對象，山上神社供奉的神祇叫作「石尊權現」。該神社現已改名為大山阿夫利神社。

口氣思索道：

「這次的工程大概還是會交給我們老爺負責吧。那個可惡的憨子！好像忘了老爺去年還雇用過他。聽說他現在只知拚命討好上人，也不管自己是什麼身分，就想把工程硬搶過去。不過清吉告訴我，像憨子那種無名的工匠，就算上人有心幫他，還是得考慮施主和捐款人的觀感，要把這麼重要的工程交給憨子，是不太可能的。所以說，我也不必在這裡瞎操心，這次工程一定會交給我們。就算交到憨子手裡，他也沒那個能耐，連個打雜的助手都沒有，到時候肯定會搞砸事情。總之，不管別人怎麼樣，我只要老爺笑著回來宣布：『上面終於決定把活兒交給我們啦。』這樣不就夠了嗎？何況老爺好像特別看重這次的工程，還嘀咕著說：『這是非常難得的任務，我一定要爭取，一定要承包下來。不是我貪心，更不是為了賺取利益。而是因為谷中感應寺[6]的五重塔，當初就是我川越的源太建造的，人們從前看到這座塔，都齊聲讚美說，啊！造得真好！令人感動！我真希望再聽到大家那樣稱讚我呢。』這次工程如果被別人搶去了，老爺可能心裡不高興，說不定還會大發雷霆呢。如果真是這樣，也難怪他要生氣。而我雖在他身邊，卻不知如何安慰他。哎呀，反正，只希望他早點帶著好消息回來吧。」女人雖然沒說出口，心中卻塞滿了妻子對丈夫的牽掛。

早上目送丈夫出門時，她還把親手縫製的和服外套給丈夫披在肩上。想到這裡，突然聽到外面傳來嘩啦一聲，玄關的粗木格子門被人猛地拉開，接著就聽到有人大聲嚷道：

「大姊，我大哥呢？什麼？去感應寺了？沒辦法。那我只好求大姊了。不好意思，有事求您幫個忙。昨晚我不小心喝過了頭……」說到這兒，男人不再說話，改用怪異的手勢比畫了一番。女人看他那模樣，皺眉笑著說：

「什麼沒辦法啊。不管做事還是用錢，你都要用點心啊。」女人說著站起來，拿些錢放在男人手裡。男人拿著錢走出玄關，跟外面的人囉哩囉唆爭執了一番，然後又回到女人面前，用拳頭指著自己的腦門說：

「真對不起。多謝您了。」說著，又向女人行了一個滑稽的禮，女人忍不住露出苦笑。

6　谷中感應寺：位於東京都台東區谷中，現改名為護國山天王寺。建於一二七四年，並於一六四四年建造五重塔。一七七二年江戶發生明和大火，五重塔燒毀，在十數年後由木匠八田清兵衛重建。幸田露伴於一八九二年發表小說〈五重塔〉，當時他住在天王寺附近，每天散步時都會經過天王寺，也就是小說裡的感應寺，小說主角憨子十兵衛的原型就是八田清兵衛。

二

「我沒生你的氣，到這裡來坐啊。」女人邊說邊費勁地提起鐵壺。儘管男人只是晚輩，但她並不怠慢客人，仍然和顏悅色地為他泡了一杯櫻花茶[7]。這種體貼的態度令男人打從心底感激，勝過嘮嘮叨叨的勸說。清吉覺得非常羞愧，大姊對自己過分的請求不但絲毫不以為意，還像處理日常小事似的伸出了援手。他感到有點無地自容，更覺得十分不安，放在面前的茶杯也不敢立刻伸手去端。

「不好意思啊。」他連連道歉，又行了兩個禮，這才端起杯子，想喝口茶滋潤一下乾得沒有一滴口水的舌頭，誰知女人不等他喝茶就說：

「搞到這個時候才回來，一定是因為太疼她了吧。呵呵，玩樂是可以的，但要是耽誤了工作，讓你老娘擔心，就算不上是好男人了。對吧？清吉。你最近做完仲町甲州屋老闆家自宅的工程後，老闆不是又把根岸那間別墅茶室的工程交給你了嗎？我們老爺也是愛玩的，每次都是他領著你們幾個尋歡作樂，可是他也最討厭別人在工作上偷懶。你應該心裡明白吧。現在他要是看到你啊，肯定額上爆出青筋，大罵你一頓。快！已經遲到了，你快想辦法找個理由，就說母親的老毛病發作了之類的。快點趕到根岸去吧。五三先生那個人什麼事都心裡有數，看到你今天整天賣力做工，絲毫不偷一點懶，就算知道了你遲到的理由，他也會在老爺面前幫你遮掩。對了，你還沒吃早飯吧？阿三啊，快準備一份飯菜端過來，不管什麼都行。現在是沒辦法做湯豆腐、蛤蜊火鍋之類的菜肴了，給你準備點泡菜和煮豆也行吧？你就囫圇吞下兩三碗飯，趕緊上工吧，要趕快跑啊。呵呵，如果覺得很睏，可以回憶一下昨天晚上嘛，這樣就能撐過去了。不要偷懶唷。要發憤努力。這樣才好。等下我叫阿松幫你送便當過去。」

女人這番話並不傷人，卻像一劑療效極佳的良藥，說得為人正直的清吉流出一身冷汗，深為自己的不負責任感到慚愧。

「大姊，那我就在您這裡叨擾一頓，吃完馬上就去上工。」清吉說著，用手裡的手巾連連拭著額頭向廚房走去。一眨眼工夫，他就稀哩呼嚕一口氣吞下了五、六碗茶泡飯，就像直接倒進嘴裡似的。飯後，清吉重新來到女人面前。

---

7 櫻花茶：鹽漬櫻花加入熱水沖泡而成的飲品，通常在婚禮等喜慶場合飲用。

「那我走了。」清吉不愧是性子急躁的江戶子[8]。說完，他又深深一鞠躬，把菸管和「壺屋[9]」的菸草袋一把塞進綁在腰上的三尺帶[10]裡，趿上草履便往門外走去。就在這時，一直沉默不語的女人突然叫住他。

「你這兩三天碰到憨子那傢伙了嗎？」女人的語調十分急促。清吉回頭答道：

「碰到了，碰到了。就是昨天在御殿坂碰到的。那傢伙啊，我看到他的時候，像隻死雞似的垂著腦袋往前走，看起來好像比平時更憨呆了。這次他想跟我們老闆競爭，就憑他那呆頭呆腦的德性，根本就是做夢！老闆雖說沒關係，可是您們兩位還是很傷腦筋吧？我看到他那張臉就討厭，簡直厭惡透了。所以一看到他，我就不客氣地喊了一聲：『喂，憨子！』誰知這傢伙居然沒聽到。第三次叫他時，我簡直是用吼的，而且我都已經走到他身邊了。『喂！憨子！憨子！』那傢伙這才吃了一驚，睜著一雙貓頭鷹似的眼睛瞪著我的臉，向我打聲招呼說：『喔，是清吉哥啊。』聽那聲音似乎還沒睡醒。我忍不住當面譏諷他說：『哎呀，這下你倒是出人頭地啦。難道是在夢裡爬上了染坊的曬布台[11]？聽說你現在拚命討好感應寺的和尚。就是因為你想蓋一座高高的建築。我真不知你是清醒的？還是沒睡醒？』哈哈哈，大姊，傻子不是都很老實嗎？您猜他怎麼回答的？他居然說：『我真的費了好大的勁兒在討好和尚呢。可是競爭對手是源太師傅，我這馬屁也不好拍。要是師傅肯說一句，憨子，這工程就讓你做做看吧。如果師傅肯把機會讓給我就好了。』你看他想得多美！哈哈哈，他跟我說話時滿臉又焦急又嚴肅的表情，真的太好笑了。我現在想起來還忍不住想笑。也因為他那可笑的模樣，我反而不再那麼討厭他了。所以只罵了一聲『蠢貨』，就跟他道別了。」

「沒再多說什麼？」

「是啊。」

「這樣啊。快！你要遲到了。快去吧。」

「那我走了。」說完，清吉便趕著上工去了。

女人再度陷入沉思。門外有一群天真無邪的孩童正在打陀螺，每次有人打贏了就發出一陣歡呼。「宰了一個，宰第二個。」「怎麼樣！報仇啦。」熱鬧的呼聲不斷傳進屋中。其實仔

8　江戶子：專指德川幕府時代在江戶（現在的東京）出生、成長的居民。通常是在強調這些居民具有某些特性時才使用這個字眼，像是：愛面子、性子急、有正義感、出手大方等。

9　壺屋：幕府末期至明治時代有名的菸草袋製造商。因為採用製作雨具的油紙製作，價格比皮革或布料製品便宜，在庶民當中很受歡迎。

10　三尺帶：江戶時代的庶民穿浴衣時使用的簡易腰帶，後來演變為男性居家和服的腰帶。

11　染坊的曬布台：形容建築物非常高。明治時代以前，江戶城裡有很多染坊，染好的布料需靠陽光曬乾，故每家染坊都在一樓的屋頂搭建曬布台，高度約等於現代的三樓。

細想想，這個世界的大人不也是輪流上場競爭嗎？

三

「世上那些所謂的有錢人家，每年到了十月換季的時節，什麼都不用擔心，紬綢也好，平紋綢也好，喜歡什麼就穿什麼，哪知窮人面臨寒冬的艱苦。那些有錢人一下忙著點燃地爐[12]，一下又忙著茶罐開封[13]，要不然就是找人修建茶室，或催著木匠快點把客室外的竹籬修好。到了半夜，戶外下起陣陣秋雨，那些有錢人還不知足地嚷著說，若是不能邊抽菸邊聆聽雨點拍窗的聲音，這日子就太無趣了。

「寒冷難過的冬季裡，狂風颳來，吹得人瑟縮發抖，就連寺院的鐘聲，聽起來都像結了冰似的。但那些有錢人卻覺得冬天的生活充滿樂趣。他們哪裡知道木匠為了刨光茶室的地板，抓著刨子的手都凍僵了；正在整修大和垣[14]竹籬的職人因為頂著寒風工作，甚至經常肚子痛。這些可憐人究竟前世造了什麼孽？同樣是在冬季，他們卻不能跟那些人一樣，而得在這裡煩惱發愁。尤其是我那性情溫和的丈夫，連他那些木匠同行，都說他不懂人情世故。

儘管他已練就一身超群的手藝，連去年曾經多方關照他的源太老闆，都稱讚他『手藝很不錯』。然而，只因他生性溫厚開朗，從來不跟別人搶工作，好差事總是被別人搶走。所以全家只好一年到頭都過著貧乏拮据的日子。他的緊身長褲磨破了膝蓋，我也只能設法補起來。做妻子的看到丈夫每條長褲都有補釘，實在慚愧得很。但是家貧如洗，又有什麼辦法？就像現在為我兒豬之縫製的這件棉袍，布料也是一塊洗了無數次的松坂條紋棉布。我原想用心幫孩子縫一件讓他覺得有面子的新衣，但這塊布的補釘竟多得令人自責。

「剛才那孩子還天真地問我：『媽，那是誰的衣服？看起來這麼小，是我的吧？好高興喔。』說完，豬之就歡天喜地跑出去了。今天難得天氣暖和，孩子抓著一根小竹竿，要去抓那些飛舞在空中的紅蜻蜓，現在也不知跑到哪裡去了。哎，我思前想後，真不想再做什麼針

12　點燃地爐：茶道的重要例行活動。地爐是在茶室的榻榻米地面挖一個坑，裡面放進炭火爐，用來燒煮泡茶的熱水。

13　茶罐開封：每年五六月採收的新茶用茶罐密封起來，等到十一月點燃地爐之後，才打開茶罐拿出新茶磨成茶粉。

14　大和垣竹籬：一種常見的傳統式竹籬，上方三分之一的部分用竹片交叉組成縷空圖案，下方則是緊密連成竹牆。

線活了。我那丈夫若肯把他用在手藝上的心思，分一半用來處理人情世故，我們也不會窮成這樣了。就算你手藝再高超，還不是就像俗話說的那樣，『英雄無用武之地』呀。誰知你那身手藝什麼時候才有機會展示，哪一天才能被別人發現啊？更氣人的是，那些同行都沒把他放在眼裡，還給他取了各種綽號，什麼敲打木匠啦、鑿洞木匠啦，更過分的還叫他憨子，實在可氣可恨。我在一旁看著都覺得心焦，可他自己卻一點都不在意，真的好可惡。

「這次也不知怎麼回事，一聽說感應寺要建一座五重塔，他突然就心動了，還說非得接下這工程不可。可是對他有恩的源太老闆也說想做啊。這貪心的傢伙，也不想想，我們家這麼窮，還想接工程，不是太過分了嗎？連我做老婆的都這樣想，其他人會怎麼說呢？我猜源太老闆一定在心裡罵他是『可惡的憨子』。阿吉大姊更在心裡怨他是『不懂規矩的東西』吧。今天他一早就出去了，說是上人今天應該會宣布工程究竟發包給誰。可他到現在還不回來。儘管他那麼期待自己入選，可我實在不覺得他有那個分量，何況他還欠著老闆的恩情。今天上人若是決定把工程交給源太，我覺得也是件好事。不過老闆向來寬宏大量，如果他不計較，肯讓我丈夫接下工程，並且光榮完成任務的話，那當然就更好了。哎，好煩啊。究竟會是什麼結果呢？我猜我丈夫應該不會入選吧。但萬一被選中了，真不知源太老闆和阿吉大姊會氣成什麼樣呢。哎唷，我現在急得腦袋疼得要命。要是讓他知道我擔心成這樣，肯定會溫柔地責備我說：『女人不必費神擔心這種事，妳就是喜歡瞎操心，所以身體才這麼弱。』算了，別想了，還是別想了，哎唷，頭好痛。」

女人想到這兒，皺起了眉頭。她那蒼白的臉上有幾顆從前出天花留下的麻子，但是不太顯眼，左右兩邊的太陽穴都貼著膏藥。女人丟下針線活，兩手按著太陽穴。她的年紀大約二十五六歲，五官輪廓長得不錯，但或許因為吃得不夠營養，身上的脂肪很少，皮膚也很粗糙，一副可憐的模樣，而且服裝襤褸，頭髮凌亂，全身籠罩著一層悲戚的氣氛。

女人正在獨自悲嘆，廚房的破紙門突然嘩一聲拉開了。

「媽，您看！」豬之的聲音傳入耳中，女人不免大吃一驚。

「你什麼時候回來的？」女人抬眼望著豬之，只見他手裡拿著一座四分板和六分板[15]堆成的五重塔，顯然是根據實物製作的模型，女人忍不住流淚說道：「啊，好孩子！」聲音裡充滿悲傷。說完，她猛然用力把豬之擁進懷裡。

15 厚度四分的木板叫作四分板，約一．二公分，六分板的厚度約為一．八公分。

四

谷中感應寺是當今著名的御用木匠[16]川越的源太負責建造完成，建築物本身當然沒有任何缺點，可說是無懈可擊。大殿的面積共有五十疊榻榻米，頂部是木格天花板，殿旁的長廊看起來就像一座長橋。建築內部還有幾間招待賓客的大廳，以及上人的起居室、茶室、小沙彌的居室、住持的生活場所、浴室等。總之，從大殿到玄關，既有神聖莊嚴的部分，也有堅實牢固的部分，有些部分清雅優美，有些部分古樸幽靜，整座寺院的每個部分都根據使用目的建造得十分完美，挑不出任何瑕疵。

那麼，當初是誰把一座破爛的小廟改建成如此宏偉的大寺呢？說起這位偉大的人物，幾乎無人不知無人不曉，就連三歲小孩聽到他的法號，都會立刻合掌膜拜。這位高僧就是宇陀[17]的朗圓上人。上人年輕時曾在身延山修習佛法，累積了囊螢映雪的苦讀成果；到了壯年之後，他決心去當一名行腳僧，雲遊全國六十州，踏遍修行之路。他磨利寂靜的慧劍[18]，參透毘婆舍那[19]的三行[20]，向信眾傳布四悉檀[21]，以法音[22]的力量救濟眾生脫離苦海。

上人今年七十多歲，平時不沾世俗的葷腥物，早已修得一身道骨，身體瘦如仙鶴。他對塵世的俗事也是睜隻眼閉隻眼，不願介入。當然，他早就悟得成住壞空之理，胸中全無利欲之焰，深諳涅槃的真義，心底未染絲毫執著之色。也因此，他原本並沒有興建塔堂或寺院的計畫，然而，後來有許多弟子因為仰慕上人的德行，尊敬上人的思想，特地從遠方趕來，希望跟隨上人修行。上人看到這種情形，不免感嘆道：

「以這座寺院的條件，要讓眾弟子不受風吹雨淋，實在是很困難，如果能把殿堂擴建得寬敞一些就好了。」

這話剛說完，坊間立刻就有人傳言：德高望重的上人想要擴建寺院。消息一傳十、十傳

---

16 御用木匠：古代從全國各地派往京都服役的木匠，皆為當地技術最佳的著名匠人，負責營造或修繕宮中的各種建築。

17 宇陀：奈良縣宇陀市。

18 寂靜的慧劍：佛教用語。「寂靜」指離開煩惱，消滅苦難的最高境界。「慧劍」指能斬斷一切煩惱的智慧。

19 毘婆舍那：佛教用語。以正確的智慧進行觀察，佛教所謂的正見觀察。

20 三行：佛教用語。福行、罪行、不動行。「福行」意指「修十種善行，能獲福報」；「罪行」意指「修十種惡行，將招致惡果」；「不動行」意指「修世間禪定，能心定不動」。

21 四悉檀：佛教用語。佛陀說法的四種範疇，也是佛度眾生的四種方法，分別為：世界悉檀、各各為人悉檀、對治悉檀、第一義悉檀。

22 法音：佛教用語。解說佛法的聲音。

百，很快就傳到各處去了。上人的弟子當中有些聰明伶俐的，還主動四處展開活動，向各界人士募捐重建感應寺的經費；另一方面，有些信徒也開始到處宣揚上人的崇高德行，努力勸說豪門富戶捐助善款。而事實上，就算沒有這些弟子或信徒奔走，平時篤信佛教的信眾人數原本就很龐大，再加上有人號召，所以上至公卿，下至百姓，人人爭相捐錢，全都希望搶在別人前面，為修建寺院貢獻一份力量，藉此求得來世的平安。於是社會各界紛紛根據自己的能力貢獻錢財，富人奉上黃金白銀，窮人也掏出一兩百錢。轉眼之間，募款的金額就像百川納入大海，將眾人的力量瞬間凝聚在一起，變成了驚人的巨款。更令人欣慰的是，捐錢的信眾當中還有不少能人，他們自願擔任跑腿、打雜等基層工作，負責處理各式各樣的雜務。不久，一座宏偉壯觀的廟宇就大功告成了。

然而，等到工程結束後，擔任大總管的為右衛門從募款中扣除各項支出，一絲不苟地進行結算後卻發現，各界人士貢獻的捐款竟然還剩下一筆龐大的餘額。這筆錢應該怎麼辦呢？為右衛門不知如何是好，便去找當初跟他一起負責工程的僧侶代表圓道和尚商量。一僧一俗兩人坐在一起討論了很久，實在想不出萬全的辦法。他們也曾想到，可用這筆善款購買水田或農地，但寺院早已擁有許多施主捐獻的田地，也都派不上用場，哪裡需要再用這筆捐款去買地？圓道心想，就算去問上人如何處理，上人一定會用沙啞的聲音回答：「真麻煩。你們看著辦吧。」

過了幾天，圓道雖知會碰釘子，還是鼓起勇氣向上人問道：「這筆錢究竟怎麼辦呢？」

「造一座塔吧。」上人頭也不抬地答道。這時，他那玳瑁框大眼鏡後面的雙眼裡，突然閃出一道微弱的光芒。說完，上人繼續低著頭默默閱讀面前那卷不知是什麼經還是什麼論的讀物。建塔的事情就這樣決定了。圓道把源太找來，請他提出設計圖和預算表。然後，有一天，憨子突然跑來求見上人。也不知他是否聽說圓道拜託過源太。總之，那已是大約兩個月前的事了。

五

男人的身上披一件和服短外套，下面是一條打滿補釘的破舊緊身褲。外套應該原本是深藍色的，但因飽受汗水浸染，再加上風吹日曬和無數次漿洗，早已看不出原本的顏色，就連染印在襟上的徽紋都已模糊不清。男人的髮上沾滿灰塵，看起來有點泛白，臉上肌膚被太陽曬得黝黑，使得原本就不算俊秀的臉孔看起來更加鄙俗。

他在感應寺的大門前面徘徊了好一會兒，才慢吞吞地往門內走去。一旁的守衛見狀立刻高喊起來：

「你是什麼人？」

男人大吃一驚，睜著兩眼說不出話來，半晌，才彎腰行了個禮，很客氣地說：

「我是木匠十兵衛。有事想跟上人商量，是關於建塔工程的事情。」門衛看他說話畏畏縮縮的，不免覺得納悶，但因為對方自稱木匠，猜想大概是源太派徒弟來辦事，就神氣活現地說了一句：

「進去吧！」

聽到這句話，十兵衛一下子有了勇氣，一路東張西望地來到氣氛森嚴的玄關前。

「請問，有人嗎？」一連喊了兩三聲，才有個穿著灰色道袍的小和尚走出來，小腦袋剃得發青，看起來很可愛。

「來了。」小和尚拉開紙門，用他那雙習慣接待陌生賓客的眼神瞥了十兵衛一眼。他連玄關的木板階梯都懶得下來，就直接站在殿內說：

「有事請到住持住宅那邊去吧。」小和尚冷冰冰地說完，砰地一聲拉上了紙門。就在這時，不知從哪裡傳來棕耳鵯的叫聲，伊唷伊唷伊唷……一陣鳴叫之後，四周陷入了寂靜。

原來如此。十兵衛自言自語著轉身走向住持的住處，再度向屋裡打聲招呼。這次是負責總管寺內雜務的為右衛門從裡面走出來，只見他滿臉不高興的表情，彷彿要跟誰爭辯什麼似的。

「這位師傅好像沒見過，你從哪裡來？找我何事？」為右衛門一看到十兵衛那身破舊的服裝，立刻換上蔑視的語氣問道。十兵衛卻完全沒有注意到這種變化。

「我是木匠十兵衛，今天來這裡，是有事想要請求上人，勞駕您幫我通報一下。」十兵衛說著，彎身鞠躬致意。為右衛門轉著眼珠將十兵衛從頭到腳打量一番，看到他的頭髮又髒又臭，還有腳上那雙草履的白繩帶已經變成灰色，便很不屑地說：

「不行，不行。上人是不管凡塵俗事的。你說有事要找上人，倒不知是什麼事，可以先說給我聽聽，然後我再決定如何處理。」為右衛門這番說詞彷彿是在表現自己是個做事幹練的總管。

然而，十兵衛這個純樸的老實人卻沒聽懂為右衛門的意思，他立刻不客氣地答道：

「不了，感謝您的好意。我這件事若不直接跟上人報告，說了也是白說。請您務必幫我轉達一下。」十兵衛是個直腸子，完全沒考慮這番話會不會惹怒對方。為右衛門一聽他不肯把事情告訴自己，心裡很不高興，便氣呼呼地說：

「你這傢伙也太不懂事了。我不是跟你說了嗎？上人不會聽你這種工匠囉唆的。就算我幫你通報，也不會見你。我好意讓你把事情先告訴我，結果你竟不自量力、自以為是，我也不想再聽你說什麼了。你走吧。快回去吧。」為右衛門說到這兒，語氣變得十分粗暴。其實這是小人最常見的反應。他冷冰冰地說完，立即轉身打算離去。十兵衛連忙挽留道：

「您說得是沒錯啦……」但他才說了一半，就被為右衛門打斷了。

「討厭！真囉唆！」為右衛門說完便丟下十兵衛，轉身消失在房間的深處。十兵衛茫然佇立在住持住宅門前的泥地，心情有點像「已經抓到的螢火蟲飛走了」的感覺。他覺得很無奈，又提高嗓音呼叫了幾聲，卻聽不到任何回應，好像整座寺院裡都是啞巴似的，除了他自己的聲音，連一聲咳嗽都聽不到。偌大一座寺院竟然如此冷清。十兵衛只好回到大門附近的玄關前，重新朝大殿內喊道：「有人在嗎？」

剛才那個伶俐的小和尚從殿內伸出腦袋。一看到十兵衛，他就低聲嘀咕道：「我不是已經告訴過你，叫你到住持的住處去嗎？」小和尚說完，又砰地一下拉上了紙門。

十兵衛只好再回到住持的住處，卻又被趕回玄關……他就這樣來來回回往返了好幾趟，最後終於忍不住，高聲大喊起來：

「對不起，失禮了，有人在嗎？」十兵衛的聲音大得連大殿裡都能聽到。誰知他剛喊完，就有人更大聲地向他吼道：

「混蛋！」只見為右衛門從裡面大踏步走出來怒罵道：「諸位！快把這個莫名其妙的傢伙拖出去！上人向來最討厭喧譁，要是上人發現這傢伙，你我都會受罰的。」為右衛門向手下發出命令。那些寺院的僕役正在宿舍裡休息，一聽上司發出命令，都立即爬起來跑出去，抓著十兵衛就往外拖。然而，十兵衛卻一屁股坐在泥土地上，說什麼也不肯出去。

「快！抓住他的手。把他的腳抬起來！」眾人七嘴八舌地叫罵起來。不料就在這時，身披紅褐袈裟的朗圓上人正好從旁邊經過。他的左手抓著幾枝女郎花和桔梗，右手拿著紅漆把手的園藝花剪。原來上人剛才正在寺院的境內散步，所以就想順便在後花園剪幾枝花草用來裝飾床間[23]。

23　床間：在和室一角隔出的內凹小空間，又叫「凹間」或「壁龕」，通常以掛軸、插花或盆景作為裝飾。

六

「你們到底在吵什麼?」上人一開口，眾人就像一群麻雀瞬間停止鳴唱似的陷入了沉默。有人的拳頭半舉空中，不知如何掩飾才好；有人像被禪僧當頭棒喝，頓時癱倒在地；還有人忙著拉下捲起的袖子，偷偷躲到別人的身後。原本滿臉傲氣的為右衛門幾乎鼻孔都要噴出怒焰似的，這時可能覺得有點慚愧，連忙垂下腦袋不停地搓著兩手，他深知這場混亂是自己引起的，連忙找些藉口向上人說明經過。上人聽完解釋，臉上露出淡淡的笑容，原就布滿皺紋的瘦臉上，兩道法令紋變得更深了。只聽他用女人一般溫柔的聲音低聲說道：

「雖然如此，你們也不必吵吵鬧鬧吧。為右衛門，如果你誠實替他通報，不就沒事了?來，十兵衛，跟老衲到這裡來。今天碰到他們，害你受委屈了。」

凡是受到萬民景仰的人物，待人總是特別溫和體貼。就算對方沒受過教育，也不輕視人家，即使對方身分低微，也不會藐視對方。上人和顏悅色地轉過身，靜靜領著十兵衛一路前進。十兵衛雖是個感覺遲鈍的人，卻能感受到上人的慈悲心懷，他心底升起無限感激，眼中不自覺地流下淚水。

十兵衛跟著上人繼續往前走，沒多久，來到一片土質溼潤的紅土園地，園裡的地上鋪著精心安排的飛石[24]。兩人穿過茂密的梧桐樹蔭，繞過色澤優雅的角竹構成的竹林，上人推開一扇小型竹籬門，帶領十兵衛走進一座花草全無的荒涼小院。只見園中有一座有樂形石燈籠[25]，頂端堆積著許多松樹的落葉，方星宿洗手池[26]裡長著一層青苔。眼前這幅景致令人感到耳目一新。

上人脫掉庭院專用的木屐，走進屋內。

「來！你也進來吧。」他向十兵衛招呼了一聲，順便把手裡的花草插進懸吊花器裡。十兵衛是個頭腦簡單的傢伙，他不但一點也不覺得畏懼，甚至也沒想到該用手巾撣掉腳上的灰塵。脫掉草履後，他慢吞吞地走進茶室。這個房間非常狹窄，比三疊榻榻米還小一些。他在上人對面坐下來，鼻子幾乎碰到上人的鼻子。他默默地向上人行了一禮，雖然姿勢並不標準，卻完全表達了毫無虛偽的真心。

24　飛石：日本庭園式建築中鋪設在小徑上、表面扁平的石塊。

25　有樂形石燈籠：一種石燈籠造型，包含點火的窗口，整體線條渾圓。相傳織田信長的弟弟長益非常喜歡這種石燈籠，而長益的號即是「有樂」。

26　方星宿洗手池：方形柱狀的石製洗手池，底部埋在地下。

十兵衛很想立刻把來意告訴上人，但他嘗試了幾次，始終沒法開口。半晌，他終於張開嘴，但舌頭卻不太聽他使喚。

「五重塔，我今天有事懇求，是為了五重塔。」十兵衛猛然開口，說出一句莫名其妙的話，聲調也是一下高一下低，前後不一致。不過他總算把心裡的話，隨著額頭、腋下的汗水一起擠出來了。上人聽完這句話，忍不住笑起來。

「老衲也不知你想說什麼，反正你別害怕，也不用客氣，慢慢說。我看你剛才坐在住持家玄關的泥地不肯離開，猜想你心裡是有極為糾結的煩惱才來的。來，別拘束，別著急，就把老衲當成自己的朋友吧。」上人始終對他這麼慈祥，十兵衛那雙總是被人譏為貓頭鷹眼的銅鈴眼中，頓時湧出淚水。

「是，是，是。太感謝您了。我思前想後，想了好久才來的。就是關於那個，五重塔，像我這種粗人，您也看到了，大家給我起了『憨子十兵衛』這種可惡的外號，我就是這種人，但是，上人大人，我是說真的，我的手藝絕對不差。我有自知之明，自己是個笨人，大家也認為我很笨。我是個膽小的窩囊廢。但是上人大人，絕不騙您，我是真的會做木匠活。我從小跟隨大隅流[27]的師傅學藝，後來也學會了後藤、立川兩派的手藝。請讓我做吧。五重塔的建造工程交給我吧。我今天就是為了這件事，來求見您的。五、六天前，我聽說川越的源太老爺已經把預算表和設計圖交給您了。從那以後，我天天晚上都睡不著覺。因為上人大人，五重塔是百年難遇的大工程，一輩子都難得碰到的大事。源太老爺對我有恩，我不想跟他搶，可是，哎，我真的羨慕有能力的人。這個此生唯一、百年唯一的大任務，源太老爺要是接下來，將來他百年之後，就能千古留名。哎，我真的好羨慕。當了一輩子的木匠，總算活得有價值了。而我十兵衛呢，我可能打墨線會打歪，可是我拿起鑿子、錛子[28]幹活，絕對不會輸給源太或其他人，但我卻一年到頭只能幫人修理牆板，或在馬廄打造馬槽。其實我早就放棄了，老天爺不賜給我智慧，又有什麼辦法？然而，有些手藝很差的傢伙，卻也能建造殿宇，承包廟堂。在行家的眼裡看來，那些建築讓人非常同情花錢的雇主，每次我看到那種建築，就忍不住悲嘆自己的不幸。上人大人，有時我真的很不甘心，甚至覺得手藝差勁但頭腦很靈活的傢伙實在可惡。上人大人，我真的好羨慕源太老爺。他不但頭腦聰明，手藝也那麼精湛。哎，所以他能接到這種令人羨慕的任務。而我呢，命運悲慘的我，一想到源太老爺，我真是羨慕極了。聽到消息的那天晚上，我連一句話都沒跟老婆說，就直接上床睡覺

27　大隅流：江戶時代最具代表性的木匠集團，起源已不可考。江戶初期全國各藩的城樓或寺院等主要建築都由大隅流承包。本文後面提到的立川流、後藤流，則是後起的木匠集團。

28　錛子：一種木工道具，用來除去樹皮、削平木材，或把木材加工成大概的輪廓。

了。睡到半夜，突然有個看起來很可怕的人命令我說：『你來建造五重塔！立刻動工！』我嚇了一跳，驚惶失措地跳起來，似睡似醒地伸手進工具箱。等我完全清醒過來時，才看到自己的指尖被打釘子用的鐔鑿劃破了，兩手卻一直抓著工具箱。也不知自己究竟什麼時候從棉被裡爬出來。那時我的心情真是沮喪極了，上人大人，您能了解嗎？哎，您能了解我那種心情嗎？如果有誰能夠了解我那時的心情，就是不讓我造這座塔也沒關係。反正憨子十兵衛是個蠢貨，死了就死了，我可不想活得像把鋸齒磨平的鋸子。上人大人，真的，絕不騙您，從那天晚上開始，不管我眼前是萬里晴空，或是室內燈光照不到的昏暗角落，我總看到一座原木搭建的五重塔高聳前方，好像正從高處俯視著我。漸漸地，我開始有一種想法，想要自己親手把這座塔建起來，雖然知道夢想不會成真，但我還是每天收工後，就在家裡連夜趕工，動手製作這座塔的五十分之一模型，昨天晚上剛好把模型做好了。上人大人，請到我家來看看吧。我就是覺得很冤枉，整天幹著自己不想幹的活，自己想做的差事卻沒人請我。哎，世上再也沒有比懷才不遇更可悲的事了。我在家裡忍不住感傷嘆息。上人大人，結果我老婆用手搖晃著模型說了一句話：『要是真的沒有手藝，就不會覺得懷才不遇了。』她這話說得非常正確，我聽了大哭起來。上人大人，求您大發慈悲，把這次五重塔的工程交給我吧。求您了。我，我，我求求您。」一說著，十兵衛雙手合十，前額貼在榻榻米上。一滴淚珠掉落在榻榻榻米上，淚珠表面漂浮著一層灰塵。

七

上人像羅漢雕像似的靜靜坐著，一面轉動手裡的菩提子數珠，一面傾聽十兵衛內容混亂的傾訴，接著他看到十兵衛要向自己磕頭行禮，便伸手制止了。

「我懂了。也明白你要表達的意思。你不但一心向上，還有遠大的志向，老衲聽你這番表白，都忍不住感動得流淚，真想讓你來當那些弟子的模範呢。你做好的五十分之一模型，我一定會去參觀。但是老衲雖然對你十分佩服，卻也不能專斷獨行，隨隨便便就把五重塔的工程交給你。這一點，我必須先跟你說清楚。總之，不論工程是否交給你，照理說，這件事也不該由老衲來通知你，而應該由感應寺那邊跟你聯絡吧。所幸的是，今天我剛巧有空，所以想去看看你做的模型。現在就帶老衲到你家去吧。」

上人的為人絲毫沒有半點虛假，十兵衛聽他條理分明又合情合理的說明後，浮起滿臉笑意，腦袋就像搗米的木杵似的不斷向上人點頭道謝。

「好的，好的。」十兵衛接著又說：「您答應我的請求啦？太，太，太感謝您了。您說到我家去，怎敢勞您大駕啊。還是我回去一趟吧。立刻就把模型拿來。先告辭了。」憨子十兵衛說完，高興得手舞足蹈，也不像平時那麼呆了。他動作誇張地彎腰行了一禮，轉身就跌跌撞撞地踩著地上的飛石跑出去。回到家後，他也懶得跟老婆招呼，逕自捧起模型就往外跑。走到半途，他找了個朋友幫忙，兩人一路喘著氣將模型搬進感應寺，放在上人的面前，十兵衛才告辭離去。

上人細細打量眼前的模型，從塔身第一層到第五層之間的外型構造、塔頂至屋簷的弧度、椽木的配置，到九輪、請花、露盤、寶珠[29]的規格，處處都設計得十分完美，幾乎找不出任何缺點，模型本身也製作得精巧細緻，實在令人無法不懷疑，如此巧奪天工的傑作，真的是那個看似笨拙的男人做出來的？

上人不禁暗自嘆息，十兵衛擁有如此精湛的手藝，卻只能徒然埋沒在凡塵，沒沒無聞地送走一生。就連自己這個旁觀者，都不禁為十兵衛感到悲哀，十兵衛心中又該多麼怨忿不平啊。哎，如果可能的話，真想從旁幫他一把，讓他完成多年以來的心願。人生一場，肉體終將跟草木一樣從世上消逝，人生原就是因與緣的瞬間結合。換句話說，我們都活在無常的世界裡，世事瞬息萬變，無須過於執著。譬如木匠這一行，原本就是狹窄的世界，但木匠只知專心一志，拚命努力，忘卻私欲，拋棄雜念，手裡拿著鑿子的時候，心裡就只想著把孔眼挖得好看；手裡抓起鉋子的時候，心裡就只期待把木頭鉋得光滑。這種令人尊敬的職業態度，比金銀都更珍貴。

但十兵衛用這種態度創造出來的成果，卻沒有機會流傳後世，他註定要抱憾終生，最終只能把自己的手藝當成伴手禮帶到另一個世界。這種命運實在太可悲了。仔細想想，「良駒遇不到伯樂」的悲哀，「高士不容於世俗」的怨悔，其實都跟十兵衛的委屈屬於同類遺憾。好吧，既然我無意中發現了十兵衛無欲的胸懷裡散發著寶石般的微弱光芒，也算是我跟他的緣分吧。上人想，其實我也很想把建塔的工程發包給他，好讓他那顆赤誠之心獲得些許慰藉啊。

然而……上人又轉念想到川越的源太。源太對這次的工程也特別期待。而且感應寺跟源太之間的淵源長久，大殿後面的住持住處、賓客集會的大廳都是源太建造的，更何況，這次工程的設計圖和預算表，他也很快就送到寺裡，我在四五天前就看到了。再說，源太的手

29 九輪、請花、露盤、寶珠：佛塔的屋頂上有個叫作「相輪」的裝飾物，「九輪」是位於相輪上半部、由九個輪狀物構成的飾物；「請花」是花朵形狀的裝飾，位於九輪下方；「露盤」是相輪底部的方形盤狀裝飾；「寶珠」是相輪最頂端的裝飾。

藝那麼精湛，也比十兵衛更有信用。要不然，就把工程交給他們兩人一起負責……？上人沉思良久，他既想讓十兵衛試一試，又想交給源太負責，思前想後，實在很難做出決斷。

八

「明天的辰時[30]之前，請你親自到寺裡來。你之前表示想要承包五重塔的工程，上人有話要直接跟你說。報到的時候請注意服裝穿著，不要失禮了。」圓珍語氣嚴肅地向源太轉達了上人的旨意。這個能言善道的和尚是個有趣的人，因為特別喜歡吃辣椒，結果報應在自己的鼻頭上，變成了酒糟鼻。他跟源太原本是熟人，如果在平時，源太一定會喊著他的外號「南蠻[31]和尚」，跟他開幾句玩笑。當初興建大殿時，他們曾經朝夕相處，很自然地變成了親密的朋友，但圓珍今天的態度十分冷淡，因為他想裝出一副僧侶特使該有的威嚴，平時他習慣用食指和中指不時搔一搔自己的尖腦殼，今天卻兩手高雅地藏在袖子裡。源太看他這副陣仗，聽完通知後，便很恭敬地低頭答道：「我知道了。」

機靈的阿吉向來懂得討好客人，圓珍離去時，她把客人吃剩的茶點跟幾串零錢包起來塞進圓珍手裡說：「這個，請收下。」可能她希望這個勢利的僧人回去幫丈夫美言幾句吧。但老實說，這種布施的方式有點過分了。圓珍接著又到十兵衛家，將同樣的內容向十兵衛說了一遍。

第二天，源太刮了鬍子，剃了月代[32]，換上乾淨衣服，心裡滿懷期待地想著：「今天上人應該會親口宣布工程發包給我吧。」他被人領著穿過住持的住處，走進一個房間，便挺直身子跪坐著耐心等候。

十兵衛身上的穿著跟源太不一樣，但他也跟源太一樣緊張。有人領他進一間空蕩蕩的屋子。他便獨自坐在冒著寒氣的屋中發呆。

「上人馬上就會把我叫到他面前去吧。然後，他就會宣布五重塔的工程全都交給我吧？但也說不定不是為了宣布發包給我，而是想當面告訴我，他要把工程交給源太。如果真是這樣，我怎麼辦呢？那我就像一根浮不起的枯木，從此將埋進地底，短期之內是別再夢想開花結果了。現在只求上人垂憐我痴人說夢，讓我承包這次的工程。」十兵衛腦中胡思亂想著，

30　辰時：早上七點至九點。

31　南蠻：辣椒的別名。

32　月代：日本成年男性的傳統髮型。前額至頭頂的頭髮全部剃光，露出的頭皮呈半月形。

連那兩扇九尺紙門上用金箔銀箔描繪的鳳凰飛舞圖都無心欣賞。他的思緒在虛無中來回游移，就像在夜路摸索似的茫然不知所終。沒多久，上次見過的那個看似機靈的小和尚過來對他說：「住持正在等候，請跟我來。」說完，便轉身在前面帶路。十兵衛雖然生性魯鈍，這時心底卻湧起一陣興奮。「好吧，不知願望能否實現，決定的一刻來了。」他邊想邊跟著小和尚往前走，不久便來到一個房間。

剛踏進門，十兵衛做夢也沒想到源太在房間裡，上人卻不見蹤影。源太先用銳利的目光狠狠瞪了他一眼，然後怒目斜視著他。十兵衛感到很意外，默默佇立在原處，也用斜眼瞪著源太。半晌，他覺得十分無奈，自動在跟源太相隔兩疊榻榻米的位置坐下，無精打采地垂著腦袋，用失去鬥志的視線望著自己的膝蓋。而源太的表情則像屹立在千尺山崖頂端的猛鷲，正用雙眼俯視著山下的小狗。他全身展露出一種勇猛果敢的氣質，背脊挺直，雙肩放平，一看就知道是個正直誠實的男人，不論是姿態或容貌，他都那麼卓越出色，任何人看到這種令人激賞的男人，都會忍不住對他生出好感。

不過上人卻不受世俗目光的影響，他的內心像明鏡般透澈清亮，完全不受外貌美醜的影響，源太和十兵衛在他心目中都有值得珍惜之處。上人原本應該在前一天就做出決斷，可能後來又有什麼想法，才特地叫來兩人，讓他們待在同一個房間等候。

不久，上人輕輕踏過榻榻米，悄然無聲地走出起居室。前面帶路的小和尚拉開紙門，上人靜靜走進房間。剛坐下來，屋中的兩個人立刻必恭必敬地向他行禮，兩人都彎著身子，半天不敢抬頭。半晌，十兵衛勉強抬起臉孔，只見他滿臉羞紅，簡直像個不懂世故的鄉下孩子見到身分顯赫的貴族。他額上的皺紋裡早已積滿汗水，鼻尖掛著汗珠，腋下像下雨似的不斷冒汗，哎呀，那模樣真是令人又憐又愛。十兵衛放在膝頭的手指十分粗壯，看起來就像松樹的枯枝一樣。他似乎正在全心全意等待上人宣布自己的命運，每根手指都在微微顫抖，看起來有點可笑。

源太也一語不發地靜待上人宣布結果。上人深知兩人的心意，但他卻一直不開口說話。房間裡始終沉浸在一片寂靜當中……

「源太、十兵衛，你們聽我說，這次計畫興建的五重塔只有一座，但你們兩人都有承包的意願，我雖想讓你們都能完成心願，卻根本辦不到。如果把工程交給你們其中的一人，另一人必定會傷心難過。事實上，我們也沒有判斷的標準，所以無法根據標準來做決定。現在寺裡的執事僧侶和事務人員都不知該交給誰做，老衲也沒法做出決斷，所以我讓你們倆自己討論決定吧。我不會干涉。你們若能討論出結果，就按照你們的意思去做。希望你們回家後好好商量。老衲要對你們說的，就只有這件事。你們聽完就可離去。對，我把意思說清楚了，你們要回家的可以走了。不過啊，老衲今天剛好閒得無聊，希望你們留下陪我喝杯茶，順便也分享點外面的趣事給老衲。我也講昨天讀到的兩三則老笑話讓你們聽聽。」

上人露出滿臉笑容，像招待自己的朋友似的讓兩人坐下喝茶。上人究竟會對他們說些什麼笑話呢？

九

小和尚送上茶具後，上人親自泡茶待客。源太和十兵衛都懷著誠惶誠恐的心情，喝著杯中的熱茶。

「你們這麼拘謹，都不知從何說起了，閒聊也不能盡興吧。來，我就不分點心給你們了，自己隨便選喜歡的吃吧。」上人說著，將裝點心的高腳盤推到兩人面前，然後端起天目茶碗[33]喝了一口，潤潤嗓子說：

「若要我說些有趣的傳說故事，像老衲這種出世之人，也沒聽過多少，不過我最近讀經的時候倒是讀到一個令人感慨的故事。現在就說給你們聽聽吧。故事是這樣的，從前在某國有個富翁，一天，他趁著天氣晴朗，帶著兩個孩子到野外遊玩。原野上長滿芬芳的鮮花、柔軟的野草，父子三人玩得非常高興。沒多久，他們來到一條大河的河邊，這時正是初夏，原本已經乾枯的河床裡已有清澈的河水流過，波浪不斷拍打著岸邊。河面中央有一片美麗的沙洲，地上遍布珠玉般的碎石，還有銀沙似的砂礫，富翁覺得非常有趣，輕輕一跳，就越過了寬約兩公尺的河面，跳到沙洲上。他四下巡視一番，發現沙洲後方還有一條寬約兩公尺的溪流，對面則是一片與世隔絕的世外桃源。

「富翁發現那是一塊不受塵世污染的潔淨世界後，一個人開心地手舞足蹈起來。兩個孩子看到父親高興的模樣，都想跳過河去，但他們卻跳不過去，只能站在河邊發出歆羨的叫喊。富翁看到孩子那麼著急，不免心生憐憫，便對他們說：這是你們無法到達的淨土，但你們真的想過來的話，我會想辦法帶你們過來，安心等著吧！你們看，我腳下這些碎石，全都是蓮花形狀的寶石。我面前這些砂礫，全都是散發五金光輝的稀有砂石。

「兩個孩子聽完父親的介紹，卻因為站在遠處看不清楚，更急著想要快點過河。富翁從

33　天目茶碗：源於中國宋代的一種茶碗，最早使用於天目山一帶的寺院。許多日本僧人在宋代到天目山修行，他們從天目山帶回國的茶碗就稱為天目茶碗。

容不迫地安撫孩子，找到一根似被洪水連根拔起的棕櫚樹幹，他便把這根兩公尺多的樹幹架在河面上當成獨木橋。兩個孩子立刻爭先恐後爬上樹幹，都想搶先渡過橋去。兩人爭執半天，終究是哥哥的力氣比較大，打倒了弟弟，然後露出趾高氣揚的得意表情，匆匆爬上獨木橋。等他走到橋中央的位置，弟弟才從地上爬起來，一看哥哥正在過橋，弟弟氣極了，使勁地搖晃樹幹，哥哥立刻摔落水裡。無奈中，哥哥只好掙扎著往目標游去，等他爬上沙洲時，剛好看到弟弟正在輕鬆過橋，而且快要抵達沙洲了。哥哥見狀也趕緊用力搖晃樹幹的一端。獨木橋是一根圓形的樹幹，弟弟自然承受不住這陣搖晃，立刻掉進水裡，待他全身溼漉漉地爬上岸一看，父親就站在自己面前。

「富翁這時忍不住長嘆一聲說，你們看到了嗎？從你們踏上沙洲的那一刻起，這裡已經變樣了。碎石變得又黑又醜，砂礫也變成泛黃的普通砂石。你們看看，都變成什麼樣了？

「兄弟倆聽了都嚇一跳，睜大眼睛四處張望，果然像父親說的那樣，滿地都是砂石和碎石。『哎，我竟為了得到這種東西，欺負可愛的弟弟嗎？』『我竟想把可敬的哥哥摔進水裡淹死嗎？』兄弟倆都覺得既羞愧又難過，哥哥連忙幫弟弟絞乾弄溼的衣袖，弟弟也幫哥哥擰乾浸水的衣襬，兄弟倆彼此安撫，互相慰藉。

「這時，富翁又把剛才那根棕櫚樹幹搬過來，重新架在沙洲後方的溪流上，然後對兩個孩子說，這塊沙洲已經沒什麼可看的，我們到那裡去玩吧。你們倆先從這座橋上過去。兄弟倆聽了父親的話，彼此看著對方。『哥哥，你先過去吧。』『不，還是弟弟先走吧。』兩人的反應跟剛才完全不同，兄弟倆互相謙讓了一番後，決定按照長幼順序，讓哥哥先行過橋，弟弟則幫忙按著樹幹，免得哥哥滑落。等到哥哥抵達另一端後，也用手摁住樹幹，好讓弟弟順利通過。富翁不需兒子幫忙，用力一跳，就越過了河面。

「父子三人在另一片沙洲上漫步閒逛，哥哥隨手撿起一塊小石頭，弟弟發現那是美麗的蓮花狀寶石；弟弟用手抓起一把砂礫，哥哥發現那些砂礫散發出耀眼的五金光輝。兄弟倆非常興奮，相互恭賀對方的好運。這時，富翁從懷裡掏出一塊真正的蓮花玉雕交給哥哥，又從袖裡抓出一把真正的金砂放在弟弟手裡，然後叮囑兄弟倆要好好保管這些寶物。

「這故事聽起來有點像在糊弄小孩，卻記載在佛教說法的經卷裡，所以不可能是捏造的，也絕不是哄騙小孩的東西。你們好好回味一下，是不是覺得這個故事含義深遠？如何？你們也覺得有意思嗎？老衲我倒是覺得非常有趣呢。」

確實是一個深入淺出的故事。上人藉由譬喻表達了自己心中的真誠之意。源太和十兵衛聽到這兒，彼此面面相覷，露出茫然的表情。

十

離開感應寺之後，十兵衛失魂落魄地走在回家的路上。他把廉價粗布棉外套的衣袖交疊，雙臂環抱，若有所思地向前邁步，

「上人說的那個意味深長的故事，就是訓誡我們當中的一人要把機會讓給另一人吧。我再笨也聽得懂啊。哎呀，真不想讓給他。我費盡了心血，熬了多少個晚上鑽研，連老婆體貼地對我說：『天那麼冷，快睡吧。』我還罵她：『閉嘴！多管閒事！』這次的機會可是一輩子難得遇到的，如果能用我這雙手，竭力一拚，完成這座塔，我就死而無憾了。可悲啊，雖然我一直懷著這份心願，但今天聽到上人的教訓，又覺得他說得很有道理，的確是該遵照他的意思。然而，這次的機會若是拱手讓人，誰知道下次再建五重塔是什麼時候啊？難道我十兵衛這輩子註定不能出人頭地了嗎？哎！可悲！我好不甘心！可恨的老天爺！上人的慈悲心懷十分可敬，我能充分理解，一絲一毫怪他的想法都沒有。哎，我該如何是好啊。對手又是對我有恩的源太老闆，我不能跟他結仇。現在思前想後，除了自己識相地退出之外，難道就沒有別的辦法了嗎？哎，真的是沒辦法吧？我現在好後悔，當初就不該有這種念頭。還不如

從頭就當個憨子，現在就不會這麼悔恨痛苦了。這事得怪我忘了自己的身分。是我不對。都怪我。可是啊，哎，可是啊，哎，還是別想了，別想了。就當我十兵衛是個憨子，讓世間那些頭腦機靈的人笑我吧。就連靠我養活的老婆，也讓她偷偷笑我是『不懂處世之道的廢物』好了。我就這樣醉生夢死，糊裡糊塗過一輩子吧。只不過，就算是放棄了夢想，我還是覺得可悲，更加覺得活著沒有意思。這個世界真是太過分了。喔，這種想法應該算是牢騷吧？就算是牢騷好了，當我們心中極度悲戚時，只要聽懂上人那段心照不宣的教訓的真意，上人的大慈悲就會滲入我們的五臟六腑，心有不甘的牢騷就不會從心底升起了。上人看我們競爭得如此激烈，他不想傷害任何一方，才用故事裡的兄弟作為譬喻，向我們詳細解釋經卷的內容，希望我們永遠都能和睦相處。如果細細琢磨那個故事，把我跟源太老闆比喻為那對兄弟的話，那我就應該是小弟了。做弟弟的若是不肯謙讓，豈不是違背人倫？哎，做人家的小弟也不容易啊。」想到這裡，十兵衛心煩意亂，眼中的淚水遮住視線，連前方的道路都看不清了。他像個牽線木偶似的踏著沉重的腳步，朝向毫無樂趣的自家前進，腦中一片茫然，幾乎忘了自己是誰。

「你這混蛋，人家好不容易洗好的，你幹什麼呀？混蛋！」耳中突然傳來一陣刺耳的怒罵，十兵衛被那尖銳的聲音嚇得腳底一滑，一腳踩中人家架在小木桶上的漿洗板，他趕緊收回腳，卻沒站穩，結果一屁股跌坐在地上。

「你這傢伙是狐狸精上身了吧！討厭！」

十兵衛睜眼一看，原來是一個跟近江阿兼[34]一樣孔武有力的女傭在罵他。那女人似乎是從房州[35]來的，長著一張多福[36]臉，鼻眼卻像在孩童玩福笑遊戲[37]時弄歪了似的。女傭氣憤地舉起拳頭，砰地一下打中了十兵衛，接著又伸出長胳臂用力一推，十兵衛應聲倒地，弄得滿身都是塵土。

「是是是，我是中了狐狸精的邪，對不起啦。」十兵衛連忙道歉，忍著疼痛倉皇逃走，邊跑還邊聽到背後傳來一連串怒罵。過一陣子，他才終於回到家裡。

「哎呀，你可回來了。我看你弄到這麼晚還不回來，一直在擔心你發生了什麼事呢。啊唷，怎麼弄得滿身都是塵土啊？」十兵衛的老婆說著，準備前來幫他撢掉身上灰塵。

「不用管我。」十兵衛只說了一句話，聲音裡充滿沮喪。他看到老婆滿懷憂心地窺視自己，不知為何突然覺得很悲哀，眼睛立刻被湧出的淚水沾溼了。

「哎……」他像在責備自己似的，不自覺地發出一聲嘆息。

妻子裝作沒事似的伺候著十兵衛，還裝了一管菸送到丈夫面前。但她什麼話都沒說，因為丈夫的神態跟平時完全不同，她也猜出大概的結果，只是不知該用什麼話來安慰丈夫，也不知自己該不該開口詢問。明明自己今天一直記掛著這件事，卻不能開口，做妻子的不免感到既悲哀又心痛。她拿起火箸夾起一塊燒剩的木炭，想用那點微弱的火力弄熱壺裡的茶水。那雙火箸其實只剩下一根，另一根改用杉木筷子代替了。就在這時，剛才在外面玩耍的兒子豬之走進家門。

「啊，爸爸回來啦！您看，兒子我已經造好囉。爸爸也造一座吧。」豬之說著，精神抖擻地拉開紙門，只見他露出滿臉純真的笑容指著五重塔模型，彷彿期待獲得稱讚的表情。母親看到兒子的模樣，忍不住咬著襦袢[38]的衣袖無聲抽泣起來，十兵衛的眼中浮起了淚光，他用力睜大圓眼，連眼皮都不眨一下地瞪著兒子說：

「喔，做得好，做得好，做得真不錯。要給你獎勵。哈哈哈。」說著，十兵衛高聲大笑

34　近江阿兼：傳說是近江國（現在的滋賀縣）的一名妓女，因力氣大而聞名。
35　房州：現在的千葉縣南部。
36　多福：日本傳統面具，是具有圓臉、低鼻梁、圓腦袋、胖雙頰等特點的女性臉孔。
37　福笑遊戲：日本傳統的新年遊戲。參加者需蒙住眼睛，在印有多福面具輪廓的紙上將眉眼鼻嘴等五官放在適當的位置。
38　襦袢：和服的內衣，形狀跟和服相仿，尺寸較為貼身。

起來，笑聲響徹屋頂，聽起來卻像在嗚咽。笑著笑著，他抬頭仰望天空說：

「哎呀，這個小弟可真不好當啊……」

十一

玄關的木格門跟平時一樣發出一陣清脆爽朗的聲響，接著，門扉就被人拉開了。

「阿吉，我回來了。」阿吉正滿懷憂心地吐著煙圈，一聽到丈夫充滿活力的聲音，猛然拋下手裡的菸管，匆匆起身到門口迎接。

「怎麼弄到這麼晚啊？」她邊說邊繞到丈夫背後，幫他脫下和服外套，然後站在原處，用下顎壓著衣服，摺疊起衣袖來。疊好之後，阿吉迅速把外套往角落一塞，便立刻回到火爐旁，撥開鐵壺下面的炭火。沒多久，壺裡便發出熱水沸騰的聲音。她瞥了一眼盤腿穩坐一旁的丈夫說：

「現在白天的陽光雖暖，風吹在身上還是挺冷的，你在路上受凍了吧？我幫你燙一壺酒如何？」阿吉向來對丈夫體貼入微，就在她跟丈夫問答的這段時間，同時也動作熟練地做好了午餐。除了散發著香橙香氣的三輪漬[39]之外，還有蘿蔔泥配鮭魚子，雖然都是現成的菜肴，吃起來卻很可口。

源太吃著面前的飯菜，原本煩悶的心情總算獲得些許慰藉。他拿起小酒杯，一口氣喝了兩三杯，接下來的一杯，才放慢速度細細品嘗。

「妳也來一杯。」說著，他將小酒杯交給阿吉。

阿吉喝了一口，便放下杯子，將烤好的海苔疊起來摺成小片。

「『三子』的人快來了……」阿吉突然提起魚店的名字。說完，她把酒杯還給丈夫，重新幫他斟滿。這時，阿吉確信丈夫對今天討論的結果一定很滿意，便放膽向丈夫問道：

「先不說『三子』的事，今天談得怎麼樣呢？你不想告訴我也行，但如果是決定讓我們承包，你不告訴我一聲，我心裡還是會記掛這件事啊。上人跟你怎麼說的？還有那個憨子說什麼？你這樣不苟言笑板著臉，真要急死我了。」

聽了阿吉的話，源太大笑起來。

「不用為我著急。上人慈悲為懷，一定會為我安排一切，讓我成為一條好漢。哈哈哈。

39 三輪漬：蘿蔔和香橙切片後加入辣椒，浸泡在醬油、清酒裡面製成的泡菜。三種材料切片後呈車輪狀。

妳聽我說啊，阿吉，疼愛弟弟的哥哥，才是好哥哥，對吧？有時看到人家挨餓，自己就是苦一點，也該分口飯給人家吧。我向來誰都不怕，但是身為男人，並不是處處強過別人就算條漢子。哈哈哈。男人也得學會努力忍耐，勉強示弱，才算得上好漢啊。對，那樣才算得上男子漢。建造五重塔是光榮的任務。我真想只憑自己一個人的力量，建一座千年不壞的名塔，留給後世萬民觀賞。我也不想讓別人插手或替我出謀畫策，只想憑我川越的源太這雙手，建一座塔留給後世。啊！我得忍住火爆脾氣，哎！這樣才算好漢，好漢。是啊，好漢就該這樣。上人不會說錯的。好不容易才盼到的工程，叫我分一半給別人做，真的越想越不甘心。哎，我心裡苦啊。哎，因為我是哥哥嘛。哈哈哈，阿吉，我想把這工程分一半給憨子，由我們兩人一起建造這座塔。我這樣算不算偉大的弱男子啊？妳快讚美我啊。稱讚我吧。要是聽不到妳的稱讚，這件事就太沒意思了。哈哈哈。」源太的臉上看不到歡欣的表情，笑聲卻顯得特別突兀。阿吉弄不清丈夫心裡到底想些什麼。

「不知上人對你說了什麼，我可完全聽不懂，你說的這些，好無聊。為什麼要把工程分一半給那個木頭人憨子？完全不像你平時的作風嘛。如果要讓給他，就不要捨不得，乾脆全部讓給他算了。這工程原本就該讓我們做的，結果現在又說要找個多餘的幫手，好像讓兩個劊子手去砍一顆腦袋，這種小家子氣的做法，多奇怪啊。平時大家都說你心胸坦蕩，一顆心就像用水洗過似的純潔清爽，你自己也總以此為傲，怎麼今天卻又顧慮這麼多呢？連我一個女流之輩看來，都覺得你這是缺乏決斷力的爛想法。我才不稱讚你呢。我沒法稱讚。不管你怎麼說，都沒法誇獎你。那傢伙不過是個受過我們關照的呆子而已。老實說，你就該大聲罵他一句：『搶人差事的厚臉皮！』那個呆子，就該罵得他說不出一句話才對。你為什麼對他那麼好，還要跟他一起做惹人心煩的聯名工程，有這必要嗎？只有一味關照別人才算偉大嗎？總是懦弱忍讓才算好漢嗎？聽了你的話，我真是忍不下心中的怒火。要不然，我到憨子家去一趟吧？我去讓他斷了這個念頭，要他兩手撐地向你請罪說：『冒犯您了，請您原諒。』你看如何？」阿吉不愧是賢妻，每句話都幫著自己的丈夫。不料源太聽完卻冷笑著說：

「妳懂什麼？妳只需對我做的事情表示贊同就行了。」

十二

源太冷冷地回了一句，意思就是叫阿吉「給我閉嘴」。阿吉向來好強，抬起頭還想反駁，但又轉念一想，丈夫比自己更頑固、更倔強，不論自己再說什麼，都只會惹怒丈夫而已。她根據以往的經驗判斷，現在根本不用浪費一絲力氣去反駁他。同時她也覺得丈夫很可惡，自己跟他同甘共苦，他卻不肯跟自己分享心事，有什麼計畫也不和自己商量。不過阿吉是個聰明的女人，她立刻就明白自己該如何應對眼前的狀況。

「並不是我女人家不知天高地厚，多嘴管你的閒事，我只是記掛那項工程，忍不住就想問你到底談得怎麼樣了。或許算我多事吧，只能怪我沒有見識，說了不該說的話啦。」阿吉身為妻子，說這話的目的是想故意貶低自己真正的想法，然後裝出完全遵從丈夫意見的模樣，並藉此減輕丈夫心中的煩惱。

聽完阿吉的話，源太臉上僵硬的表情果然變得比較和緩了。

「萬事皆憑運氣。我們做人坦誠，待人溫厚，自然會有好事降臨。所以從這個角度來想，我覺得把工程分一半給那憨子也挺不錯的。世上之事最終會令人厭惡或歡喜，全憑我們一念之間。所以我們要盡量避免養成吝嗇的壞習慣，要活得瀟脫優雅才好。」源太說完，仰頭喝光杯中的酒，接著就跟妻子聊些不痛不癢的閒話，譬如最近看過的演劇啦、徒弟的日常表現啦……夫妻倆把這些閒話當作下酒菜，一面喝一面聊，喝得很有節制卻非常愉快。喝完酒，夫妻倆也不管雅觀不雅觀，直接就著一張小膳桌，面對面吃完一頓飯。

沒多久，源太想，十兵衛差不多該來了吧。於是他閒閒地坐著，等待客人來臨。然而，時間一分一秒過去，陽光射在紙門上的影子移動了一尺，客人還是不見蹤影。又等了一段時間，影子移動了兩尺，客人還是沒出現。

「這件事，原該他先來低頭懇求，應該他彎腰縮背來跟我商量才對，看在上人今天那段慈悲為懷的贈言，他應該流著淚來求我：『請您分一半工程給我吧。』怎麼到現在還不見蹤影呢？難道他放棄了？絕望了？所以也不想跟我囉唆，乾脆獨坐家中發呆？或者，他是在等我去找他？如果他真的這麼想，那就太自以為是了。應該不會那麼傲慢吧。我猜他應該就是憨人性格，不論遇到任何事，都是慢吞吞的，一點都不急吧。真是的，這個慢郎中，就算性格憨呆，也該有個限度吧。」源太胡思亂想，不停地抽著菸管。冬日的白天越來越短，但對心有期待的人來說，這樣的白日仍然十分漫長。不久，天色終於變暗，成群的烏鴉陸續飛回鳥巢。源太的心情越來越糟，怒火不斷從他心底升起，就在他幾乎無法壓抑怒氣時，妻子端了晚飯過來。源太只好勉強拿起筷子吃了幾口。吃完飯，他也沒有心情慢慢喝茶，就向妻子交代說：

「阿吉，我到十兵衛那裡去一趟，萬一他剛好也來了，跟我錯過的話，妳叫他在這裡等著。」

源太的語氣非常嚴肅，話裡充滿怒氣。說完，他猛地一下站起來，就朝門外走去。阿吉雖然很擔心，卻也不知如何是好，送丈夫出門之後，她只能不斷嘆氣。

十三

卡在門框裡的雨戶[40]怎麼拉也拉不動，原已怒氣沖天的源太更加惱火了，他把心中的憤怒全部聚在手上，狠命一拉，雨戶隨著一陣嘎噠嘎噠的聲音打開了。

「十兵衛，在家嗎？」源太招呼一聲，不等裡面的人回應，一腳踏進屋裡。阿浪立刻聽出是源太的聲音。十兵衛現在跟從前對自己有恩的源太變成了競爭對手，她身為十兵衛的妻子，實在沒有顏面出來面對源太。女性的纖細敏感令她的心臟猛烈跳動起來。

「哎呀，是老闆啊！」

說完這句話，阿浪只覺一陣心慌，突然說不出話來。源太立刻發現十兵衛一臉沮喪的表情，坐在行燈後面。行燈的燈罩已被煤煙燻得漆黑，沾滿刺眼的油污，燈罩紙上有許多針孔。源太一看到十兵衛，立刻大踏步走過去。反應遲鈍的十兵衛這才發現源太來了，趕緊請客人在火盆前面坐下。性格耿直的他由於不善交際應酬，總被人批評不懂人情世故。

他先向源太行了一個姿勢不太標準的禮，這才慢吞吞地開口說道：「我正打算明天早上去拜訪您呢。」

源太聽了這話，不屑地瞪了十兵衛一眼，然後故作平靜地說：

「喔，原來你是這樣打算的？我一向性子急，剛才一直在家等你呢。等了半天，不知你到底什麼時候才來，所以我就跑來了。看來是我太傻了。哈哈哈。可是啊，十兵衛，今天上人跟我們說的那些，你聽懂他的意思了嗎？他讓我們兩人好好商量，最後還講了富翁和兩個兒子的故事，所以我現在特地跑來跟你商量。你大概也想好該怎麼做了吧？我雖然心有怒氣，但是仔細想想，上人說的那個故事是對的，我們倆這樣正面相爭，對彼此都不好。既然你我不是仇敵，我就不能只顧自己。所以說，我希望跟你好好商量之後，找出彼此都能接受的辦法。我拋棄只顧私欲的卑劣想法，苦苦思考各種備案。不過，我還是想聽聽你心裡真正的想法。我也是個堂堂男子漢，我想聽你的真心話，但我絕沒有任何骯髒的企圖。今天我真的是抱著這種想法來找你。」

語畢，源太停下來看著十兵衛的臉孔。十兵衛從剛才就一直低著頭，嘴裡不斷應著：

40 雨戶：玻璃窗普及之前，設置在傳統日式木造房屋的紙窗外側以遮擋風雨的窗戶。

「是，是。」他的鬢角有五六根白髮。在燈光照耀下，白髮不斷閃耀光芒。

屋中一片寂靜，阿浪跪坐在早已熟睡的豬之助枕畔，不敢弄出一點聲音，甚至連呼吸都不敢太用力。遠處有人正在叫賣鍋燒烏龍麵，那聲音彷彿已從戶外滲進屋中似的。

源太的情緒比剛才平靜許多，他用溫和的語氣對十兵衛說：

「來，我們也不必客套，更不必死要面子。我先跟你坦白吧。十兵衛，你看這樣如何？這次的工程十分難得，我知道你想承包下來，好讓你的精湛手藝得以發揮，完成你身為專業匠人毫無私欲的職志，也讓後世萬民看到這座新建的佛塔之後都記住，這是一個叫作十兵衛的男人的嶄新創作，也是他精心建造的作品。你心裡一定希望自己能建成這樣的一座塔吧。不過，我想你應該也知道，我也懷著跟你一樣的願望。這種工程不會常有，如果錯過這次機會，可能這輩子都不會再碰上了。因此我源太也很想把自己的設計和技藝流傳給後世。如果硬要找個非得把工程給我的藉口，因為我啊，平日就在承包感應寺的工程，而你呢，從來沒有接過感應寺的工程，平時跟他們也沒有來往。按照順序來說，我應該排在前面，你是後來才加入的。而且我受他們委託，已經提出了設計圖，而他們從來都沒人請託過你。若從旁觀者的角度來看，任何人都會認為這項工程交給我，是理所當然的事情，而你則因為身分地位都不夠格，工程交給你的話，不論是誰心裡都有疑問吧。不過，我現在跟你說這些，並不是用大道理來壓你，也不是用世俗的看法幫自己撐腰。你的手藝高強，運氣卻不好，這一點我是知道的。平時你從不抱怨自己命薄，但你心裡懷著多大的委屈，我也是知道的。假設你我的命運交換一下，我非常清楚自己會遇到怎樣難以忍耐的悲慘人生。所以去年，還有前年，或許你並不覺得有什麼幫助，但我都盡量把工程分包給你了。喔，你不要誤會我是想要你報答啊。你的樸實純潔，我想上人早已了然於心；而你的懷才不遇，上人也很同情憐憫，所以今天才會用那個故事來教訓我們。如果你是個貪婪的競爭對手，我會把你想成是討厭的局外人，故意不想讓我接到這次工程，而我也肯定會抓起錛子砍向你的腦門，但是我細細觀察你之後，甚至還想要給你介紹更多工作機會呢。只是，我心裡雖有這種想法，卻不表示我願意拋棄自己的夢想。老實說，這次的工程無論如何我都想試一試。所以啊，十兵衛，這話我實在說不出口，卻又不能不說，嗯，就是說，想請你稍微退讓一步，接受我的提議，就讓我們倆一起來建造這座五重塔，如何？工頭由我來擔任，你呢，或許你覺得不滿，但是請你擔任副手，從旁協助我，好嗎？或許你心有不滿，或者甚至覺得厭惡，但請你接受我源太的懇求吧？拜託拜託，我在這裡求你了。看你一直這樣沉默不語，我猜你大概是不願意吧？阿浪弟妹，妳若聽懂我的意思，也幫我勸幾句，請他答應我吧。」

源太說到這裡，甚至轉臉向感情脆弱的阿浪懇求起來。阿浪這時早已淚流滿面。

「老、老、老闆……哎，太感謝您了。您這麼熱心，還肯來跟我們商量，這樣的老闆要去哪裡找？喂，你還不向老闆道謝？」阿浪邊勸著邊用左袖拭著眼淚，衣袖早已吸滿淚水，顯得有些沉重。她接著又用右手搖了搖丈夫的膝蓋，十兵衛從剛才就像一座菩薩雕像似的沉默不語，即使妻子連催了兩三遍，他還是不肯開口。半晌，十兵衛才抬起低垂的腦袋。

「抱歉，十兵衛不能遵命。」他只冷冷地說了一句話。阿浪感到心底一驚，做夢也沒想到丈夫會說出這種話。

「你居然！」阿浪的聲音強勁又尖銳，她猛然抬起臉孔，脖頸向後仰起一兩寸。坐在對面的源太也用一雙充滿怒氣的眼睛不屑地瞪著十兵衛。

十四

源太提出的解決方案真的是他經過深思熟慮才想出來的，他在人情與義理兩方面都兼顧到了，而且他對十兵衛的熱心關照，也是普通人很難做到的。但十兵衛卻只答了一句：「十兵衛不能遵命！」儘管他天生就是直來直往、不顧後果的性格，但他這樣回覆源太，實在太過分了。就算是個不通人情世故的泥人，也不會這樣回答吧。阿浪又驚又氣，沒想到丈夫竟然如此可惡，他不僅莽撞得令人冒火，這種粗暴無理的行為也令她無法理解。阿浪覺得彷彿被人夾上了行刑的榨木[41]，兩片木板正在縮緊。她不自覺地湊到丈夫身邊說：

「啊呀！你說些什麼啊？老闆處處為我們著想，設想得這麼周到，像你這種名不見經傳的小人物，老實說，老闆如果想自己一個人承包，一腳就能把你踢下擂台，但是老闆並沒這麼對你。這份恩情可不一般哪。原本可以自己一個人接的工程，他都願意分你一份，還說要跟你聯名，這種提案多令人感激！他甚至沒有叫你過去，而是親自到我們這個連塊坐墊都拿不出來的地方跟你商量。你卻不知感激，竟然拒絕了他。說什麼『十兵衛不能遵命』，真是太任性、太過分了。老闆對你的關照，你不會不懂吧？就算是貪得無厭或不拘小節，也該懂規矩呀。你看看，我身上穿的這件衣服，還是去年初冬，阿吉老闆娘看我只有一件夾衣，凍得可憐才送給我，叫我自己把衣服改一改再穿。你難道看不見嗎？而你，接受了老闆這份恩情，卻還跟他作對。老闆對你這種自大忘恩的行為不僅不在意，還總當你是勢單力薄的晚輩，經常關照你。你呢，卻完全不顧他的慈悲心懷，居然回他一句『不能遵命』。就算你

41　榨木：一種刑具，以兩塊表面布滿尖齒的木板夾住受刑人小腿，同時進行拷問。

真的不願意，但是你接受過人家的照顧呀，怎麼能這樣對他說話呢？而且這件事關係到老闆的顏面，你總該顧慮一下阿吉老闆娘的感受吧。你讓我今後有什麼臉面去見阿吉老闆娘呢？雖說老闆的心胸寬闊，或許只會嘆一句：『哎，十兵衛夫妻倆都是不懂事的傢伙，隨他們去吧。』老闆可能不跟你計較，但別人會怎麼說你呢？大家肯定罵你是不知報恩、不夠義氣、不懂人情世故的畜生。你一定會遭到旁人批評，大家會罵你是豬狗、是烏鴉。你要變成豬狗烏鴉才能包到工程，這算什麼本事？你還一天到晚教訓我，不要貪心，不要急躁。現在你想想自己說過的話，不覺得羞愧嗎？我勸你還是老實接受老闆的建議吧。將來等到『生雲塔』建成後，人人都知道這座高聳入雲的五重塔是你跟老闆聯手建造的，那時你的辛勞也算值得了。老闆照顧你的這片苦心，也就沒有白費。到了那時，我心裡該有多歡喜、多開心啊。如果能有這種結局，你還覺得不滿意，那只能說你是鬼迷心竅了。難道你對這種結局還不滿意？哎，真可悲。自己究竟是什麼分量，不用我說你也該明白吧？難道你忘了自己的身分，所以說出那種話？」苦苦相勸的妻子說到這裡，聲音裡夾帶著嗚咽。阿浪低垂著腦袋，髮髻上插著一根穿了線的縫衣針，現在那根線正在微微震顫，可見她心裡多麼悲傷。那模樣看來實在令人憐憫。這時，一直閉著雙眼的十兵衛終於發出沙啞的聲音：

「吵死了，阿浪，給我閉嘴吧。妳這樣吵得我沒法說話……老闆，請聽我向您解釋。」

十五

十兵衛努力併攏顫抖的膝蓋，思緒正在腦中翻滾，他幾乎無法抑制自己，於是伸出兩手按著膝頭，全身僵硬地說道：

「我不甘心，老闆，您說要跟我一起接這個工程，我不甘心啊。您說把工程分一半給我，聽起來好像是您大發慈悲，可是我覺得心有不甘。恕難從命。恕我不能從命。雖然我是真的很想親手將這座塔建造起來，但十兵衛還是放棄吧。我聽了上人的教訓後，回家的路上就已完全放棄了。是我不對，不該懷抱這種不合身分的願望，哎，是我太愚蠢了。憨子永遠都是憨子，我這輩子還是當個白痴算了。這一生就靠製作陰溝蓋子度日吧。老闆，請您原諒我，一切都是我不對。我不會再吵著想要建塔了。老闆又不是我不認識的陌生人，平時那麼關照我，今後我會站得遠遠的，看著您獨自建造名塔，並在暗中為您高興。」十兵衛有氣無力地說到這裡，性情急躁的源太再也聽不下去，他猛地探出身子說道：

「胡說！十兵衛，你太不懂人情世故了。上人對我們的教訓，並不是說給你一個人聽的。同時也是對我說的。你既然記住了，我當然也不會忘記。難道你一個人背著重擔沉到水底，我源太就能出人頭地嗎？你竟想出一堆歪理，說什麼只要自己退出，一輩子當個白痴就行。這種說法也太做作了，更令人無法苟同。你想想，假設你爽快地順水推舟答道：『好，既然上人這麼說，那就讓我來做吧。』如此一來，上人的面子往哪裡放？更重要的是，我源太多年來始終堅持扶助弱者的豪俠氣概，也毀於一旦了。你這不是兩頭不討好？天下還有比這更笨的做法嗎？所以說，這個工程還是由我們兩人一起做，比較好吧？我所說的兩人一起愉快合作，意思是說，或許你會有點尷尬，其實我也跟你一樣。就像你心裡會有不滿，我也同樣會有芥蒂。而我們彼此都很清楚這一點，所以應該也能相互忍讓。你又何必故意貶低自己，硬要當個白痴，然後把自己編織了幾天的美夢，一下子弄得煙消雲散呢？你更不必埋沒自己超群的優秀手藝啊。是吧？十兵衛，如果覺得我說得有理，就改變一下想法吧。源太是不會勉強你的。喂，你怎麼不說話？還是覺得不滿意？不願意？不肯答應我？哎，你還是不同意我的想法啊？十兵衛，這就讓我太傷心了。你說句話啊。不願意？是不是不願意？哎，真可悲。你這樣一句話也不說，我不懂你的心意啊。你覺得我說的不對？還是因為心裡不滿正在生氣？」源太是個心地善良又重義氣的江戶子，雖然性格固執好強，卻能體貼他人。他看十兵衛一直不肯開口，便柔聲向他追問。阿浪在一旁聽到源太這段剖白，心中湧起陣陣喜悅。「哎呀，老闆，太感謝您了。」這句話雖然沒從她嘴裡說出來，但是奪眶而出的淚水比她的舌頭更確實地表達了真心。阿浪不安地轉著溢滿淚水的眼睛望向丈夫，只見他仍然一語不發地垂頭深思，嘴裡雖然沒有發出一絲聲音，淚水卻滴滴答答不斷地落在膝頭。

源太也沉默著獨自思索了一陣，然後開口說道：

「十兵衛，你還沒想通嗎？還是你心有不滿呢？好吧，這個難得的工程你不甘心兩個人一起合作，哎，我就讓你吧。這樣好了，源太給你當副手，你來當工頭。來來來，快答應我吧，你同意我的提議，讓我們兩人一起負責這項工程。」源太把心一橫，說出這句話。他是決定放棄自己的願望了。

「絕……絕對不能這樣，老闆！十兵衛就是神經錯亂了也做不出這種事。我怎麼敢呢？」十兵衛連忙回答。

「那你願意按照我說的做了？」源太反問。

「這……」十兵衛一時不知如何回答。源太緊接著又問：

「讓你當工頭，這樣還不夠嗎？」源太激動地追問，十兵衛被問得露出狼狽的表情。妻子在一旁也焦急地催促道：

「你為什麼就不肯快點接受老闆的建議呢？」阿浪的語氣裡充滿抱怨，彷彿在詰問丈夫似的。十兵衛在她的逼問下，終於無路可退，他慢慢抬起低垂的腦袋，瞪大一雙圓眼說：

「我不想一件工作兩個人一起來做，就算讓我十兵衛當工頭，我也不想。實在沒辦法。還是老闆您一個人承包吧。我就當個白痴過一輩子……」十兵衛還沒說完，源太已經火冒三丈，立刻打斷他說：

「就算辜負我好言相勸的這番苦心，你還是要堅持自己的想法？」

「是，我對老闆十分感激，但我不會騙人，不想做的事情就是沒辦法做。」

「你居然說這種話！無論如何，你都不願聽從源太的建議？」

「我真的沒辦法。」

「好，你給我記住！這個憨子，不通人情的傢伙，你有資格說這種話嗎？好好好，以後我不會再跟你說話，你就去幫人家釘木槽過一輩子吧。至於那座五重塔，對不起了，我不會讓你的手指碰一下。源太我一個人就能完整地造起塔來。等到大功告成的那天，你有本事就來挑毛病吧。」

十六

「啊唷！謝謝！哎，我喝得太醉了，再也喝不下啦。」

清吉裝腔作勢地再三推辭著，但他那隻抓著酒杯的手卻不肯收回去。其實愛喝酒的人都是這麼可笑，不過看他還知推辭，可能也只醉了七分，還有三分是清醒的。只見他露出誠惶誠恐的表情倚在一旁說道：

「老闆不在家，我卻在這裡喝得爛醉，真不好意思啊。跟大姊一起喝酒，總不能唱著〈夕暮〉[42]載歌載舞一番吧……哈哈哈，好痛快。不過我可得走了，等下老闆看到我喝過量，會罵我的。不過大姊啊，我就算被老闆罵幾句，心裡也很高興唷。這可不是故意在大姊面前拍馬屁。真的，我對老闆，比對『茶袋』還有感情呢。有一次在淩雲院做工的時候，我跟阿鐵和阿慶為了一點小事打了起來，阿鐵的肩頭被我打成重傷，結果他父母哭著來找我。哎，是我的錯，我也後悔打傷了他，心裡很同情，可是我也很窮，口袋裡沒錢啊。就算我

42　〈夕暮〉：一首江戶後期的流行小調，也是當時深受大眾喜愛的流行歌曲。

想賠他也沒能力。當時我真不知怎麼辦，甚至都開始計畫如何一走了之，就在這時，老闆一句話都沒說，就幫我付了對方的治療費。不僅如此，老闆也沒責備我，只是和顏悅色地告訴我：『阿清啊，你一時衝動跟人打架，也是沒辦法的事，不過你若覺得阿鐵可憐，就去向他賠個罪吧。這樣阿鐵父母的心裡也會好過一點，對吧？你自己也不會一直為這件事不安了。』老闆這樣告誡我的時候，我忍不住哭了。我心想，哎，老闆太仁慈了。我是真心感謝他。其實我也不必向阿鐵賠罪，但我聽了老闆的話之後，決定忍一口氣，去向他道歉。說起來真奇妙，後來不知從什麼時候起，我跟阿鐵竟然成了好朋友。現在我們的關係已親密到萬一誰發生了意外，另一個人就會為他送終。回想起來，這一切都託了老闆的福啊。相較之下，『茶袋』就只知道整天罵我，絮絮叨叨在我耳邊盡說些煩人的事，什麼不要跟別人打架啦、不要玩女人啦……哈哈哈，哎呀，簡直聽不下去。啊？『茶袋』是什麼？就是指我媽啦。哪裡，一點也不過分。叫她『茶袋』就不錯了。而且是指泡掉苦澀味的番茶[43]呀。啊哈哈哈，謝謝您，我該走了。喔？又燙了一壺，讓我喝完再走？多、多、多謝了……要是『茶袋』知道我在這裡又要再喝一壺，肯定會攔著叫我別喝的！哎呀，心情真棒。好想唱首小曲。我會唱嗎？您這樣問我就過分了。我唱的〈松盡〉，就連那女人都稱讚我呢。」語畢，阿吉看到清吉露出滿臉純真的表情，便笑著說：「哎唷，哎唷，深陷情網了，好可怕唷。」

兩人正在說笑，源太回來了。「喔，清吉也在啊。你來得正好。阿吉，我們要喝酒，妳去準備一下。清吉，今晚可要把你灌醉唷。醉了就用你那粗嗓門給我唱一段〈松盡〉吧。」

源太剛說完，清吉連忙答道：「哎唷，老闆你偷聽我們講話了吧。」

十七

清吉已經醉得幾乎不能控制自己。源太一向心直口快，說話十分風趣，阿吉又特別善於招待賓客，清吉很快就忘了客套，主人幫他斟酒，他也不拒絕，端起來就一口喝光，連續幾杯下肚，他那張平時就很可愛的紅臉變得更紅了，簡直就像熟透的丹波王母珠[44]。他一下發出憨厚的哈哈笑聲，一下裝出耀武揚威的勇猛模樣；上一秒透露些同伴的八卦，下一秒又炫

43　番茶：一種日本茶，取茶樹上較硬的芽、較嫩的莖，或加工煎茶時剔除的雜葉製造的綠茶。

44　丹波王母珠：燈籠果，也叫酸漿果，尤以京都丹波地區自古栽培的品種聞名。

耀自己模仿別人的聲音受到各方喝采。接著，他又說起從前跟人爭吵的往事。

清吉說他曾勸朋友阿仙不要偷妓院的獅臉火盆[45]。『幹麼！不要去！』他雖然極力制止，阿仙完全不聽勸告。說完這件事，他又提起從前在花街的五十間道[46]跟流氓打架的舊事……說完這件又想起那件，說得高興起來，簡直就沒法停嘴。沒多久，不知怎地提到了憨子，清吉突然睜大兩隻矇矓醉眼，猛地挺起軟綿綿的肩膀，噘著嘴唇喝光杯中早已變涼的酒，然後說道：

「我真不懂，老闆幹麼這麼照顧那個混蛋。若是論起幹活，他的手藝實在過分細緻，所以進度總是趕不上別人。說得誇張點，就連一根屋柱、一道門檻，他也要用鉋子鉋上三遍才肯罷休，不管請他做什麼，從來就沒在約定的日子幹完過。譬如做個紅松的火盆桌緣吧，他非得花上三天才能做出來，難怪阿仙譏笑他說，大概無論做什麼都是那麼慢吧。可是老闆您卻那麼向著他。我知道這麼說很失禮，但不瞞您說，我、阿金、阿仙和阿六都覺得老闆的心胸過於寬大，或許您對他的評價過高了吧？我們還酸溜溜地開玩笑說，要是老闆欣賞那種慢工細活，那我們以後就連牆上的護板，也用鉋子慢慢地、細細地鉋，一定要鉋成像圍棋的棋盤那樣光滑才行。別的不說，那傢伙完全不懂交際應酬，根本就是個木頭人，他從來不跟我們去青樓玩女人，也不曾一起吃過鬥雞火鍋[47]。有一次，大家約好一起參拜大師[48]，我暗自思量，大家都是幫老闆幹活的，總不能丟下他一個人吧，所以就好心去邀他，誰知他只冷冷地回我一句『我沒錢，不能去』。這不是太不懂人情世故了嗎？所謂的交際啊，就算是沒錢，也可以拿一件老婆的和服送進當鋪嘛。那個白痴連這點道理都不懂，卻一直點點滴滴在接受老闆照顧，到了現在，也跟我和阿金一樣，能夠獨當一面了。然而他是半途從外面來投靠老闆的，跟我和阿仙不一樣啊，我們從小就在老闆身邊幹活，邊流著鼻涕邊幫忙送便當、搬木材，回家的時候累得走路都搖搖晃晃的。就憑這一點，他就該比我們更知分寸，更感激老闆才對。老闆，大姊，我覺得好難過，萬一你們遇到什麼事，就算要我頂著黑煙衝進火場，我都願意，可是那個混蛋，像他那樣沒有人情味的傢伙，那個憨子，他也欠著您的恩情，但他肯定不會冒火救您的。他就是那種無情無義的混蛋！」

清吉藉著醉意終於說出心中的不平，說到這，他已深深沉浸在悲哀的情緒裡，忍不住唏

45　獅臉火盆：大正明治時代流行的火盆造型，盆腳與火盆連接處有獅臉雕刻做裝飾。

46　五十間道：即前往新吉原花街大門的熱鬧路段「衣紋坂」。「間」為長度單位，約等同一．八公尺，衣紋坂長度約一百公尺，故稱「五十間道」或簡稱「五十間」。

47　鬥雞火鍋：江戶時代盛行鬥雞文化，鬥雞火鍋即為以敗陣鬥雞製作的庶民料理。

48　大師：即神奈川縣川崎市的平間寺，一般通稱為「川崎大師」，以保佑信眾消災解厄靈驗著稱。

唏嗦嗦抽泣起來。「這傢伙又犯老毛病了。」阿吉看了丈夫一眼，臉上裝出為難的表情，但她心裡其實跟清吉一樣，也對憨子非常反感，所以覺得清吉剛才那番話說得頗有道理。

但源太不是那種輕易暴露內心想法的傻瓜，他幫清吉斟滿酒杯後大聲笑道：

「你說些什麼啊？清吉，別胡說了。你在我面前說這種場面話，沒用的啦。你這種演技，到女人面前去演吧。肯定馬上能把女人弄到手。這裡可不是你心愛的小蝶的房間啊。啊哈哈哈。」清吉聽了源太這番玩笑話，臉上的表情更加嚴肅，他先抬手擦掉成串的淚珠，然後直接伸手進生魚片的盤子裡。抽泣一陣之後，清吉大哭著說：

「哎，老闆好過分，把我當成醉鬼敷衍。我可沒醉，現在也不是跟小蝶一起喝酒。對了，小蝶那傢伙的臉孔倒是跟憨子有點像，可恨，可惜！憨子真是個可惡的傢伙，不知天高地厚想跟老闆競爭，居然也想承包五重塔的工程。可惡！好可惡！老闆您就是太客氣了，才長了逆賊的志氣，膽敢起而造反。東京的說書先生神田伯龍說過，同樣是謀反，明智光秀造反就是順應天理，憨子那種跟老闆作對的人，就是忘恩負義的大壞蛋。老闆用鐵扇敲過他的腦袋嗎？把他的地盤交給蘭丸[49]了嗎？那傢伙要是膽敢順勢接受老闆的建議，跟老闆聯名建塔，我絕不會放過他，一定把他打死了餵狗。就像這樣，打死他。」說著，清吉朝空酒瓶猛地揮出一拳，打飛瓶子，只聽匡噹一聲，無數碎片從天而降，菜盤和小碗同時躍向空中。

「混蛋！」源太大吼一聲。清吉立刻軟綿綿地倒在座位上。源太看他半天沒發出一點聲音，以為他終於安靜了，誰知仔細一看，才發現清吉已經睡著了，只聽他嘴裡不斷發出鼾聲，額頭壓在倒翻的還原海苔[50]裡。源太忍不住笑了，轉臉對阿吉說：

「這可愛的小傻瓜！妳拿件棉袍幫他蓋上吧。」源太說著，斟滿自己的酒杯，仰頭喝光杯中酒。停了幾秒，才呼地一聲從嘴裡吹出一股帶著酒味的氣息。他在心底對自己說：

「嗯，剛才在十兵衛那裡發一頓脾氣就走了。那樣的話，我豈不跟清吉一樣？看來我還得另想辦法才行。」

49　一五八二年，明智光秀在京都本能寺發動叛變，史稱「本能寺之變」。遽聞明智光秀因接待德川不周受織田信長責備，織田甚至命森蘭丸用鐵扇敲打他的腦袋。明智光秀心生怨恨後，又聽說織田答應蘭丸將明智的領地分封給他，因而決定叛變。

50　還原海苔：乾燥海苔加水調製成糊狀，可直接加醬油當下酒菜，或當成涼拌調味料。

十八

源太帶著怒氣離去後，十兵衛抱著雙臂茫然獨坐，阿浪窺視著丈夫的表情，不斷發出嘆息。

「你惹怒老闆的結果，就是害自己接不到活。你還花了好幾天的工夫，熬夜趕出模型，現在看來，一切努力和辛勞都白費了。而且還招人討厭，說你不知感恩、不懂人情世故，名聲都敗壞了，真是夠悲慘的。或許這件事只憑你一句『女人家少管閒事』就能一筆帶過，但問題是，你就算想要表現自己為人正直，總也該有個限度啊。老闆那樣親自上門來勸你，你就算聽了勸，跟他一起合作，也不丟臉吧？可是你偏要固執己見，硬撐到底。你這副德性，誰會稱讚你啊？你若是遵從了老闆的意思，別的不說，對你有恩的老闆首先就覺得很高興，你自己的名聲也會大為提升，就算辛苦一場，也很值得呀。這樣對大家都好，不是嗎？你為什麼就是不願意呢？我真的不懂你怎麼想的。就不能重新考慮一下，接受老闆的提議嗎？只要你做出決定，我立刻到老闆家去，想辦法向他賠罪。我已經做好心理準備了，不論他捶我還是打我，都會努力忍著、再三向他請罪。老闆向來慈悲為懷，總不會一直生你的氣，也會原諒你一時糊塗吧？你願意重新考慮一下嗎？別再堅持己見，就按照老闆的意思去做吧？」

阿浪一心只為丈夫著想，這番話說得合情合理，誰知十兵衛眼皮都不眨一下就對妻子說：

「哎，妳別說了。喔，也別再提什麼五重塔了。都怪我痴心妄想，結果被人說成不知感恩、不懂人情世故。這一切都怪我十兵衛做事沒分寸。但是事已至此，也沒辦法補救了。妳說叫我重新考慮，我可是千萬個不願意。我十兵衛做工時也會雇人幫忙，可是我不會叫助手出主意。我也當過助手，但我絕不會隨便指手畫腳。我幫人家蓋房子組裝斗栱[51]，輪到我幹活的那天，就由我來決定一切，別人休想指揮我一分一毫。造出來的成品是好是壞，全由我一個人負責。別人雇我當助手，我就做個單純的助手，人家叫我做的事情，我才做。絕不會自以為是地指揮別人。有些人就像寄生植物，明明自己不是負責人，卻硬要雇主接受自己的想法，還表現出一副得意洋洋的模樣，十兵衛最討厭這種人。我不喜歡當別人的寄生植物，也不喜歡在自己身邊放一盆寄生植物。沒辦法，我就是不喜歡這一套。源太老闆為人和善，他為了顧全人情義理，特地來找我勸說，我當然了解他的一片苦心，也對他十分感激，但這

51　斗栱：傳統木造建築的立柱頂端與橫梁交接處，裝置著一層層向外探出的弓形承重結構，叫作「栱」，墊在栱與栱之間的方形木塊叫作「斗」，合稱「斗栱」。

種隱約想要利用我的願望，企圖把我變成寄生植物的做法，就有點過分了。十兵衛寧願當個白痴，當個憨子，也不喜歡變成依靠別人生長的寄生植物。我寧願當一株長在樹下的小草，枯萎了也心甘情願。假設大樹需要肥料，我也願意當肥料。以往我看過一些自願變成寄生植物的傢伙，他們總是踩著別人的頭頂往上爬，這類卑鄙的傢伙我打從心底看不起。而妳現在居然叫我跟他們一樣，趁老闆熱情勸說，就去當老闆的寄生植物。叫我幹這種事，我覺得很丟臉，反正我做不來。與其那樣，我還不如在老闆的手下幹活，或鉋光木板，或鋸斷木材，能為老闆效力，我也覺得高興，若有似無的恩情反而令人悲哀。我猜妳一定在心裡怨我不懂事，但是請妳包涵我吧。哎，沒辦法，十兵衛就是不懂人情世故。這一點，就算別人罵我是憨子、白痴、笨蛋，罵什麼我都沒話說。啊！火越來越小了，好冷啊。睡覺吧。」做丈夫的向妻子傾訴了自己的想法，聽起來似乎也有道理。阿浪沉默著，不知該說什麼。寒冷的室內，一盞行燈照亮四周。不久，燈光逐漸變暗，最後只剩下燈花的一點微光。

十九

這天晚上，源太躺下後一直睡不著。睡夢中，他清楚地聽到第一、二遍雞叫，所以到了清晨，他比平時起得更早。起床後他洗臉、漱口，連帶把夜裡沒做成的夢也一併用水沖走。梳洗之後，源太喝著熱茶，等待嘴裡的茶香逐漸取代昨夜留下的酒味。這時，清吉慢慢撐起胖胖的身子，睡眼惺忪地爬了起來，他邊揉著眼睛邊露出訝異的表情，源太和阿吉看到他那茫然失措的表情，忍不住齊聲大笑起來。

「清吉，昨天晚上你怎麼啦？」源太取笑著問道。清吉頓時露出拘謹的表情連忙彎腰致歉說：

「一不小心就喝過頭了。也不記得什麼時候睡著的。大姊，昨晚我沒有失禮吧？」阿吉看他焦急詢問的模樣，覺得很好笑。

「哎呀，沒關係啦。你吃了飯再去上工吧。」阿吉柔聲說道。清吉看她那樣，更加不知如何是好，抱著雙臂發呆，彷彿正在思考什麼。那模樣著實惹人憐愛。

源太送清吉出門之後，重新獨坐沉思。平時他心裡有什麼就說什麼，今天卻一反常態，甚至連阿吉跟他說話，他都懶得回答，只顧著沉浸在自己的思緒裡。

「啊，我懂了。」源太突然自言自語了一句。

「可憐……」接著發出一聲嘆息。

「哎，要不然就算了吧。」他又自語了一句。

「到底怎麼辦？」源太說出這句話時，似乎有點生氣。阿吉在一旁看著不忍，打算安慰丈夫幾句，於是開口問道：

「你為什麼這麼……」

「閉嘴！」源太立刻制止妻子發言。阿吉雖然無奈，也只能暗自心急。源太也不理她，兀自獨坐沉思。他一直思考到黃昏時分，似乎已在心中做出決斷，便猛然起身，換了衣服後就往感應寺奔去。

源太見到上人，將昨晚發生的事情從頭到尾報告了一遍，然後向上人說道：

「我最先沒聽懂十兵衛的回答是什麼意思，所以非常生氣，後來回家後又細細地想了想，這次的建塔工程，若交給我一個人圓滿完成，就白費了上人開導我們的苦心，一個男子漢大丈夫不該這樣，而且別人也會以為我源太只顧自己的私欲。再說，十兵衛也不會願意放棄他的夢想。假設他強迫自己退讓，那我源太也必須強迫自己把工程讓給他，這樣才合乎義理人情啊。就算我苦思良久，想出了解決的辦法，也必須十兵衛願意才行。假設他不願接受我的提議，我對他生氣或怨恨，也沒有意義。所以說，我實在想不出什麼辦法了，現在只求上人說一句話，就算上人決定讓十兵衛獨自承建，我也沒有意見。不論把工程交給十兵衛或是我，或由我們兩人合作，都懇請上人裁示。十兵衛跟我已拋棄互相競爭的想法，只要上人親自發號施令，我們都不會有意見。我今天求見上人，是因為關於這次工程，我跟十兵衛兩人再談也談不出結果了。」源太滿臉認真的表情說到這裡，上人十分欣慰地笑了起來。

「說得對，說得對，真不愧是令人尊敬的男子漢，好、好、好極了！你能擁有如此胸懷，比你圓滿建成生雲塔更符合男子漢大丈夫的作為。剛才十兵衛來過，他也說了跟你一樣的話，說完就走了。那傢伙也算是個相當討人喜歡的男人吧？我說，源太，你要對他好一點，多關照他一些啊。」

上人的話裡隱含著另一層意思，源太立刻聽懂了。「是啊，我會照顧他。」源太爽快地答道。上人露出笑容，笑得滿臉都是皺紋。

「好極了、好極了，果然是個令人喜愛的好男兒。」上人發自內心讚美道。源太十分惶恐，忍不住抬頭向上人問道：「多虧您關照，這樣我就算是男子漢了嗎？」說完，心中湧起萬千感慨，高興得流下幾滴男兒淚。就在這一刻，他已暗自下定決心，一定要幫助十兵衛進行建塔的工程。想到這裡，他頓時覺得這個世界多麼美麗！

二十

十兵衛前往感應寺求見朗圓上人，在上人面前流著淚表達退出競賽的決心。回家之後，他整天都無精打采，連菸管都懶得抽。十兵衛呆呆地陷入沉思，越想越覺得自己命苦，越想越感嘆處世不易，他左思右想，心情十分沮喪。到了吃飯的時候，雖然飯菜的味道跟平時一樣，但他抓著筷子的手卻不知往哪裡夾菜，飯菜吃進嘴裡也感覺不出美味。平時他總是有滋有味地一口氣吃下六七碗飯，這天卻只吃了一兩碗就放下筷子。不過，他雖然吃不下飯，茶倒是喝得比平常多。或許有心事的人都是這樣吧。

身為妻子的阿浪看到一家之主沉浸在憂鬱中，也跟著愁眉苦臉起來，就連正是活潑好動年紀的豬之，也很自然地不敢隨意嘻笑。原本孤苦貧困的一家人，這下看起來更淒慘了。這天從早到晚，全家不但沒有一絲樂趣，就連最後一線希望也消失了。到了晚上，全家人都做著淒涼的夢，煎熬般地度過孤苦的長夜。

黎明時分，阿浪被報時鐘叫醒了，她悄悄鑽出自己跟豬之共用的棉被。晨風十分寒冷，室內也沒有火爐，阿浪不忍立刻叫醒豬之。懷著一顆慈母心的她，只想讓兒子多睡一會。但這天早晨的豬之卻不像平日那樣睡得叫都叫不醒。只見他突然從棉被裡一躍而起，身上只穿著一件內衣，就在棉被上面跳來跳去。

「不要，不要！不要打我爸爸！」豬之邊說邊用兩隻蕨菜般的小手蒙住眼睛，接著就莫名其妙地大哭起來。

「哎呀！醒一醒，豬之，你怎麼了？」阿浪大吃一驚，立刻摟著豬之安慰他，誰知豬之仍然大哭不止。

「沒有人打你爸爸呀。你做夢啦？你看，你爸爸不是還在那裡睡覺嗎？」阿浪說著，捧起豬之的臉孔轉向十兵衛。豬之訝異地打量了一會，這才像是安心似的，但他的表情裡仍有幾分疑惑。

「豬之啊，沒什麼好怕的。你大概做夢了吧？來，天氣這麼冷，可別感冒了。快睡到棉被裡去。」阿浪用力拉著豬之讓他躺下，然後拿起棉衣蓋在兒子身上。她用心地壓緊四周，免得冷風從空隙鑽進去。豬之睜大眼睛看著母親的臉孔說：

「啊！好可怕唷。剛才這裡有個可怕的陌生人。」

「喔，喔，怎麼回事？」

「爸爸一句話也不說地坐在那裡，那個人手裡拿著一根很大很大的鐵鎚在敲爸爸的腦袋。敲了好幾下，爸爸的半個腦袋都敲碎了。嚇死我了。」

「哎，呸呸呸，童言無忌，童言無忌。真討厭，說這麼不吉利的話。」阿浪皺著眉頭。剛說完，就聽到叫賣納豆的小販從門外走過，那顫抖的聲音是阿浪熟悉的。

「嘖，真倒楣，草鞋的鞋繩居然斷了。」阿浪聽到小販自言自語著漸漸走遠了。她心裡越發感到焦躁，走進廚房準備點燃爐灶裡的柴火，誰知怎麼點也點不著那堆柴，阿浪不禁火冒三丈，接著，又發現廚房裡排煙的天窗也拉不開，她又急又氣，覺得心情十分煩躁。

「哎，就是因為這樣的心情，我才覺得今天諸事不順吧。」阿浪也很明白，越是放不下，心裡就會越來越在意那件事。但若將心事說出來，肯定會招來丈夫的譏笑。想到這，她便在心底幫自己打氣，叫自己快點振作起來，臉上還裝出比平時更開朗的笑臉，說起話來也比平時更風趣。她努力打起精神伺候丈夫、照料孩子，卻又因為全都是偽裝出來的，笑聲裡似乎夾雜著幾分愁苦。就在這時，門外突然有人問道：

「十兵衛，在嗎？」只見一名小和尚模仿著大人的語氣說完，直接走了進來。他的態度很傲慢，進門後便動作輕巧地跨進屋中。

「上人有事相告，速去參見。」小和尚沒頭沒腦地說出一句話。

阿浪露出訝異的表情，十兵衛也搞不清怎麼回事。我現在還去感應寺幹什麼？他在心底嘀咕著，卻又不敢拒絕，決定親自走一趟。他想：「我就去看看究竟有什麼事吧。」

誰知到了感應寺，十兵衛驚訝地發現，情勢不知為何發生了驚天動地的變化，他也搞不清自己究竟在做夢還是清醒的，更不知眼前的景象是否真實。只見朗圓上人坐在正中央，圓道坐在右邊，為右衛門坐在左邊。十兵衛一進門，圓道便用莊嚴的語氣向他宣布道：

「這次本寺興建生雲塔的工程，原本應該交給川越的源太負責，但因上人慈悲為懷，心中另有所屬，所以召集大家進行特別審議。十兵衛，現在本寺決定把工程交給你來負責。你千萬不可辭退，快快拜領任務吧。」

圓道說完，上人也用沙啞的聲音重複了一遍決定，並對十兵衛說：

「聽到了吧，十兵衛，你就按照自己的意思盡量發揮吧。等你建成理想的建築後，我會感到非常欣慰。」

上人這番慰勉不僅令人感恩，其中還包含沉重的責任，憨子十兵衛吃驚得立即趴在地上，全身像波浪似的不斷顫抖。

「我十兵衛為了建塔，願意獻、獻、獻上這條性命……」他說到這裡就哽咽不已，再也說不下去。幽靜寬闊的大廳裡一片寂靜，眾人只聽到十兵衛的呼吸聲，好像正在訴說什麼似的，也像在宣示某種堅決的意志。

二十一

池中的紅蓮白蓮散發著香氣，優雅的花香染上人們的衣袖與衣襬，風吹荷葉搖曳生姿，浮葉上的露珠來回滾動。眼前的上野不忍池夏季風景雖然充滿情趣，等到紅蜻蜓翩然點水戲弄菱藻的時節，池畔則又是另一番景象。夏日情景消逝後，水池對面山上的枝梢已被初霜染紅。荷花凋謝了，暗紅色荷莖孤零零地佇立在池中，幾隻逃離塵世的白鷺悠然漫步其間，這種畫面也算是另一種風情吧。夕陽西沉之後，天色逐漸轉為深藍，星星開始閃爍。一群大雁彷彿用背脊擦過星空似的橫空飛去，接著，空中傳來陣陣雁鳴。

不忍池畔有一家料理店「蓬萊屋」，從店面後方的二樓向下望去，池中景色就像一道下酒菜，賓客邊欣賞風景邊飲酒，不知不覺都變成了小海龜[52]，一杯接著一杯喝個不停。

這天，一個男人正在二樓餐廳裡等候賓客。他顯得有點迫不及待，臉上露出十分歡欣的表情。男人穿著一套淡雅的唐棧棉[53]和服，悠閒地抓著一根住吉張[54]銀菸管。男人的言談舉止充滿職人的陽剛，同時又擁有高雅氣質，絲毫看不出鄙俗之處，一望即知，他肯定是個受到眾人力捧的領袖人物，一天到晚都有人圍在身邊喊著「老闆，老闆」。餐廳的侍女阿傳早就認識這個男人，也熟知他的身分。

「我看，您大概等急了吧？」阿傳擺放餐具，奉承地招呼著男人。

「對呀，等得急人啊。真受不了。也不管別人等得多急，真不知他到底在幹什麼。」男人聽到阿傳發問，也想趁機閒聊幾句，打發無聊的等候。

「大概花了很多時間在打扮吧。也沒辦法啦。」阿傳早已習慣這類應酬，說完，她發出一陣笑聲：「呵呵呵……」

52　小海龜：此處指「海龜的兒子」。日本漁民之間自古傳說海龜喜歡喝酒，而文中提到的「蓬萊屋」也實際存在，老闆的名字據文獻記載剛好是「龜吉」，或許也有一語雙關的含義在。
53　唐棧棉：用細棉紗織成的高級棉布，多指英國、荷蘭商船從東南亞運到日本的棉布。
54　住吉張：第二次世界大戰以前在日本馳名全國的名牌菸管，「住吉」是品牌名稱，「張」是指菸管的金屬延展狀態。

「哈哈哈，沒錯。等下客人來了，妳可以好好瞧一瞧。我想啊，至少在這附近，是個難得一見的人物。」

「哎唷，好恐怖。沒想到是這樣一位美女。那您要請我吃飯吧？對了，老闆，這位客人是不是教授才藝的老師？」

「不是。」

「那是千金小姐？」

「不是。」

「是哪家的未亡人？」

「不是。」

「那是一位老太太？」

「亂講！這樣說人家，人家多可憐啊。」

「那麼……是個小娃娃。」

「妳這傢伙，不要取笑別人！哈哈哈哈哈。」

「呵呵呵呵……」兩人正在互相逗笑，忽聽紙門外有人喊了一聲：「阿傳。」接著又說：「客人到了。」阿傳連忙起身開紙門。她邊拉還邊轉頭向男人使個眼色，嘴裡沒說話，臉上卻露出笑容。她想用這種方式跟男人說：你等了半天，這下高興了吧。不過源太心裡卻覺得她更可笑。阿傳完全不懂源太的心思，唰地一下拉開紙門。門外的客人慢吞吞走進來。阿傳定睛一看，客人根本不是什麼年輕貌美的女子，而是個既不飄香也不誘人的莽漢。只見他一頭蓬鬆的亂髮，滿臉乾硬的鬍碴，臉上積滿油垢，衣衫破爛骯髒，看著就令人害怕得不敢靠近。阿傳這下真的嚇傻了，不但忘記向客人問候，甚至連一句話都說不出來。

源太面露微笑說道：「來，十兵衛，快到這裡來。別客氣。盤腿坐，坐得舒服點。」一語畢，他用力拽過不知所措的十兵衛，勉強讓他坐下。

沒多久，酒菜都端上來了。源太拿起剛喝光的酒杯交給十兵衛，斟滿杯子後對默不作聲的十兵衛說：

「十兵衛，我剛才特地派富松把你請來，不為別的，就是想跟你重修舊好。你看如何，今天我們都敞開胸懷，暢飲一番，喝了酒，彼此抹去心中的不滿，重新變成好朋友。那天晚上我說的那些過分話，希望你能忘了。你聽我說，事情是這樣的，那天晚上，我以為你是個不通人情的傢伙，才對你很惱火。說起來也很慚愧，那天我真的很生氣，一時衝動之下，真恨不得敲碎你的腦袋。所幸的是，我源太的腦袋裡也不全是這種見不得人的想法。後來清吉那傢伙在我家喝醉了，滿口胡言亂語地罵你。我聽著就覺得好笑，忍不住想道：『哎，這傢伙的器量真小，竟把這種莫名其妙的想法說得理所當然，也不覺得害羞！』然後，我就突然發現，那天晚上我跑到你家講的那些話，其實跟清吉在我家講的差不多啊。哎，是我錯了，我竟被一時的怒氣沖昏了頭。可嘆啊！我源太根本不配當男子漢，我沒有堅強的意志，也怕被上人看不起。你十兵衛斷然決定退出競爭，我卻以小人之心誤會了你，這是我犯下的大錯。而我心裡雖然明白這個道理，卻又覺得你這人太不懂人情世故，著實令人生氣。所以我又苦苦思考，從各種角度細細斟酌，想找出解決的辦法，然而，我發現，顧了這頭，就顧不了那頭；若是照顧到那邊，這邊就有意見，反正啊，我是真的用盡心思想出了解決的方案，而且我自認並沒有任何私心，誰知你竟不知好歹，拒絕了我的提案。我那時覺得你很可惡，好可惡！再也不想忍耐你了。然而，後來仔細想想，我總算想明白了，所以又去求見上人，向他稟告我的想法。上人只答了一句：『甚好，甚好！』我聽到這句話，心情就像雲開霧散後清風吹拂而過的天空。昨天上人又把我叫去，除了褒獎我之外，還詳細地交代：『這次的工程已經決定全部都交給十兵衛負責，請你在背後助他一臂之力。這也是積德行善，將來你必定獲得福報。十兵衛的手下肯定沒有為他效力的職人，等他開始動工，就會需要雇用工匠，其中應該也會有你的手下，請你告誡他們，千萬不可互相猜忌，逞強鬧事。』上人真是洞察透澈、慈悲為懷，我在回家的路上再三嘆服上人的偉大。十兵衛，你就原諒我那天口沒遮攔吧。我說得太過分了。你若能理解我的心意，希望你我還能像從前一樣和睦相處。既然一切已成定局，之前彼此提出的各種意見，就像在夢裡吵了一架，已經沒有意義，一直耿耿於懷也於事無補。就讓眼前這座不忍池的池水將那些爭執洗刷一淨吧。我會忘掉一切。十兵衛，你也忘了吧。我想你在這裡沒有門路，譬如像購買木材，仲介高空作業工之類的，你可能會遇到一些困難，所以要處理這類事情的時候，你可以打出我的名號，我也會幫你。像丸丁、山六、遠州屋……那些比較優良的批發商，你得跟他們有交情才行，也就是說，他們若是跟你不熟，你就很難辦事。為了讓工程能夠順利進行，你就隨意把我當擋箭牌吧。譬如消防組的工頭銳次，你也知道那傢伙動不動就愛發脾氣吧？但他是個『冰冷鐵骨，火熱心腸』的傢伙，就像我常說的，他是個值得信任的男子漢，只要你好言懇求，他一定會爽快幫忙，而且一旦允諾之後，絕對不會失信。建塔工程最重要的就是打地基，因為空、風、火、水四大元素[55]都會讓地盤造成壓力，你若能請到銳次為你打地基，就憑他外號叫作『火球』的火熱心腸，必定能幫你築起堅如磐石的地基，比不動明王[56]雕像下的基石更為牢固，即使

55　「空」、「風」、「火」、「水」加上「地」即是構成佛教宇宙的五大元素，也稱「五大」或「五輪」。佛教用象徵「五大」的石塊堆成的柱狀物即五輪塔，後又逐漸發展為五重塔。

56　不動明王：即不動尊菩薩，為大日如來的化身，位居五大明王之中央。

要他身上脫一層皮，他也會完成任務。總之，我早晚一定會介紹他給你。事到如今，我源太唯一的願望，就是看到你十兵衛圓滿完成任務。只要你成功建成這座塔，就是世界上最讓我高興的事。一座塔建造完成後，少說也能流傳千百年，也就是說，我們的徒弟或是幹我們這一行的後世子孫，都會看到這座建築，所以萬一造壞了，豈不令人悲哀？豈不令人不甘？我說，十兵衛啊，將來你我的骨灰魂魄遲早都會化為煙塵，消失得無影無蹤，還是別把粗製濫造的建築留給後世，免得遭受後人恥笑。將來有一天，你我的徒弟都在背後譏笑我們說：『聽說從前源太和十兵衛曾為這樣一座爛塔而爭吵不休呢。』這就好比不肖的父親遭到兒子的指摘，比兒子遭到父親指摘更丟臉吧？我們寧可活著遭受磔刑，也不要死了被鹽醃過之後再遭磔刑[57]。不瞞你說，最初我也沒細想過這些，直到你站出來像在跟我作對似的搶工程，剛開始我覺得：『那就讓十兵衛建起塔來瞧瞧。應該也不會比源太造得差吧。』另一方面我又想：『還是讓我源太來建這座塔吧。對啊，我的技術怎麼會比十兵衛差呢？』兩種思緒在我腦中繞來繞去，就像鑽木取火時，木頭不斷互相摩擦，然後，閃出了火苗……當我看到那點星火時，心裡突然明白了，我不再強求大家接受自己的想法，只要這座塔能夠圓滿建成就行了。這座塔造得完美，你能獲得大家讚美，我也覺得很高興。今天就是想把我這個想法告訴你。喔，十兵衛，看你的大眼睛裡流出眼淚，你願意接受我的建議啦？我太高興了。」

源太不愧是真正的江戶子，說話直接，做事爽快，絕不拖泥帶水，就像一顆骰子拋出去，面朝上的不是「一」就是「六」，儘管生氣時他會大發脾氣，但他心底還是充滿了熱情。十兵衛始終文風不動地聆聽源太震懾心弦的勸說，這時，他突然趴在榻榻米上說：

「老闆，請您見諒，我不會說話。十兵衛，不知怎麼表達，就像這、這、這樣……哎，我謝謝您了。」語畢，這個外表魯鈍的粗人趴在地上痛哭起來。

二十二

十兵衛雖然一語不發，卻已流露真情，源太不禁喜出望外，臉上的表情就像拂過湖面的春風，蒸散春霞的陽光，他溫柔地對十兵衛說：

57　磔刑：將犯人綁在磔柱上以長槍凌遲，最後一槍刺進咽喉。江戶時代，判了磔刑的犯人若在行刑前病死在監獄裡，屍體會先埋在鹽裡防腐，到行刑日再架在磔柱上處刑。

「今天我們化解了誤會，不再互存心結，這樣不僅完成上人的心願，自己臉上也有光彩。啊呀，心情太好了。十兵衛，你不要拘束，慢慢喝，我今天要喝個痛快。」源太說著，站起來從壁架拿下包袱，掏出兩疊文件放在十兵衛面前。

「這些東西我已經用不著了。一疊是木材明細的調查結果，包括工人、搬運工和其他各種費用支出的預算資料，我花了好幾個晚上，好不容易才弄出來；另一疊是我費盡心血畫成的設計圖底稿，其中詳細交代佛塔每個部分的結構，譬如像第二層屋頂的瓦片配置圖、平頂瓦片配置圖、第一層塔頂的外型圖、還有斗栱出二跳和斗栱出三跳[58]的結構圖，以及雲紋、波紋、蔓草紋、生物圖案雕刻等，最麻煩的是心柱和各處的隔板，譬如像門上隔板、窗下隔板、迴廊落地窗下隔板、門上短隔板、迴廊地板、迴廊地板枕木、地基柱、欄杆、椽木、柱頂橫木、橫木、支撐角落的隅木等，還有以上這些結構的比例算法、拉墨斗[59]的方法，曲尺的用法……應有盡有，全都記載得非常詳細，其中有些圖樣是祖先傳下的遺物，除了我以外，沒人敢從家裡拿出來；有些還是京都、奈良等地的殿堂高塔之類的建築描摹圖。我現在全部都交給你了。你翻閱一下，應該能提供你一些參考吧。」源太說完，便把自己精心蒐集的一堆圖紙毫不吝惜地送給十兵衛。

源太這種寬大的胸懷，憨子也不是不能理解，但他卻有執著的一面。「免費吃白食，我不喜歡。老闆，真的非常感謝，可是您的好意，我就心領了，您還是拿回去吧。」十兵衛冷冷地拒絕了源太。雖然他心裡並不想回答得那麼冷漠。源太不滿地反問：

「你不要這些東西？」他正在努力抑制心中的怒火，憨子卻沒注意他的反應。

「您就算借給我，我也用不上……」十兵衛不在意地答道。這時，脾氣火爆的源太終於忍不住說道：

「我對你熱心照顧，但熱心也是有限度的。真沒想到啊，連我耗費心血製成的圖紙都送給你了，你卻這樣冷酷無情地退回來？就算你對自己的手藝很有自信，也不該辜負別人的好意吧？老實說，當初你要跟我搶工程的時候，我就很不高興，可是我忍下了，沒跟你計較。換成其他受過我照顧而得到工作機會的人，我一定會痛罵他貪得無厭，再狠揍他一頓。但我對你一句難聽的話都沒說，因為我覺得你是個討人喜歡的傢伙，就閉嘴靜觀事情自然發展。這些你都忘了嗎？上人用故事教誨我們之後，我思前想後，費盡腦筋，還特地到你家商討對策，而你卻執意堅持己見，換成一般人，大概早就忍不下去了。而我，是疼惜你才忍

58　三跳：斗栱從簷柱中心開始向內外兩側挑高，每向內或向外挑高一層稱「一跳」，「出二跳」即向內或向外挑高二層。

59　墨斗：傳統木匠用來畫線的工具，畫筆部分稱為「墨簽」。

著，你不明白嗎？難道你以為是自己運氣好、有本事或是心地正直，上人才決定讓你負責這次的工程？你以為我給你這些資料，是我源太想讓你欠我人情？或是因為你眼界高，覺得別人畫得太爛，根本看不上這些破爛圖紙？既然你說不要，我也不會強迫你收下。可是你也太不懂人情世故了。人家既然給了你，你就說聲：『啊！謝謝。』開開心心地收下，然後拿出其中一兩張來試用一下。最後再向我打聲招呼說：『多虧有了您的圖紙，這次的工程才能順利完成。』這不是理所當然的應對嗎？結果呢？你連資料都沒翻開，更懶得瞧上一眼，彷彿你早就知道資料裡面有些什麼似的，最後還冷冰冰地說一句：『我不要！』好啊，十兵衛，你居然拒絕我！我源太繪製的這些圖紙裡面，你能看懂幾張啊？你以為源太的本事不如你，趕不上你啊？你敢說我的技術微不足道，我也知道你的手藝如何。反正啊，這座塔還沒開始動工，我就知道你造不出什麼名堂。更慘的是，你還會遭遇很多困難。我決定不忍了。我不會使出卑鄙的手段報復你，但你不要以為可以躲過源太用壯烈的方式雪恥復仇。之前我一直向你勸說，說得我嘴皮都麻了。以後我不會再跟你囉唆。其實只要看開了，心裡也就沒有留戀，就不想開口說話了。從今以後，三年也好，五年也罷，我會在暗處睜大眼睛，靜靜地等待時機，一直等到復仇的機會降臨。」

源太跟十兵衛的性格原就不同，就連思考方式也不一樣。兩人在第一次、第二次的爭執之後，終於在第三次碰撞時徹底鬧翻了。

「十兵衛老爺。」源太突然用了「老爺」這個稱呼，而且聲音低沉得可怕。

「既然您不要這些圖紙，我就帶回去了。您獨自建造的佛塔，肯定非常卓越優秀，就算遇到地震狂風，也不會垮掉。」源太說得輕鬆，話語間卻飽含諷刺，十兵衛聽了很不高興。

「憨子也是知道要臉的。」十兵衛斬釘截鐵地大聲答道。

「話倒是說得漂亮！我會記住的，一定不會忘記。」源太緊接著補上一句，便凶狠地瞪著十兵衛。半晌，他猛然起身說道：

「啊！忘了一件重要的大事！十兵衛老爺，您慢慢喝吧。我想起一件重要的事，要先走了。」源太說完，一陣風似的起身離去。他眨眨眼皮，迅速估算一下這頓飯的花費，留下錢就快步走了出去。

源太出門後，立刻朝著同一條街上的另一家料理店走去。一進店門，他就嚷道：

「討厭討厭，真討厭，討厭死了！無聊！可惡！氣死人！你們別那麼慢吞吞的，快把酒端出來！幹麼還在弄那個蠟燭！那東西能吃嗎？蠢貨！只有下酒菜，能喝得下酒嗎？小兼、春吉、阿房、蝶子，不要讓我一一點名，快點，都端著酒瓶過來啊！年輕的男招待，你們誰跑得快，拜託到我家跑一趟，不管是阿清、阿仙、阿鐵、阿政，誰都可以，叫他們快點過來一起玩樂。」說著話的這段時間，源太已連連舉杯喝了好幾杯。就在這時，藝伎們也來到門外。

「還道什麼晚安啊！說這種不痛不癢的話。」源太迎頭就把心中的悶氣向她們發洩，「喝啊！喝啊！都排成圓圈坐下，小酒杯繞著圈子傳下去，一起來喝個『車輪戰』。阿房，不要只顧面子啦。春婆婆，妳可別倚老賣老。哎，阿蝶，怎麼一點精神都沒有？我要在妳頭上點個黃鼠狼煙火[60]唷。來，唱啊！熱熱鬧鬧唱起來。喔！小兼這傢伙唱得真好聽。安栗，妳跳個舞吧？加栗，用力跳啊。哎呀，清吉來啦？阿鐵也來啦？你們愛怎麼玩都行，放膽大玩一場吧。今天有值得高興的事啊。你們不必拘束，隨便玩，隨便玩。」眾人聽到老闆的召喚，立刻開啟狂歡模式，就連遲到的阿仙和阿政，還沒搞清狀況就跟同伴歡天喜地鬧成一團，就算他們掀掉了天花板，就算他們踩塌了地板的枕木，又有什麼關係？反正他們都是木匠，都能動手修理呀。於是眾人又蹦又跳，又念又唱。後來大家齊聲唱起民謠小調，歌詞裡有一句：『潮來出島[61]菖蒲花，茭白田裡盛開中，溫柔優雅又可愛。』但是一群人唱得既不溫柔也不優雅，唱完又像大吼似的一起唱起潮來甚句[62]。有人還跳起加波雷舞[63]，跳著跳著，一不小心，居然滑倒在地上；阿鐵把洗酒杯的水盆當成大鼓，開始表演他最拿手的太鼓演奏；清吉則躺在阿房的身邊練嗓子，只聽他唱道：「只因一支銀釵，你就醋意大發。」一群人正在嬉鬧，忽聽阿政唱起了《平家物語》當中的一段：「北方一座，巍峨青山……」他模仿著伐木工人高唱運木歌的聲音，歌喉頗為圓潤，臉上還露出若有所思的表情，完全沉浸在自我滿足的氣氛裡。眾人嘻嘻哈哈胡鬧一通之後，又開始了划拳脫衣的遊戲，結果越鬧越不像話，還有藝伎的全身衣服都被脫得精光，只能用一張紙遮住肚臍下面的位置。

「好啦，結束了，我們走吧。」源太突然發出一聲命令，不知他要帶著眾人往哪裡去。

二十三

老鷹在天空飛翔時絕不東張西望，牠若看中一隻白鶴，就不再改變目標，必定奮力穿過雲層，迎風逆行，在牠抓住獵物的咽喉之前，絕對不會放棄。

---

60 黃鼠狼煙火：點燃之後會像黃鼠狼一樣到處亂跑的煙火。

61 潮來出島：茨城縣東南部潮來市南端的三角地帶。小調的曲名也叫作〈潮來出島〉。

62 甚句：由四句組成的傳統民謠，各句的字數為七、七、七、五，共二十六字。

63 加波雷舞：一種民間舞蹈，發源於大阪住吉神社的住吉舞，傳至江戶後演變為加波雷舞。

十兵衛決定接下五重塔的工程後，不論是醒著還是睡著，整天滿腦子都只有這件事、只想著這件事。早晨起床後，他嘴裡雖然吃著早飯，腦中卻在咀嚼著這座塔；夜裡雖然身陷夢境，魂魄卻在佛塔頂端的九輪周圍打轉。然而，只要動手做起工來，立刻就把妻兒拋到腦後，甚至連自己的過去和未來也忘得一乾二淨。舉起錛子砍伐木材時，他總是將全身力氣聚集在手上；提筆繪製設計圖時，全副精神也都傾注在筆尖。在俗世的日常裡，五尺之軀的十兵衛過著嘈雜忙亂的生活，鄰里間的應酬活動又多，今天是權兵衛家有喜事，明天是木工右衛門家有喪事，雞鳴犬吠總是不絕於耳。然而，他卻能全神貫注於自己的工作，絲毫不受俗事的煩擾。每當他專注地做著手裡的工作，心中難免也會在意那天晚上惹怒源太的事情。但是日子一天天過去，憨子越來越憨了，源太憤而離席這件事在他心裡，就好像一陣風，吹過之後，他不得不接受這個事實，然後又在不知不覺中忘掉了。性情憨直的人比較不重感情，十兵衛現在滿腦子只有工作，他就像一頭頑固的老牛，看到面前有一條路，就只知低頭往前衝，而且絕對不會離開那條路。

不久，感應寺舉辦了佛塔動工前的「地鎮祭[64]」，也就是工程的奠基儀式，典禮中祭拜大土祖神、埴山彥神、埴山媛神[65]等各路守護神，供奉各種祭品，其中包括由金箔、銀箔、琉璃、珍珠、水晶等組成的「五寶」，丁香、沉香、白膠香、薰陸香、白檀等組成的「五香」，還有五藥[66]、五穀，等到「地鎮祭」之後的地曳、土取[67]等儀式也順利完成後，就開始鋪設建築物的礎石。鋪設礎石的儀式叫作「龍伏」，通常是從代表當月的地支對應位置，以順時鐘方向依序鋪設。礎石鋪好之後，舉行奉祀「五星[68]」的祭典，然後舉行開斧大典[69]。這項儀式中要祭祀「七神」，七位神祇分別是：「鍛冶之神」天目一箇命、「木工之神」手置帆負命與彥狹知命、「智慧之神」思兼命、「春日大神明」天兒屋根命、「木匠神」太玉命、「木之神」句句迺馳神。接下來，還要舉行清鉋典禮[70]；禮成之後舉行立柱式[71]，在象徵四大天王的四方豎起屋柱，祈求神明保佑建築物千年萬年都不傾倒。四大天王是指：東方

64　地鎮祭：建築新屋前舉行的祭典儀式，祈求土地的守護神允許動工、保佑一切平安。

65　大土祖神、埴山彥神、埴山媛神：大土祖神即土之神、大地之神，性別不明，僅在《古事記》出現過。埴山彥神、埴山媛神是日本神話裡掌管土地的男神與女神，《日本書紀》裡只以「埴安神」代表二神。

66　五藥：指可作為藥材的五類材料：草、木、蟲、石、穀。另有一種說法指：草、木、金、石、穀。

67　地曳、土取：地曳是建築開工時舉行的平地儀式；土取是採集砂石的儀式。

68　五星：指金星、木星、水星、火星、土星。

69　開斧大典：木匠開始建造新建築的當天舉行的開工儀式。

70　清鉋典禮：建築工程進行組裝之前，把木材和鉋子排列在神前的祈福儀式。

71　立柱式：建造房屋時豎起第一根屋柱的儀式。

提頭賴吒持國天王、西方尾嚕叉廣目天王、南方毘留勒叉增長天王、北方毘沙門多聞天王。立柱式結束後，還要祭祀天星、色星、多願等「玉女三神」和貪狼、巨門等星宿構成的「北斗七星」，祈求神明永遠庇護，保佑平安。

十兵衛按照順序各敲三下每根柱子的榫頭，然後由神官敲緊每個榫頭。他想到自己歷盡千辛萬苦，終於看到建塔儀式進行到這一步，不禁露出喜悅的表情，連那滿是污垢的臉孔彷佛也在發光。他在儀式中吟唱的古歌中有一句：「下津岩根神殿柱，堅如磐石不動搖。」唱到這裡，他感到萬分欣喜，臉上忍不住露出笑容，接著便把下一句「立身救世留其名」連唱了兩遍。唱完，他向神壇虔敬地頂禮膜拜，拍掌的聲音格外清脆震耳。這時，祈求萬事順利的除厄祈福儀式便算圓滿結束了。

就在儀式進行的這段時間，源太家裡卻是一片冷清，跟十兵衛眼前的景象比起來，簡直就是天壤之別。

源太是一家之主，也是個性格堅忍的男人，他一向不露感情。阿吉雖然明事理、識大體，但她畢竟是個女人，心胸難免狹窄。她聽到來訪的客人說起感應寺今天辦完建塔工程的奠基典禮，立柱儀式也在昨天圓滿完成，心裡不免升起猛烈的妒火。

「十兵衛，你這不知報恩的傢伙，明知我家老爺心胸寬大，你就趁機攀附，為自己賺取名聲。好，你現在有名了，能夠獨當一面了，應該提著禮物來道謝啊！可是你卻假裝無辜地擺出一副趾高氣揚的模樣！只怪我家老爺脾氣太好。更可恨那憨子越看越討人厭！」

阿吉的心情糟透了，只要想起十兵衛，她就忍不住發脾氣，甚至梳攏自己鬢角上的短髮時，都不耐煩地嚷道：「哎！煩死了。」邊嚷邊動手拔光那幾根無辜的短髮。就連乞丐上門向她乞求：「賞我一文錢吧。」阿吉也冷冷地高聲轟走了乞丐。

一天，源太不在家，一位熟識的醫生道益到源太家來玩。這個醫生平時就喜歡搬弄是非，他跟阿吉閒聊一陣之後突然說：

「前幾天，有人帶我到『蓬萊屋』去玩，那裡有個叫阿傳的女侍把事情的經過都告訴我了。哎呀，你們老闆就是跟別人不一樣。太了不起了！我聽了好佩服，男人就應該像他那樣啊。」道益不經意地提起那天的事。其實他的用意是想討好阿吉。「你說的是什麼事啊？」阿吉連忙細問詳情。原本她不知道那天的事，就已經對十兵衛很不滿了，現在聽說了那天的事，阿吉更是氣得火冒三丈。

二十四

道益離去之後，清吉來到源太家。阿吉一看到他，便把一肚子怒氣都發在清吉身上。

「清吉，你這沒用的東西，不但缺個心眼，還不懂得見機，那天晚上發生的事，你為什麼到現在也不跟我說？你是覺得讓我聽到那種事太可悲了，有意不讓我知道？你也太小家子氣了。這種事情，你就算告訴我，我會害怕嗎？我根本眼皮都不會眨一下！我家老爺就不說了，他反正看不起女人，什麼事都瞞著我，不跟我說。可是你們居然也瞞著我，不讓我知道，這就太過分了。更何況，老闆心裡有什麼煩惱，你明明很清楚，卻還無動於衷地陪著他喝酒玩女人，這樣能算個男人嗎？今天這種日子，你竟瀟灑自在地來我家閒坐，難道你清吉今天也有什麼喜事？換成平時的話，就算我家老爺出門了，我也會招待你喝一杯，但我今天不管你了。就連一片海苔都不想烤給你。更不想聽你說那些無聊的閒話。你想喝的話，自己到廚房去吧。扭開酒瓶蓋就有得喝了。想聊天就去對貓說吧。」

清吉根本不知發生了什麼事，聽了阿吉這番怒罵，他不禁大吃一驚，連忙結結巴巴地追問阿吉，這才弄清情況。其實阿吉告訴他之前，清吉真的也不知道那天晚上發生過什麼事。

聽了阿吉的轉述，清吉覺得憨子那傢伙太可惡了，這次無論如何也不能放過他。老闆明明對十兵衛恩重如山，就連十兵衛那條命，都可以說是老闆賞給他的，但他這次的行為真的有欠考慮，老闆對他那麼熱情、真誠，他卻直接踩過老闆的臉孔，實在可恨啊。

「我該怎麼辦？」清吉越想越氣，心底對十兵衛的憎恨也越發強烈，「嗯，十兵衛跟老闆的身分相差那麼遠，根本不能比。老闆若是去跟憨子計較，就像把閃亮的玉石往石塊上砸。再說老闆是極有分寸的人，就算他心裡氣憤得不得了，他也會努力忍著，肯定不會告訴任何人心中的憤怒。哎，老闆對我太見外了。就算不對別人說，也該告訴我清吉一聲啊。老闆若去跟十兵衛理論，一定說不過他；但如果是我去找憨子算帳，絕不會輸給他。嘿！十兵衛，我可不會放過你。」清吉想到這裡，心底湧起一陣衝動，幾乎無法抑制激動的情緒。

「大姊，這件事我之前真的不知道，您不能怪我，也請您體諒。不過，現在既然知道了，就算我不敢鹵莽行事，也不會只坐著聽您抱怨。我清吉究竟是不是個只會陪老闆玩女人的傢伙，請您拭目以待吧。告辭了。」清吉說到最後，提高嗓門嚷了起來。說完，只聽見他用力拉開木格門的巨響，草履也來不及穿上，就頭也不回地奔了出去。敞開的木格門來不及闔上，清吉跑得比一陣風還快。阿吉這時才在心底暗叫一聲「啊」。她連忙叫喊著跟上去制止清吉，一連叫了兩三聲，等她發出第四聲呼喚時，清吉早已跑得不見蹤影。

二十五

咚咚咚咚……咯吱咯吱……砍木材、鉋木板的聲音，還有鑿洞、敲釘子的聲音，各種聲音忙碌地此起彼落，感應寺境內的施工現場正忙得不可開交，飄散的木片像被狂風捲起的落葉，飛舞的鋸屑像從晴空飄落的雪花。

一個動作俐落的工人身上圍著深藍圍裙，掛在脖上的繫繩幾乎嵌進肉裡，裹在緊身褲裡的兩腿十分修長，腳上隨意趿著草履；另一個工人正在熟練地做著手裡工作；還有個老頭蹲在陽光下，慢吞吞地磨著鑿子，他的衣服沾滿污垢，肩上披著一塊骯髒的手巾；一個童工正在找尋工具，臉上露出茫然失措的表情；另一個日雇工不停地鋸著木頭……工地上，各式各樣的工人都正盡心努力地幹著活，總監工憨子十兵衛在工人之間來回巡視，他手裡抓著墨斗、墨簽和曲尺，不時向工人發出指示或命令，他的腦中早已熟記建築結構，為了把紙上的設計圖轉為實物，他必須口頭交代工人：這裡鋸成這樣、那裡鑿成那樣，這裡要這樣做、那裡要那樣做，這裡必須做成這種坡度、鼓起幾寸、凹下幾分……不僅口頭交代，他還會幫工人拉墨線，更複雜難懂的部分，他就在木片上用曲尺標出尺寸加以說明。十兵衛睜大目光銳利的雙眼，絕不允許任何差錯，他不但嚴厲查驗工人的手藝，對自己也絕不放鬆。就拿眼前這一刻來說，他正專注地協助一名年輕工人繪製雕刻圖案。但他做夢也沒想到，清吉忽然踏著塵土飛奔而來，那陣勢簡直比野豬突圍還勇猛嚇人。

清吉滿臉怒氣，脹紅的臉孔就像一團火焰。他睜大倒吊的雙眼大聲吼道：

「混蛋！憨子，你去死吧！」

十兵衛吃驚地回過頭，清吉手裡的錛子正以劈碎岩石的勁道迎面劈來。一把刀刃磨得雪亮的錛子握在木匠手裡，等於就是一把利刃。十兵衛根本來不及躲避，當場就被削掉左耳，肩頭也受到波及，受了一點輕傷。

「沒砍中？」清吉嚷著繼續追過來，十兵衛邊躲邊抓起釘盒、小木槌、墨斗、曲尺等向清吉扔過去。但他手裡畢竟沒有銳利的武器，無法保護自己，只能在地上翻個身，企圖趁機逃走，誰知一不小心，竟然一腳踩進工具箱，箱子裡有一根五寸鐵釘，噗地一聲插進他的腳底，十兵衛立即應聲倒在地上。「好啊！」清吉發覺機會來了，重新振作起來。他高舉手裡的錛子，映著夕陽的刀刃從空中揮過，閃出一道亮光。

就在這時，清吉背後有人大吼一聲：「混蛋！」如此狂暴的吼聲只有正在哺乳的母老虎才可能發出來。大吼的男人把手裡長約四公尺的粗木柱毫不留情地揮向清吉的小腿肚，清吉被打倒了，卻更加惱火，掙扎著想要爬起來。男人一把抓著清吉的衣領喝道：

「喂！是我！你這糊塗的混帳東西！」

男人說著，輕鬆搶下清吉手裡的鑄子扔在地上。清吉抬眼看到自己的上方有張臉孔。男人的大眼睛射出銳利的目光，彷彿能夠掃視八方，一字型的嘴巴閉得緊緊的，鼻梁又短又寬，兩個鼻孔離得很遠，兩鬢長滿鬈髮，簡直長得跟不動明王的雕像一樣。

「哎唷！原來是火球老闆啊？我是有理由的。您別拉我！」清吉焦躁地掙扎著，他用盡力氣想推開男人，對方卻用海螺殼般堅硬的拳頭恐嚇清吉說：

「喂，你再亂動，看我揍死你。混蛋！」

「老闆，我不甘心，您就、就、放我一馬吧……」

「蠢貨！」

「哎！您體諒我吧。老闆，我不能饒了他！」

「大笨蛋！知道哭了？你要是不聽話，我還要揍你。」

「老闆，您太狠了。」

「混蛋，吵死了。小心我宰了你喔。」

「您這是為什麼呢？我不懂啊。老闆！」

「笨蛋！再給你一拳。」

「老闆！」

「蠢貨！」

「放開我！」

「笨蛋！」

「老闆！」

「混蛋！」

「放開我！」

「蠢貨！」

「老……」

「白痴！」

「放……」

「笨貨！」

「老……」

「蠢貨蠢貨蠢貨蠢貨！活該！這下你該聽話了吧。混蛋，到我家來吧。咦？怎麼回事？

混蛋！哎呀，這傢伙死翹翹了！真沒意思，這麼弱不禁風的東西。喂喂，誰過來一下！到了重要關頭，你們就跑了！現在像一群螞蟻似的圍在十兵衛身邊，有什麼用啊？你們這群笨蛋，這傢伙快斷氣啦。蠢貨！去打點水來，往他身上澆啊！那個掉在地上的耳朵，誰會去撿它呀？混帳東西，水打來了嗎？不要客氣，一口氣往他臉上潑過去。這樣的傢伙雖然脆弱，卻能活過來。啊！你醒啦？清吉。你要振作啊！沒用的東西！來來來，我背他回去吧。十兵衛肩頭的傷口不深吧。嗯，好吧，你們這群笨蛋，我先告辭了。」

二十六

「源太在家嗎？」

銳次說著走進屋來。阿吉連忙起身招呼道：「啊！老闆！快請，快請，請到這裡來坐。」

銳次也不客氣，直接進了屋內，在火盆前面盤腿坐下，然後接過阿吉端來的櫻花茶喝著。喝了半杯之後，他打量著阿吉的臉孔說道：

「妳的臉色不太好，怎麼了？源太到哪裡去了？妳大概也聽說了吧，清吉那傢伙幹下了糊塗事，我今天就是為這件事來的，想跟源太商量一下。喔？是嗎？他已經到十兵衛家去了。哈哈哈，動作真快啊！不愧是源太。我還沒想到呢，他就先動身了。了不起！喔，阿吉，妳不用擔心。源太去跟十兵衛和上人請個罪，道個歉，就說因為自己沒把事情解釋清楚，才讓手下產生了誤會。他只要連鞠幾個躬，再三請求原諒，問題應該就能解決。妳不必過分操心。如果對方囉哩囉唆不肯罷休，源太也可以直接出面跟他理論。我聽外面都在傳說，十兵衛就算被人砍掉一個半個耳朵，他也沒話可說。清吉做事草率鹵莽，這次幹下這種勾當，確實很過分，但說不定對他反而是件好事呢。哈哈哈，只是委屈他被我揍了好幾拳，一直痛得哇哇大叫。後來我問他，你殺了十兵衛之後，打算怎麼了結這件事？他這才清醒過來，向我懺悔說：『啊！我錯了。是我太鹵莽。做錯了。現在害得老闆還要去向人家低頭道歉。哎，我對不起老闆。』我看到他不斷流下後悔的眼淚，連他身上的疼痛都忘了，也實在令人同情。這傢伙也很惹人憐愛，對吧？所以啊，阿吉，我想源太回來不但會痛罵清吉一頓，可能還會叫他到十兵衛家去謝罪吧。但這些都是表面上該做的，只做這些有什麼用？所以，這就要看妳的工夫了。清吉那傢伙究竟該怎麼做？妳懂的吧？這才是重點。清吉只去道歉就夠了嗎？妳阿吉是跟源太同床共寢的關係，怎麼會不懂他的心思呢？哈哈哈哈哈。源太今天不在家，我就不多說了。好吧，我走了。妳要請我吃的那頓飯，留到下次再吃吧。有什麼事，妳可以隨時來找我。」銳次說完，一路嘀咕著走出門去。阿吉看他遠去，不禁暗自思索：

「仔細想想，這一切都該怪我。只因我是個女人，見識淺薄，做事有欠思考，才會在清吉面前挑撥他跟十兵衛。結果害得那個年輕人一時激動，犯下大錯。現在不但可憐的清吉走投無路，就連我家受人尊敬的老爺，也不得不去向他最討厭的十兵衛低頭賠罪。如今事情變成這樣，雖是因為清吉臨時起意引起的意外，但是細細追究起來，還得怪我亂說話。現在我左思右想，想來想去，哎呀！究竟該怎麼辦啊？」阿吉想得出神，靠在火盆桌緣上的手肘突然滑落下來，也在這時，她終於把腦中的思緒整理好了。

「喔，那就這麼辦吧。」說著，她起身走到五斗櫃前拉開大抽屜，一陣麝香氣息撲鼻而來，她從抽屜裡隨手撈出一堆女人心愛的寶貝。一條腰帶是她剛嫁給源太的時候常繫的，那時她的心情既欣喜又害羞，也經常覺得害怕；還有一條博多帶[72]和絲綢和服，是她再三向丈夫撒嬌嚷著：「哎，我要那條腰帶啦。」源太才買給她的。但她現在已經不再那麼看重這些寶貝了。當年身穿三件一組的禮服套裝[73]時，她是多麼天真無邪，而現在的她，卻睜著愁苦的眼神，打量著眼前的天蠶條紋綢[74]、輕飄飄的黃八丈[75]，還有最近流行的毛萬筋[76]。看著綢布上織出纖細的千萬道條紋，心底不禁湧起千頭萬緒。而眼前最令她心懸一念的事情，就是如何協助丈夫渡過難關。她又拿起一條七系緞[77]腰帶，這是在武家府第當過侍女的伯母留給她的紀念遺物，她一直十分珍貴地收藏著。「哎，這也拿去吧。」已經沒有捨不得的東西了，不管什麼，都拿去吧。她吩咐女傭把面前的東西全都包在一起，趁著丈夫還沒回來，她一橫心，又將插梳、頭簪等也迅速丟進首飾盒，跟那些衣物一起送進了當鋪。

等她從當鋪走出來時，那些心愛的寶貝已經換成了現金。阿吉匆忙包上青綠頭巾，手提一盞小燈籠，也顧不得夜路難走，便匆匆趕往銳次家去了。

---

72 博多帶：用「博多織」製作的腰帶，寬度只有一般的一半，穿浴衣時使用。「博多織」是博多地方（現在的九州福岡）生產的絲織品，與西陣織、桐生織並稱日本三大織物。

73 明治時代以前，較正式的和服穿法是由三件組成全套，通常用同色不同花紋的相同布料製成。

74 天蠶條紋綢：用天蠶絲織成的條紋綢布，比一般蠶絲製品更具光澤、質地堅韌。

75 黃八丈：東京都八丈島生產的高級絲綢。以島上植物將絲線染成特別的黃色，再織成條紋或格子花紋的綢布。

76 毛萬筋：表面織成縱向條紋的綢布，條紋極細、數目極多，「萬筋」即是一萬條之意。

77 七系緞：織法類似中國的織錦緞，以緞子為底，上面再織出各種花紋。江戶時代的上流社會流行作為禮物互相餽贈。

二十七

源太在不忍池畔的「蓬萊屋」跟十兵衛大吵一架後，對十兵衛的看法發生了徹底的改變。原本他還覺得十兵衛有點可愛，現在卻對十兵衛非常不爽。他更沒料到自己竟得去向那麼討厭的十兵衛低頭賠罪。源太越想越氣，但若不去道歉請罪，說不定別人就會懷疑是自己叫清吉去動手的呢。明明自己從頭到尾什麼都不知道，結果卻不得不背這個黑鍋，實在太氣人了。更何況最近這段日子，他心裡原本就不痛快，現在又碰上可惡的清吉幹下蠢事，害得他非得多操一份心，源太除了暗暗叫苦，激動的心情更難平息。但他又轉念一想，這件事遲早還是得由自己出面解決，現在只能想成是逃不過的災難，認了吧。

於是他懷著萬般無奈的心情，來到十兵衛家。源太先對主人遭到意外表示慰問，接著又向十兵衛夫婦道歉，主動承認自己對清吉管教不周，才鬧出這次意外。另一方面，源太也對憨子夫妻的態度細細地觀察了一番，十兵衛跟平時一樣，從頭到尾沒說話，阿浪則用女性特有的溫婉語氣答道：

「還好肩上的傷口很淺，沒有大礙，請您放心吧。今天勞您大駕，特地趕來探望，實在不敢當。」

阿浪雖然態度和藹可親，但話語間的用字遣詞顯得過分客氣，根本不必問她，就能明白她心中另有想法。「說不定是源太暗地唆使清吉去打人的吧？」阿浪心底肯定抱著這種疑問。

「哎，氣死人。十兵衛和其他很多人一定都把我看成這種人了。老天啊，快點讓時機降臨吧。到時候我一定讓大家瞧瞧源太的報復手段。清吉那傢伙幹出的卑鄙勾當，我絕不會做的。別以為我會像他那樣用錛子隨便砍掉人家的耳朵。這種不入流的事，我才不屑做呢。我也不會那麼輕易動搖或隨便放棄，我的憤怒可不像木屑，點一把火就能燒得乾乾淨淨。清吉今天幹下的勾當，並不能讓我出氣，我也不贊成他的做法。清吉的行為是他的事，而我心中的憤怒是我的事，兩者毫無關聯，不能混為一談。至於源太如何報仇，等到時機到來，我一定會讓你們大家看清楚。」源太越想越生氣，不過他絲毫沒在臉上表現出心情。他向十兵衛圓滿傳達了義務性的歉意後，立刻轉往感應寺求見上人，為自己的屬下闖下大禍向上人請罪。

按照他原本的計畫，從感應寺回家之後，還要再到銳次家去道謝，感謝他制止阿清，沒讓他犯下更嚴重的大錯，同時也要向銳次打聽一下當時的情況。另一方面，他也想痛罵阿清一頓，命令他從此不准再踏進自家大門一步。

誰知回家之後才發現，阿吉居然不在家。源太覺得很納悶，就把女傭叫來詢問。

「太太好像說她要到什麼地方去一趟，說完就走了。」女傭輕描淡寫地答道。其實阿吉早已用錢封住了女傭的嘴。但源太哪裡會知道這些，他便交代女傭說：

「喔，是嗎？好吧，好吧。阿吉回來妳告訴她，就說我到火球大哥家去玩了。」

語畢，源太就趿著草履朝門外走去。一出門，看到遠處過來一位老婆婆，她一手拄著斑竹拐杖，慢吞吞地一步步向前邁著步子，另一手提著有焦痕的燈籠。老人的身體呈現「ㄟ」字型，看起來有點滑稽。

「喔！這不是阿清的母親嗎？」

「啊！原來是老闆啊。」

二十八

「哎呀，剛好碰到您，這是要出門去吧？」老婦焦急地問道。

源太輕輕點頭打了招呼，然後向老婦說：「喔，不要緊。您別客氣，請進吧。您特地摸黑趕夜路來我家，是有什麼急事吧？請您跟我說說。」源太說著，便轉身往回走。

「好的，好的。謝謝您了。不好意思耽誤您出門。打擾您了。謝謝，謝謝。」老婦邊說邊跟著源太走進木格門。

「這麼大冷天的，您還跑出來。今天真不巧，阿吉出去了，沒法好好招待您。請別拘束啊。來來，坐到前面來，靠在火邊烤一烤吧。」源太熱心招呼著，老婦卻更加拘謹地縮著身子說：

「您這麼客氣，真不敢當啊。謝了，謝了，我身上有個懷爐，坐在這裡就行。」老婦用破了好多小洞的棉襖衣袖拭去不斷流下的清鼻涕，退到門邊縮成一團蹲著，看她臉上的表情，似乎有話想說。

源太大致也已猜出老婦的心思。「老人家現在心裡一定很痛苦吧。」源太想。自己正要出門到銳次家去責罵清吉，怪他不該鹵莽行事，同時也想懲罰他，命令他暫時不准到自己家來，結果卻在門口碰到清吉的母親。看到這位孱弱的老人，源太心中生出無限憐憫，因為她除了自己的兒子，就只剩下佛祖，再也沒有其他親人了。

「如果我丟下清吉不管他，老人就會像鬆弛的弓射出去的箭，不僅感覺心中無所依靠，也會覺得活著沒有意思，就算她能長命百歲，卻已失去活下去的動力和目標，那將多麼悲慘！在她所剩無幾的餘生裡，天天都得流著怨嘆的淚水，永遠都不會迎來開心的日子。」源太從心底生出對老人的憐憫。他手裡撚著菸葉，雙膝跪地端正地坐著。老婦向前移動一下身子，開口說道：

「晚上到您府上來打擾，實在不好意思。是這樣的，我有點事情想跟您商量，哎哎，想必您已經知道了，我聽說清吉那傢伙闖了大禍，哎哎，鐵五郎告訴我大致的情形了。清吉那傢伙向來脾氣急躁，一天到晚不是打鬥就是砍殺，總喜歡惹是生非，每次都嚇得我心驚膽戰。好在託您的福，現在也算是長大成人，能夠養活自己了，但他還是像個孩子似的，那麼不懂事。雖說他絕對不會奸詐耍壞，可他一激動起來，就分不清是非黑白了，真叫人為難啊。哎哎，但他絕對不會打壞主意算計別人。喔喔，您知道啊。喔！那太感謝您了。也不知他為什麼要跟人家打架，我只聽說他當時發瘋似的亂揮錛子。聽到這，我簡直就像自己被他用錛子砍中了似的。所幸消防組的老闆立刻抱住他，這才讓他住手。哎！真是不幸中的大幸。要是對方被殺死了，那傢伙就變成殺人凶手啦。而我要是沒了他，也活不下去。哎，真的感謝您。他小時候患過嚴重的癲癇，讓我吃了不少苦，後來受到中山的鬼子母神[78]保佑，才能健康平安地長大成人。那時我曾向菩薩許願，只要他能痊癒，我一定讓他滿七歲之前到寺裡修行。但我後來一忙，也就沒時間送他進寺裡，可能因此而遭到報應了吧。後來他身體雖然健康了，性情卻變得那麼莽撞，不知添了您多少麻煩。就像今天吧，又鬧出這場禍事，鐵五郎向我轉述事情經過的時候，真是嚇壞我了，尤其聽說他連凶器都帶去的那一刻，我忍不住嘆息，哎！又來了！真把我的膽都嚇破了。後來聽說消防組的老闆帶他回去，我這才放下心來。然後我又問阿鐵，阿清有沒有受傷？阿鐵的回答卻很曖昧，只說一句：『性命沒問題，別擔心。』這下我反而更擔心了。向他打聽消防組的老闆住在哪。『我也不知人家是不是歡迎妳去，反正妳還是先到源太老闆那裡問問吧。』阿鐵說完就走了。這下我連胸口都開始隱隱作痛，在家裡坐立不安，不知怎麼辦才好，只好拜託隔壁的傘匠幫忙看家，我才能到這裡來。求求您，把那位消防組老闆還是什麼人的地址告訴我吧。哎，哎，我立刻就趕去。也不知阿清那傢伙現在究竟怎麼樣？說不定受了重傷。就算他平安無事，我也想立刻親眼看到才能放心啊。還有他們怎麼打起來的，我也想知道。您別擔心，奸巧耍詐的事情，我想他絕對不會做。但他終究還年輕，難免因為小小的誤會而懷恨在心，如果真是這樣，就由我老太婆去向那位十兵衛老爺盡心賠罪吧。我這具毫無可戀的老朽之軀，人家要怎麼處罰我都

78 中山的鬼子母神：佛教的二十四護法之一，也叫作「歡喜母」。中山即千葉縣市川市的中山遠壽寺。

行，可是那傢伙還有漫長的未來，不能讓人家記恨他呀。」老婦說完，嗚咽著流下淚來。其實她也是因為沒弄清事情的原委，心裡又為自己的孩子著急，才會嘮嘮叨叨地說一大堆啊。源太聽她說完，實在也不知如何回答才好。

二十九

「八五郎，你在哪？好像有人來了，去開門啊。」

「怎麼回事？奇怪。好像是個女的。」八五郎嘀咕著走到門口，「誰啊？這時候，誰會來找我們這個討厭女人的老闆啊？來，請進吧。」語畢，他拉開了玄關的木門。

「小八，麻煩你了。」門外的人向他簡單打了聲招呼。進門之後，那人吹熄燈籠，摘掉頭上的頭巾。八五郎仔細一看，原來是中元節和新年都賞過自己紅包的阿吉。他突然感到很驚慌，因為他身上雖然披著一件棉袍，裡頭卻什麼都沒穿，而且棉袍的前襟敞開著，一眼就能看到裡面已經髒成灰色的丁字褲。他忙著遮住重要部位，匆匆回頭向屋內嚷道：

「老闆，那個，我說啊，那個，大姊來了。」

銳次不愧是江戶子，只聽到八五郎連說兩遍「那個」，心裡也就明白個大概了。

「喔，這樣啊？阿吉來啦？快請進。喔，妳自己找個沒有灰塵的地方坐吧。小心這裡有蟑螂唷。家裡只有男人，沒辦法，唯一的長處就是髒。我要是能有個像妳這樣的好老婆，家裡也能弄得很乾淨。哈哈哈哈。」銳次說著發出一陣笑聲，阿吉也跟著笑起來說：「那樣的話，您大概要罵我太髒了。」

兩人彼此逗笑閒聊了兩三句，阿吉才換上認真的表情說：

「清吉在睡覺啊？我來是因為心裡惦記著他，想看看他現在怎麼樣了。」

銳次點頭說道：

「阿清剛睡著，睡得可熟了，暫時不會醒。至於傷勢嘛，他根本沒受傷，頭骨也沒打裂，剛才接骨大夫向我保證說，『可能是因為情緒太激動，又被人狠狠揍了一頓，才暫時昏過去。其實根本沒事。』妳要是想看一眼，我帶妳去吧。」銳次說完，起身領著阿吉走向裡面的房間。那是一個比三個榻榻米稍微大一點的房間，清吉躺在裡面睡得很熟。阿吉看到他的臉孔和腦袋都腫起來了，心裡不免有點怨恨銳次，沒想到他這麼狠心，竟把清吉打成這樣。但另一方面，她又覺得，反正已經打了，現在說什麼都沒有意義。於是便回到剛才的房間對銳次說道：

「我家老爺對清吉多管閒事、動手打人這件事很生氣，清吉害他必須到上人和十兵衛面前交代，所以我家老爺一定會好好懲罰他，或者狠狠臭罵他一頓，又或是禁止他踏進我家大門一步。但歸根究柢，清吉也不是為他自己報仇，而是誤以為我們受了委屈，才一怒之下跳出來打抱不平。站在我的立場，我不能袖手旁觀看他受老爺處罰，尤其因為某些理由，我必須幫他做點什麼，否則心裡會覺得非常過意不去。我思前想後，想了好久，最後想到一個辦法，就是讓清吉離開這裡一年半載，等到外面的流言蜚語漸漸平息了，我家老爺的氣也消了，那時，就有很多辦法解決問題。反正，到那時之前，我想，就讓他先去京都那邊住一段日子吧。我把旅費和必要的費用都準備好了，數目雖然不多，就先寄放在您這裡吧。拜託您好好勸導清吉，再將錢交給他。我家老爺您也是知道的，他就是個直來直往的人，不管現在心裡怎麼想，反正表面上一定要好好教訓清吉一番，還要狠狠罵清吉一頓。而且我能預料，不管清吉到時候說什麼，他都不會聽。就算我在一旁勸說，他也只做義理上該做的，其他一概不管。但是清吉並沒犯什麼出於私欲的大錯，眼看他陷入求救無門的困境，我怎麼能見死不救呢。清吉家裡還有個老母，如果他離家一段日子，我會跟我家老爺商量，叫他一定要好好照顧清吉的母親。更何況，我家老爺從來也不會拒絕照顧別人呀。總之，我這個計畫雖不是什麼祕密，但我今晚到您家這件事，還有我拜託您暗中照顧阿清這件事，請您暫時別告訴我家老爺……」

「我知道了。好主意。妳說完了吧？快走快走，源太說不定馬上就來了。被他碰到可就糟啦。」銳次的語氣雖然冷漠，話中卻充滿真誠。阿吉覺得很欣慰，她留下錢後就告辭了。

阿吉剛出門，源太就像跟她擦肩而過似的走進銳次家。果然不出阿吉所料，源太命令清吉不准再去他家，還宣稱要跟清吉斷絕師徒關係。銳次聽了源太的命令，臉上露出笑容，但沒說話，清吉則哭著向源太求饒。

這天晚上，源太離去後，清吉聽到銳次轉述阿吉的計畫後，又哭了起來。

「哎呀，我寧願變成一隻狗，也不願離開大姊夫婦的身邊啊。」清吉嗚咽著說。

四五天之後，清吉在八五郎陪伴下離開了江戶，一路朝向箱根的溫泉地出發。他們順著東海道往前走，這條路一直通往京都和大阪，但清吉在夢裡卻總是又返回到東都[79]。

---

79 東都：江戶時代的江戶城，即今天的東京，當時雅稱為「東都」。

三十

十兵衛被砍傷後回到家裡，第二天早上，他跟平時一樣起個大早，準備去上工。阿浪大吃一驚，連忙阻止他說：

「哎唷，天啊！這怎麼行？你還是好好躺著休息吧。躺下，躺下。今天早上的晨風特別冷，要是得了破傷風怎麼辦？拜託你快躺下吧。熱水快燒好了，你就待在那兒，我來幫你漱口、洗臉。」阿浪憂慮地說著，在那快要塌掉的土灶裡又添了些柴火。灶上放著一個邊緣已被撞凹的大鐵鍋。

十兵衛卻滿不在乎地笑著說：「妳別像伺候病人似的照顧我。只要給我一塊絞乾的溼手巾就行了。洗臉還是要自己洗才舒服。」語畢，他就拿起一個桶箍鬆掉的小木桶，自己裝滿水。

阿浪看他的動作不像有什麼問題，舉動也跟平時沒什麼兩樣，心裡又驚訝又著急。憨子卻不管她，吃完早飯，他猛然起身脫掉身上的衣服，換上緊身褲和工作圍裙。

「不行啊！你要到哪裡去？工程再重要，你受傷還不到一天呢。傷口不但沒結疤，也很痛吧。醫生不是說了嗎？『要保持靜止狀態，不要亂動身體。傷口雖沒有值得擔心的問題，但最重要的，是在癒合之前不要亂動。』你想硬撐著去感應寺？太過分了。就算你到了工地，也沒法幹活啊。今天就算不去上工，也不會有人怪你吧。要是你覺得不去上工心裡愧疚，那我幫你跑一趟吧？我去求上人，請他讓你休養三四天。上人心懷慈悲，不會不讓你請假的。他一定會吩咐你：『好好休養，不要輕率行事。』來，你還是穿上這件衣服待在家裡吧。起碼也要老老實實地待到傷口完全長好才行啊。」

阿浪拚命阻止丈夫，邊勸慰他邊幫他把脫掉的衣服穿回去。十兵衛用沒有受傷的右手推開妻子說：「妳就別管我了。幫我穿上圍裙，這衣服我不穿。」

「啊唷，你別這樣，待在家裡吧。」阿浪說著，還想幫丈夫穿上剛才脫掉的衣服。但十兵衛又推開她的手。做丈夫的意志堅決，做妻子的卻一味地動之以情，兩人爭執半天，最後憨子真的有點生氣了，便向妻子說：

「妳一個女人懂什麼，就知道給我找麻煩。可惡！算了算了，不求妳了，我自己穿。這麼一點小傷就休工一天，我怎麼指揮那些木匠？妳是不會懂的，我十兵衛頭腦愚蠢，總被別人叫作傻瓜，那些木匠根本沒把我放在眼裡。他們在我面前雖然假裝聽從指揮，其實總是背地裡偷懶，或暗中譏笑我，工作上也只知應付交差。表面上都會假裝努力，實際上卻沒有一個願意認真幹活的。哎，太可悲了。我向他們低頭懇求，拜託他們不要只顧表面，一定要認真努力幹活。他們雖然裝出聽從的模樣，但一轉頭，就在那裡嗤笑我。我要是訓斥他們，那些人雖然嘴裡表示歉意，卻是滿臉憤怒的表情。我也只能忍著，要是處理不好，他們會更看不起我，這種不甘、這種悲憤、這種辛酸，我都只能忍著。每天大家都圍著我，『總監，總監』叫個不停，聽起來很了不起，其實我心底積滿了欲哭無淚的委屈。老實說，我現在甚至覺得，只當個聽人差遣，專門負責鑿洞的木匠，心情都還比較輕鬆呢。事實就是這樣，我好不容易熬到現在，今天要是請假，前面的努力都白費了。他們肯定會用各種理由更加偷懶，這個說『我胸口痛，要早點下班』，那個又說『我頭痛，所以遲到了』。如果我今天請假，到時候就連一句責怪的話也說不出口了。然後工程進度就開始拖拖拉拉，到預定的日子也不能如期完工。要是像這樣搞砸了工程，我拿什麼臉面去見上人和源太老闆啊？妳知道，如果這座塔不能完工，我十兵衛就算活著，也等於死了；這座塔若能建成，妳丈夫就是死了，也等於還活著。我現在不過是被錛子砍了一個兩三寸的傷口，怎麼能躺著休息？哎，我哪能躺著啊？妳說，是破傷風可怕？還是工程不能做完可怕？假設我今天被人砍掉一隻手臂，在工程竣工之前，就是用轎子抬也得把我抬去。更何況我現在只受一點小傷。」十兵衛說完從阿浪手裡搶過圍裙，左手想穿過圍裙的肩帶，卻痛得皺起眉頭。做妻子的看他如此堅持，也只好認輸，小心翼翼地幫著丈夫避開傷口，穿上外套和緊身褲，然後目送丈夫離家。阿浪看著丈夫的背影遠去，心底湧起一種難以形容的感覺。

其實工地的工人都以為十兵衛今天不會來上工了，所以這天直到辰時左右，大家才零零落落地來到工地。誰知十兵衛早就來了，眾人看到他都大吃一驚。

「諸位這麼認真幹活啊？真令人高興哪！」十兵衛一看到眾人，立刻向大家打招呼，眾人都驚出一身冷汗。但也因為這件事，那些工人的態度漸漸跟從前不一樣了，他們幹起活來不但比從前更加勤奮，也開始懂得舉一反三。上司只要交代第一步，他們就能自動幹到第三步；上司若是交代到第二步，他們就能主動幹完第四步。也因此，憨子雖然一隻手臂不能幹活，結果卻好像長出更多手臂，每天的預定工程進度都順利向前推進。沒多久，當十兵衛肩上的傷口痊癒時，塔身也已接近完工階段。

三十一

到了一月下旬，憨子十兵衛的辛勞得到報償，感應寺的生雲塔終於圓滿竣工了。工人們開始一層層拆掉鷹架，鷹架下面的五重塔逐漸展露出來。第一層、第二層、第三層……直到第五層，高達十六丈的塔身巍然聳立在眾人面前，彷彿金剛力士[80]雕像佇立在巨岩之上，側目怒視群魔，腳底猛踏地軸[81]。如此宏偉壯觀的佛塔，真是美輪美奐，富麗堂皇。

「哎呀，造得太棒了！每個角落都是精心設計過的。太珍貴了。簡直是空前絕後！以後再也不可能造出這麼偉大的佛塔了。」感應寺裡從上到下，從為右衛門到門口的守衛，全都異口同聲爭相讚美這座佛塔，他們好像都忘了自己當初曾經那麼鄙視憨子。圓道和其他僧侶也都欣喜地讚道：

「這才是感應寺五重塔該有的模樣啊。哎呀！太令人興奮了。我等追隨的師父是當今最受尊敬的高僧，世上再也找不到能夠跟他相提並論的僧侶，就算獅子王、孔雀王[82]再世，即使在八宗九宗[83]當中，那些號稱虎豹鶴鷺的偉大僧人，也沒有一位能夠與他並駕齊驅。現在我等又有了這座引以為榮的佛塔，這也是天下數一數二的。奈良、京都的佛塔就不提了，譬如在江戶的佛寺當中，不論是上野、淺草或是芝[84]的寺院境內，是絕對找不到一座可跟這座塔相比的建築。更值得一提的是，德行高尚的上人當初願將機會交給一個原本只能無名以終的男人，讓他的靈魂之光照耀世間。另一方面，十兵衛也很爭氣，他不畏艱辛，全副精神都投注在建塔工程上，最後終於建成這座佛塔，用自己的成就來報答所有支持他的親友與同業。這段奇特的因緣，真是妙不可言。不知這種因緣究竟來自天意？或是人力？還是多虧天界諸位善神的庇佑？從前在釋迦牟尼的時代有一位達膩伽尊者[85]，他擅長建造各種奇妙的建築。但是在達膩伽尊者的時代，也不曾留下類似生雲塔建造過程的佳話，同樣的，即使在中國也沒留下類似的記錄。」

「好極了，舉行竣工典禮的時候，我要賦詩作文，留作紀念。」

「我要用吟詠詩歌的方式，表達頌揚、讚美、詠嘆之情，為建塔的經過留下記錄。」

僧侶們七嘴八舌地討論著慶祝佛塔落成的方式，他們這份熱心並不是為了滿足私欲，而是發自人類的自然感情。

80　金剛力士：佛教的護法，傳說中是天界的守衛，也是佛祖與其他諸佛的侍從官。

81　地軸：指古代神話中貫穿大地的軸。

82　獅子王、孔雀王：王都是指佛陀釋迦牟尼。獅子是佛教裡的神獸，許多佛經裡都用獅子比喻佛陀的無畏與偉大；孔雀王則是「孔雀明王」的簡稱。漢傳佛教與日本佛教真言宗認為孔雀明王是釋迦牟尼的化身。

83　八宗九宗：平安時代以前傳到日本的佛教宗派共有八家，其中的俱舍宗、成實宗、律宗、法相宗、三論宗、華嚴宗，合稱「南都六宗」，加上天台宗、真言宗，並稱「八宗」，以上八家之外，再加入禪宗，就叫作「九宗」。

84　指上野的寬永寺、淺草的淺草寺、芝的增上寺。

85　達膩伽尊者：佛陀的門下有一能人叫作達膩伽，同時具備木工和瓦匠的手藝，一個人就能蓋起華麗的大房子。

然而，人間的溫情雖令人感動，上天的意旨卻很難預料。圓道和為右衛門兩人討論很久，最後擬定盛大舉辦竣工典禮的方案。典禮的日期也定下來了。他們決定在典禮當天開放參觀，不論男女貴賤都可自由參加。關於工程的剩餘款項，他們決定其中一部分用來施捨窮人，另一部分則用來犒賞十兵衛和相關人員。除此之外，典禮中還要用伎樂[86]來供奉這座珍貴的佛塔。

但是誰也沒想到，就在典禮前夜，眾人正忙著進行準備工作時，寺裡的大鐘突然出現異狀，鐘聲聽起來非常奇怪。好似不像平時那麼清澈響亮。後來大家才明白，其實那晚的鐘聲就是一種預兆。

不久，空中悄悄吹起怪風，氣溫也跟著逐漸提高，正在熟睡的孩童都不自覺踢掉了棉被，家家戶戶的雨戶被風颳得嘎啦嘎啦地響個不停，而且越颳越響。

暗夜裡，狂風蹂躪著松樹與檜木的枝梢，大魔王發出響徹雲霄的怒吼。

「去攪亂人心！去毀滅和平！讓那些自誇擁有世間一切奢華的傢伙全都嚇破狗膽！去擾亂他們的睡眠！去阻斷那些蠢才胸膛裡的血流！讓塗在贗品表面的油漆失色！有斧頭的，揮舞你手裡的斧頭！有長矛的，舉起你手中的長矛。你們手中的利劍早已十分饑渴。趕緊餵飽它們吧！人類的血液和脂肪就是最美味的饗宴。讓你們手中的利劍一飽美食！用人類的血液和脂肪餵飽它們！」大魔王一聲令下，狂風猛然捲起，只見高舉斧頭的夜叉，揮舞長矛的夜叉，還有手抓饑渴利劍的夜叉，群妖同時騰空亂舞起來。

三十二

方圓四里[87]的江戶城裡，男女老幼從長夜的夢中驚醒時，都驚惶失措地高喊起來：「可怕的暴風來了！」

「插緊雨戶的門閂！頂門杆也要狠命壓住啊。」人們驚恐地互相提醒，家家戶戶嚇得心驚膽戰，但是飛天夜叉王[88]對於恐懼不安的江戶居民絲毫沒有憐憫之心，他向手下發出凶猛

86 伎樂：露天演出的音樂舞蹈劇，演員戴面具、沒有台詞。相傳是隋煬帝時代從中國的吳國傳來，當時的聖德太子非常喜愛，後來定為佛教祭典中的一項儀式。

87 四里：約十六公里，一里等同於三．九二七公里。

88 飛天夜叉王：食人魔王。「夜叉」是佛經中常提到的一種食人鬼，由於身手勇健，能夠飛騰空中，又叫「飛天夜叉」。

的怒吼：

「你們不必害怕人類，要讓他們畏懼你們。長久以來，人類一直蔑視我們，不把我們放在眼裡，原該奉獻的供品也忘得一乾二淨。人類是以行走代替爬行的狗、知曉修築華穴的鳥、失去尾巴的猴、開口說話的蛇、毫不誠實的幼狐、不知骯髒的母豬。這樣的人類已經鄙視我們很久了，我們究竟要忍耐到何時？我們長期被他們污辱，究竟還要讓他們得意到何時？六十四年[89]過去了，現在，用我們的神力，扯斷束縛我們的『機緣的鎖鏈』吧！搗毀囚禁我們的『慈忍[90]的石窟』吧！你們，暴衝啊！趁現在一起沖上天！把你們累積幾十年的怨恨，全都爆發在他們身上。被他們的傲慢污染的濁氣全部蒐集起來，扔到鐵圍山[91]外！把他們的腦袋按在地上！讓他們的胸膛嘗嘗利斧的狠毒。用『慘酷矛』和『瞋恚[92]劍』的利刃，奪他們的命！把冰塊塞進他們的喉嚨，讓他們冷得顫抖不已！把尖針刺進他們的肝膽，讓他們承受說不出的痛！他們創造的眾多奢侈品，就像他們的子孫，你們就將那些奇珍異品全部毀滅！把他們的玩物之志埋進灰燼。人類繅絲織布，奪走蠶兒的家。你們就去掠奪人類的家！人類譏笑蠶兒愚蠢。你們就去讚揚人類聰慧！誇獎他們充滿巧思的智慧，稱頌他們自以為美的自戀，贊許他們所謂美夢成真的歪理，頌揚他們自認剛強的力量！然而，這些讚美終將成為你我手中的劍矛斧頭的目標，頌讚之後，把他們當成餌食，用來投餵劍矛斧頭之類的利器。你們盡量利用他們！然後譏笑他們只是美味的餌食。想怎麼玩弄就怎麼玩弄。但不要急著弄死他們。要把他們折磨到只剩最後一口氣。一層一層生剝他們的皮，活扒他們的肉，把他們的心臟當球踢，用枸橘枝的荊棘鞭打他們的背脊。就連嘆息、淚水、心跳、悲鳴……也不留給他們。他們只能得到殘酷，永遠得不到快樂。不對他們採取極度的嚴酷手段，你們會先被消滅。暴衝啊！前進啊！在這片無法地帶，恣意妄為吧！隨心所欲吧！胡作非為吧！蠻橫胡鬧吧！向前！向前！去跟神鬥爭！去跟佛搏鬥！天理一旦毀滅，天下就是我們的。」

飛天夜叉王每發出一陣怒吼，天地間頓時飛沙走石，塵土飛揚，群妖從丑時鬧到寅時，又從卯時鬧到辰時，幾乎沒有片刻歇止。夜叉王不斷咆哮、鼓動，成千上萬的夜叉越發地勇猛躁進。正在河中渡水的夜叉踢起千層浪花，正在陸上奔跑的夜叉踏起飛揚塵沙。滾滾煙塵

89 根據鹽谷贊《幸田露伴》記載，一七二八年九月關東遭颱風襲擊，十兵衛在一七九二年重建感應寺五重塔，因此「六十四年」可能指關東颱風。

90 慈忍：佛教用語。慈悲與忍辱。

91 鐵圍山：佛教用語。佛教認為世界的中心是須彌山，最外層是鐵山圍繞，叫作鐵圍山。

92 瞋恚：佛教用語，指仇視、怨恨、損害他人的一種心理狀態。

染黃了天地，完全遮蔽了陽光。有的夜叉冷笑著揮舞利斧，一陣喀喳喀喳的聲響之後，風雅之士精心修整的松樹應聲傾倒；有的夜叉舞動著手中長矛，眨眼之間就在木板屋頂戳出一個大洞；還有的夜叉力大無窮的，只用手輕輕一搖，就把十分牢固的房屋和橋梁弄得左搖右晃。

「哎呀！不夠不夠，下手太輕了！太輕！不夠凶狠！你們跟我來！」夜叉王不斷憤怒地咬牙嘶吼，焦躁地奮力騰空。早已布滿空中的眾多夜叉頓時發出淒厲的咆哮，凶狠地四處亂竄。頃刻間，佇立在神社寺院和富家大戶庭院裡的樹木同時聲嘶力竭地開始哀號，那些樹木就像從大地冒出的毛髮，全嚇得不斷顫抖。才一眨眼的工夫，柳樹倒了、竹子裂了、烏雲遮蔽了天空，一粒粒比橡子更大的雨滴劈劈啪啪從天而降。「好啊！」夜叉們高興極了，更加肆無忌憚地到處破壞。他們扯倒竹籬，踢翻石牆，弄壞門扉，掀掉屋頂，就連屋簷邊緣的瓦片也被他們踩成碎片。夜叉伸手一揮，廢品回收站就飛走了；舉手比畫兩下，兩層樓房應聲倒塌；再揮手舞動三下，一座寺廟立即崩塌成斷垣殘壁。轟轟轟轟……夜叉每次發出吶喊，群眾都感到心臟發冷，驚惶恐懼。人們一面小心翼翼、如履薄冰，一面心驚膽戰、不知所措。眾多夜叉看到人類這副可笑的模樣不禁欣喜萬分，再看到許多失去家園的人類臉上露出悲哀的神色，更是喜不自勝，全都蠢蠢欲動，企圖趁勢鬧個人世天翻地覆，一片狼藉。江戶八百八町[93]的百萬居民全嚇得人心惶惶，彷彿丟了魂似的。

在所有群眾中最感到驚駭的，就是圓道和為右衛門。五重塔歷盡艱辛才剛剛落成，現在卻遭到夜叉推拉撕扯。塔頂的相輪正在不停地搖擺，最頂端的寶珠也在來回晃動，晃得像在空中書寫難以辨認的文字。陣陣狂風猛然撲來，好像連巨石都能推倒；粒粒雨滴驟然橫掃，彷彿連盾牌都能穿透。狂風暴雨的摧殘下，塔身開始呈現彎曲，耳邊也傳來木頭發出咯吱咯吱的聲響。塔身由彎變直，又由直變彎，咯吱咯吱的聲音不斷傳來，五重塔也隨之搖來晃去，似乎隨時都會被風吹倒。

「哎唷，哎唷，好危險！我們難道就只能這樣看著嗎？要是塌下來可不得了。有沒有什麼辦法啊？現在颳著從沒看過的大風，又下著大雨，四周連一棵樹都沒有，塔身又那麼高，地基的面積那麼小，究竟還能堅持多久？哎，真叫人擔心哪。連大殿都晃得如此，真不知塔身搖成什麼樣了？念一段止風咒也沒用嗎？外面颳著這麼嚇人的暴風雨，源太也該來看看啊。怎麼沒看到他的人影呢？」

93　江戶八百八町：指江戶城內各町。江戶剛開府時僅三百多町，到江戶中期後已達一千多町。

「十兵衛雖說跟我們寺裡的交情不深，碰到這種情況，他應該來看看呀！怎麼還沒來呢？這傢伙到底在幹什麼？連我們跟塔無關的人都擔心成這樣了，這是他一手建造的佛塔，難道他一點都不關心？啊！哎呀哎呀，危險唷！又有點彎了。你們，誰去叫十兵衛來呀。」

嚷了半天之後，兩人終於得出結論。但是外面正颳著暴風雨，瓦片在空中飛舞，砂石在地面跳躍，寺裡沒人願意跑這一趟，最後還是用賞金說服了清潔工七藏老爹，由他代表大家去把十兵衛請來。

三十三

七藏老爹為了抵禦風雨，先戴上一頂毫碌帽[94]緊緊包住腦袋，再戴一頂竹皮編成的斗笠，身上穿著建設工地專用的防雨斗篷，腰間用衣帶繫緊，又找了一根長短合適的棍子當拐杖，這才戰戰兢兢地頂著狂風暴雨跑出去。

七藏老爹一路跟暴風雨掙扎著，好不容易來到十兵衛家的門外，抬頭一看，驚訝地發現半邊屋頂已被狂風吹走，雨水正從屋頂不斷滴落，十兵衛全家三口正擠在屋中角落躲雨。他們的頭上頂著一張舊草蓆，三個人都縮著身子來回閃避雨水。七藏老爹不禁暗中嘆息，這個憨子怎麼這麼呆啊，就不會想想別的辦法嗎？他向十兵衛打聲招呼說：

「我說，老闆啊，這麼大的暴風雨，你躲在家裡也挺不過去呀。現在外面瓦片亂飛，樹枝都被折斷了，簡直像打仗似的亂成一團，你覺得自己建造的那座佛塔會怎麼樣呢？那麼高的塔身，周圍什麼都沒有，地基面積又那麼小，無論哪個方向吹來的風，都會直接打在塔身上。它現在搖來晃去，像旗杆似的搖得好厲害，而且木材的梁柱彼此擠壓，發出咯吱咯吱的聲音，聽起來真可怕，好像馬上就要倒塌或散架似的。圓道師父和為右衛門先生都嚇壞了，現在害怕得不得了。老實說，你也不必等我來接吧。看到天氣變成這樣，還不過來看看，你也太悠閒了吧？還害得我因為你，被派上這個危險的差事，真是氣死人。你看，我頭上這個包！剛才走在路上，斗笠被風颼走，害得我全身都淋溼了，然後又不知從哪飛來一塊木頭，砸中我的腦門。真是丟死人！來來來，你快跟我一起去吧。為右衛門先生和圓道師父命我帶你過去喔。哇！嚇死人！剛剛雨戶被吹走了嗎？這樣的話，那座塔還能支撐下去嗎？說不定就在我們講話的這段時間，塔已經倒了，要不然就是折斷了吧？你別再浪費時間，趕快準備

94　耄碌帽：用圓形棉布收緊周圍縫成的帽子。老人喜歡用來保暖頭部，通常是黃色系。

出門吧。」

說完，七藏老爹又連連催道：「快點！快點！」十兵衛的老婆也在一旁擔心地說：

「現在出門的話，路上很危險吧？家裡有一頂防火帽，雖然又破又舊，我還是幫你拿過來吧？戴上那頂帽子再出去。誰知路上會有什麼東西飛來呢。身子畢竟比面子重要，帽子再破還是得戴呀。還有那件刺子[95]棉布外套，你也披上吧。」

說著，阿浪便伸手拉開櫥門，門上發出一陣喀噠喀噠的聲音，十兵衛用冷峻的目光瞪著她說：

「哎，妳不必管我。我又不出門。外面雖然吹著風，根本不值得大驚小怪。七藏老爹，您辛苦了。塔是不會有問題的，倒不了。那東西沒那麼脆弱，不會因為這點狂風暴雨就倒掉或散掉。更不需要我十兵衛去察看。請您把我這話轉告圓道師父和為右衛門先生。不要緊的。不用擔心。」說完，十兵衛也不挪動身子，仍是一副穩如泰山的模樣。七藏露出不悅的表情反駁道：

「哎呀，你還是跟我去一趟吧。來看看就知道，那座塔是如何前後左右亂搖亂晃的。你在這裡又看不見，才會這麼有信心吧。只要你十兵衛老爺親眼看到，那座塔像御開帳[96]的旗幟似的搖頭晃腦，不管你原本多有把握，也準會嚇得魂飛魄散吧。你現在躲在背後說狠話，沒用啦。快點，跟我一起走一趟吧。你看，又吹風了！哇，好可怕！這風好像不會馬上停下來呢。圓道師父和為右衛門先生肯定急得跳腳了。快啊，戴上帽子，披上外套，趕快走吧。」

「不要緊的，您大可放心。請回吧。」十兵衛毫不客氣地拒絕跟七藏老爹一起出門。

「你叫我放心，哪有那麼容易啊。」七藏老爹仍然絮絮叨叨不肯放棄。

「不要緊的。」十兵衛又重複一遍同樣的回答。

七藏一聽這話，終於急了。他語氣粗魯地向十兵衛說道：

「不管怎麼說，叫你去，你就得去。可別以為是我叫你去喔。這是圓道師父和為右衛門先生的命令！」

十兵衛也有點生氣地說：

「這座塔並不是圓道師父和為右衛門先生命令我建造的。上人才不會因為吹點風，就把我十兵衛叫去呢。他肯定不會做這種傷人的事。若是連上人都發話：『塔很危險了，去把十兵衛叫來。』那就是我這輩子至關生死的大事。即使明知要送命，我也會趕去。但現在上人

---

95 刺子：即「刺子繡」，原是日本東北地區傳統刺繡。當地因氣候寒冷，發明了以刺繡方式增加棉布厚度的保暖方法。

96 御開帳：揭開佛像的帷幕供信徒膜拜。

對我十兵衛的手藝沒有任何疑問，你們就沒什麼好擔心的。反正不管別人說什麼，我十兵衛建造那座塔的時候，既沒有偷用紙張代替木材，也沒有玩弄什麼取巧的花樣。不管是下雨的白天也好，颳風的夜晚也好，你們都可以跟晴天的時候一樣，安心待在塔裡，這座塔既不怕暴風雨，也不怕地震，請你把我這話轉告圓道師父吧。」

十兵衛態度冰冷地堅持不肯出門。七藏也拿他沒辦法，只好又冒著風雨跑回感應寺，把十兵衛的意思轉告圓道和為右衛門。

「哎唷，你這沒用的東西，既然見到他了，怎麼就不會臨機應變呢？」圓道氣憤地怒罵道：「你怎麼不告訴他，正是上人吩咐『去找十兵衛來』呢？哎唷哎唷，你看看，那座塔搖晃的模樣。連你都被憨子同化，變得像他一樣遲鈍了。還有什麼辦法？你再跑一趟，就騙他說是上人叫他來。不用跟他囉唆，立刻把他拉來。」

七藏遭到圓道這番責備，心裡氣得要命，重新嘀嘀咕咕地走出寺院大門。

三十四

「快，十兵衛，這次你一定要跟我去。不要再推三阻四的，是上人請你去！」七藏老爹來到十兵衛家門口，神氣活現地從門外向屋內嚷道。

十兵衛一聽這話，立刻起身反問：

「什麼？上人找我？七藏老爹，你說的是真的？哎，太可悲了。我以為不管風雨多強，上人對我十兵衛耗盡心血建造的這座塔都是放心的，沒想到他會以為塔身那麼脆弱、那麼容易倒塌？我好冤枉。我一直以為世上只有上人對我心懷慈悲，所以我把上人奉為神佛，原來他並不是真心信任我的技術？哎，越想越覺得世上沒什麼指望。十兵衛活著還有什麼意義？原本我還竊喜，以為自己受到當今最受尊敬的高僧和世人的賞識，這是我畢生的榮耀，現在才明白，原來是空歡喜一場。外面才吹了一陣狂風，就懷疑我竭盡心力建造的那座塔……哎，真令人氣憤。眼淚都要流出來了。難道我那麼愚蠢嗎？我像個不知羞恥的壞蛋嗎？我是那種自己的手藝受到污辱還能厚著臉皮活下去的人嗎？假設那座塔真的塌了，我還有臉活下去嗎？或者說，我還會想活下去嗎？哎，太不甘心，太氣人了。阿浪，妳覺得我是那麼卑鄙的男人嗎?哎,哎,真不想活了。我這具肉體已經活夠了。十兵衛既然被世間拋棄,我只要有一口氣,就是一種恥辱,就令我感到苦惱。哎,暴風雨啊,再加把勁吧!就算把那座塔吹壞一點也行。颳過空中的強風,打在地上的暴雨,都不如世人的無情對我造成的傷害。假設那座塔真的毀了、塌了,我只會高興,絕不會怨悔。那座塔若被吹走一片木板,颳掉一根釘子,我絕不會留戀這個無情的世界。我寧願死,也不苟活。世人若把我看成卑劣之人,認為十兵衛這個呆子的手藝粗劣,並且以為我受到羞辱也捨不得拋棄生命。如果世人都這樣責難我,我將死無葬身之地。雖說人生在世,終將一死,但我們應該死得其時、死得其所。若是我建造的這座塔毀了,我如何能夠脫身?我必定去向諸佛菩薩祈求寬恕,然後從生雲塔頂端一躍而下,就算弄髒了佛寺,我也要葬身塔底。五尺皮囊摔爛了,可能看起來醜陋不堪,但我這具皮囊裡面絕沒有骯髒的東西。可憐我這死心眼的男子,灑下滿地純淨的熱血,諸位神佛若是心懷不忍,祈求菩薩神明垂憐庇佑。」十兵衛一路胡思亂想著,腦袋裡不斷轉出許多自己也不明白的念頭,也不知這種夢境般的思緒轉了多久,待他清醒過來,才發現七藏早已不知去向,自己也不知身在何處……喔,不,那座塔已經近在眼前。

十兵衛奮力往上爬到第五層,用力推開門扉,頓時,他的身子露出半截在門外。暴雨就像天上撒落的砂石,不斷打在他臉上,打得他連眼睛都睜不開,狂風彷彿要扯掉他剩下的那隻耳朵似的，吹得他幾乎無法呼吸。他不由自主地倒退一步，卻不肯放棄，於是他又重新鼓足力氣走向欄杆。十兵衛手握欄杆，斜眼傲視四方。陰沉的天空比五月梅雨季節更加昏暗，耳中只聽到整個宇宙都是呼呼的風聲。塔身雖然十分牢固，但畢竟高聳在空曠的天空裡，每當一陣狂風轟隆轟隆呼嘯而來，塔身立刻跟著搖來晃去，就像一艘正在洶湧波濤中掙扎的敞篷小船，隨時可能被巨浪吞噬。十兵衛看到眼前的景象，心裡已做好最壞打算。但又立刻轉念一想，現在怎麼能有這種想法？這座塔可是我這輩子最偉大的事業，眼前已是我生死攸關的緊要關頭啊。於是他豎起全身八萬四千根汗毛，咬緊牙關，睜大雙眼，死命地抓緊手裡的六分鑿[97]，靜靜等待命運之神降臨。就在這時，塔底還有另一個行動詭異的男人，也不知他是否知道十兵衛就在塔頂，只見他繞著塔身不斷來回徘徊，就連暴風雨也不能對他的行動造成影響。

97　六分鑿：刃口一・八公分的鑿子。

三十五

「昨天那場暴風雨，真是我們這輩子都沒看過的。」許多上了年紀的居民都在談論那場天災。

這些老人不論遇到什麼事，都要先提起二三十年前的陳年往事，故意誇張地描述一番，藉此證明新近發生的事情根本不算什麼。但是昨晚的暴風雨卻令老人們由衷感到震撼。

還有那些喜歡說笑逗趣的青年，平時總把災難當成趣聞，現在看到風雨已停，便又不知輕重地把人家的不幸當成閒聊的話題

「有條街上的望火樓倒掉了。」

「有戶人家的二樓被風吹跑了。」

「這下出醜了吧。那個愚蠢貪心的劇場老闆，這回好像損失慘重呢。他的小劇場塌成那樣，實在太可笑了。」

青年們七嘴八舌地談論著自己的見聞，有人提到一位在小巷裡教插花的教師，據說平時就很惹人厭，這次他家的二樓也被暴風雨吹倒了。

「哈哈哈，加蓋的二樓才值錢啊。真是大快人心！」

「不過那座號稱江戶數一數二的大廟，誰會想到建得那麼脆弱呢？居然就那樣輕輕鬆鬆地塌了。但也難怪。聽說執事僧侶當初從施主那裡募到數額龐大的善款，結果都裝進他自己的口袋，還有承包工程的業者，也很會耍手段詐騙材料費，房子當然會倒啊。像大殿裡那幾根粗壯的屋柱，說不定是用木桶疊起來的呢。」

眾人你一言我一語交換著各種訊息，最後聊到了感應寺的生雲塔。昨晚那場暴風雨當中，生雲塔沒有颳掉一根釘子，也沒有吹走一塊木板，眾人都不約而同發出讚嘆。

「哎呀，建塔的那個叫十兵衛的傢伙，著實令人欽佩。聽說他早就下定決心，萬一那座塔塌了，自己也不打算活了。他還咬著鑿子站在塔上，隨時準備從那高達十六間的塔頂跳下去呢。就像這樣，兩腳踏在欄杆上，斜眼傲視著風雨。當時塔身搖晃得好厲害，但他穩如泰山，絲毫不受影響。正因為他心懷至誠，所以這座塔絕對不會倒，就連風神也只能瞪著怒目，不敢出手吧。十兵衛可謂繼甚五郎[98]之後的一代名匠。他才是真正的匠人之首啊！這次暴風雨來襲，淺草和芝的寺院都受到損毀，只有這座塔一寸也沒歪，一分也沒斜，實在造得

98　甚五郎：也叫左甚五郎，傳說中的江戶時代著名雕刻匠。據說日光東照宮的「睡貓」就是他的作品。

太好了。」

「喔，關於那座塔，還有謠言說，那個叫作十兵衛的傢伙，他老闆更了不起呢。據說他曾訓斥十兵衛說，如果這座塔稍有破損，那就是同行的恥辱，也會使同伴蒙羞。他還責問十兵衛：『到了那一天，你還好意思活下去嗎？』那語氣簡直就像逼著武士切腹似的，不過十兵衛這座塔若是失敗了，大概再也沒有勇氣抓起鐵鎚和錛子了。聽說他老闆昨晚還冒著大雨，在塔身周圍繞來繞去，四處巡視呢。」

「不不不，你弄錯了。那不是十兵衛的老闆，是跟他競爭的同行啦。」一名青年露出熟知內情的表情反駁。

生雲塔落成典禮的準備工作雖因暴風雨延誤了，風雨過後，又重新開始著手進行。到了典禮結束那天，上人特地請來源太，然後領著源太跟十兵衛一起登上塔頂。上人早已擬定了計畫，事先讓小和尚端來筆墨。他提筆蘸墨，向源太和十兵衛說：

「我要為這座塔題字留念。十兵衛，你好好看我寫啊。源太，你也看著。」說完，上人提筆寫道：

此塔為江戶居民十兵衛建造，川越源太郎玉成。　某年某月某日上人的字跡濃黑粗厚，寫完，他露出滿臉笑容回頭看著兩人。十兵衛和源太都沒說話，只是趴在地上不斷拜謝。

此後的漫長歲月裡，這座佛塔始終高聳天際。西眺飛簷吐明月，東望勾欄吞紅日。關於這座佛塔的佳話一直流傳至今，已有百年以上的歷史。

一口劍

上篇

精神飽滿的雲雀高聲歡唱，不久，寺院的晚鐘敲響了，陣陣鐘聲壓過雲雀的叫聲。春季的白晝悄然無聲地畫下句點，暗夜逐漸瀰漫在柳蔭深處。轉眼之間，月光灑向大地，照得小溪邊的白杜鵑微微泛白。然而那柔弱的月光卻顯得那麼無力，根本無法映出地面的塵土。

暮靄飄渺中，守護神的神社杉林和村長家後面的竹叢都靜悄悄的，一點聲音也沒有。各種鳥兒已經走入夢鄉。眼前這幅薄暮景色，就連不解風情的男人看了也覺得心情舒暢，都想叼著菸管舉目眺望一番。女人這時則趁著男人悠閒抽菸，連忙動手烹煮午休時摘來的筆頭菜，好讓疲憊的丈夫品嘗一下自己的拿手料理。就在女人忙得不可開交的時候，一名幼兒跑到母親蹲著的身邊，從母親的肩頭伸出腦袋。「你想要這個吧？」母親掏出乳房向幼兒問道。說完，母子倆一塊笑了起來。這就是農村。如此歡樂的景象，大概跟極樂世界也相差不遠吧。

但在這座村莊的偏僻角落卻有一戶人家，屋頂的稻草斑駁發黑、屋柱歪斜、泥牆剝落，真不知這家人去年冬天怎麼混過去的。

這時，屋內不時傳出陣陣激烈爭執，其中夾雜著女人的嬌俏嗓音，聽來有些輕佻。

「什麼，你還想喝？就算你肚量大，也得保重身體呀。我已經醉得兩腿無力了。不要！我可不想去！也走不動了。再說，口袋裡要是有錢，還可以跑一趟。問題是，我們老是賒帳，人家也是做生意的，我要是再去開口賒酒，人家肯定不會給我好臉色看。剛才也是，其實我本來是想賒三合的，可是自己有弱點抓在別人手裡嘛。結果只敢說二合。那個老闆一聽，就像喝了醋似的露出為難的表情，接著就裝模作樣像念台詞般對我說：『這個月底一定能還清吧？您還有三個月以前的帳沒結呢。今天若不能給我個保證，實在沒辦法再賒給您了。』這個禿老頭，人的運氣誰能預料呢？可是聽他的語氣，好像已經料定人家不會再有錢了。真的，真是太欺負人了。我真想立刻罵回去，就你這點土造酒，我賒個一石、二石的，又怎麼樣？我雖是窮老百姓，生下來第一次洗澡只用得到青蛙游泳的陰溝水，開始會爬以後也是在草蓆上練爬，就算是這樣，他也不能用那張臭嘴污辱人啊。但我又轉念一想，這樣一來，今晚可就喝不成啦。所以只好拚命壓下滿腔怒火，耐著性子向那老頭說好話：『上個月真是太抱歉了。不瞞您說，因為囤積了一些便宜的生鐵材料，沒法還您這裡的欠款，不過啊，現在因為有了材料，就收到很多鋤頭、鐵鍬、鐮刀之類的訂單，所以這次肯定能夠結清您這裡的欠款，就連將來的酒帳都沒問題了。』你看！明明你現在連工作都沒有，我還扯了個大謊，好不容易才把那老頭哄騙過去，現在你又叫我去賒，我才不要呢。你要是想喝，自己拎著那個瓶頸細得像天鵝的白鳥酒瓶去買吧。這種惹人嫌的事情，我已經受夠了。什麼？你說沒喝夠？這樣啊？酒確實是我喝掉了一半以上，你要怪我的話，我只能向你賠罪了。哎唷，好睏啊。向你告個罪，我要去睡啦。良宵苦短，老爺你也別拖拖拉拉的，快睡吧。嘻嘻，啊？還在囉哩囉唆說些什麼呀？你要是真的想照顧我，就到後面水井裡舀杯水來給我喝吧。你那雙手啊，雖然幹不好活，端杯香甜的清水給老婆醒醒酒，總能辦到吧。世上有哪個男人會逼老婆去幫他賒酒呢？什麼？你還罵人？抱歉唷。你這樣罵人可真嚇死我了。哪裡，我哪敢看不起老爺啊。像你這樣充滿機智又頭腦聰明的男人，既沒讓我窮得沒飯吃，也沒把老婆的衣物首飾送進當鋪，像你這樣的好丈夫，我哪敢看不起啊？我雖從小生長在江戶，吸著京城的空氣長大，從沒嘗過貧窮滋味，如今在這荒郊野外，就連酒店的夥計也不敢怠慢我，這還不是多虧老爺的面子嘛。我可是打從心底感激你呢。」女人伶牙俐齒地反唇相稽一番後，菸管在暖爐邊上咚咚咚咚亂敲著說：「哎呀，菸管裡好像有什麼東西塞住了！這沒用的東西！」

女人說著，用力將菸管扔到一邊。剛才一直默不作聲的丈夫這時粗著嗓門說道：

「不高興去買酒便不去就是了，也不必這樣諷刺我吧。若說心中有怨，咱們誰也別說誰。當初還不是為了妳，原本我只差一年就能光榮出師，成為優秀的刀匠，結果不知怎麼被妳迷住了，我連師父的大恩大德都顧不得，就跟妳一起私奔回了老家。我師父武藏守[1]正光大師當年可是親自傳授我操作風箱的祕訣呢。回到老家後，頑固的老父堅決反對我們在一起，父親說，既然你幹出了被師父禁止踏進門檻的事，你就別想再走進這個家門。除非你跟那女人分手，然後去向武藏守賠罪認錯，否則就別怪我不認你這個兒子。還記得那時妳眼中含淚望著我，我一看到妳那眼神，心裡頓時生出無限憐愛，明知對不起父親，卻不聽家人勸阻，跟妳一起逃到這裡來。現在我們的生活雖然安頓下來，我卻找不到像樣的工作，心中雖然不甘，也只能退而求其次，淪落為製作農具的鐵匠。妳逃出來的時候從伯母家帶了些錢財衣物，現在全都賣光花完了。如果妳因此對我不滿，那麼今生都無法面對師父和父親的我，豈不是跟妳一樣悲慘？哎！今晚就算有酒可喝，味道也不香了。要說牢騷的話，我們是半斤八兩，都有說不完的怨言。說再多也是白說，還是算了，我也睡了吧。」男人說到這，對妻子的怒責似乎已經變成無力的獨白。語畢，他趁勢站起來，打算關好門窗。誰知連雨戶都知道他沒錢似的，不聽使喚地發出一連串卡噠卡噠的聲響。好不容易關好門窗後，男人回到屋

1　武藏守：武藏國的地方長官。「守」為地方長官之意。

中，看到女人睡相不雅地橫躺在面前，不禁瞪了她一眼。「當初就是被妳迷昏頭了……」男人低聲自語。

然而，夫妻之間終究是情重於義，正因為彼此有著深厚的感情，才能容忍對方的任性。意見不合的時候雖然吵得激烈，但是吵完之後，感情也不會消失。

「阿蘭，阿蘭。」男人溫柔地喊著女人的名字。這樣會著涼的。說著，男人想找點東西幫妻子蓋上。誰知就在這時，女人突然翻身跳起來，猛地拉開已經關上的大門。凌亂的裙襬不斷隨著腳步掀起，但她一心只顧著朝門外奔去，也顧不得雪白的小腿時隱時現裸露出來。

沒多久，阿蘭一手拎著酒瓶，一手提著和服下襬，一路踩著小草上的露珠回來了。朦朧的月光毫不掩飾地照在她那美麗的臉龐上，她先在屋外向家中窺視一番，然後拭淨雙腳，輕步走進屋中。男人正在發呆，阿蘭便隔著暖爐在他對面坐下。

兩人花了很長的時間慢慢燙熱酒，女人一直沒說話，男人始終閉著雙眼，家中一片寂靜。阿蘭好不容易才將鐵壺裡的酒注入小酒瓶。她先嘗了一口，酒杯塞在男人手裡說：

「來吧。酒燙得剛好，快喝了吧。剛才跟你鬥嘴，算我輸了。所以我又去找那禿老頭，跟他好說歹說，才賒到這點酒。嘻嘻嘻，請你多多擔待，獎勵我幾句吧。我向你賠罪，你也別氣了，跟我笑一笑吧。來，再來一杯。」

男人原本就對妻子十分痴迷，現在聽到妻子勸酒，如何忍心拒絕。他接下酒杯一口喝光，然後向妻子勸酒，兩人你敬我一杯，我回敬你一杯，輪流向對方勸酒，彼此都嚷著「不能喝了」，卻反而更添幾分酒興。不久，兩人都醉了。女人全身慵懶無力，男人看到妻子用梳子沾水梳齊的髮絲有些凌亂，反而更覺得她惹人憐愛。女人看到丈夫胖胖的身子，臉上總是那種可愛的表情，還有那雙生氣勃勃的眼睛，心裡也對他充滿愛意。

說來奇妙，夫妻倆氣氛和諧地談笑一陣後，女人的心情平靜下來，漸漸降低音調，而男人可能因為無所顧忌，反而越說越有勁，嗓門也越來越大。他為了打斷阿蘭對生活困窮的怨言，不斷發出哈哈哈哈的開懷笑聲，彷彿要讓房間的每個角落都染上醉意似的。男人對阿蘭說：

「妳就別煩惱這些瑣事了。彼此相愛的兩人能夠這樣一起過日子，就算每天只能就著鹹菜下酒，我也很開心。只要妳不像剛才那樣怨我，就算日子窮一點也不值得悲傷。睡覺時若是缺少褥子，不是有一首和歌這樣寫著嗎？『十行編目莎草蓆，我把七行讓給妳，三行編目留給我，我心滿足無憾矣』。我們從江戶出門之前，妳也興高采烈地哼著小調唱道：『隨君踏遍天涯路，不畏愁苦與艱辛。』不是嗎？」

男人說著，手指輕輕戳著女人的臉頰，女人一把抓住他的指尖，放在嘴裡輕柔地咬了一下才放回去。

「好啦。別欺負我了。以前我只知天真地聽你擺布，是因為那時彼此只想著男歡女愛嘛。現在覺得好沒意思。當了人家老婆，就得操心各種大事小事，所以我也忍不住藉著三分醉意，嘮叨起柴米油鹽之類的瑣事。」語畢，女人含瞋瞥了男人一眼，男人則不斷搔著腦袋說：

「聽妳這話，叫我臉往哪放。雖然妳我有緣，結為夫妻，可我這個做丈夫的，就連一條腰帶也沒買給妳過。還好妳始終跟著我，從沒表示嫌棄。但我這胖胖的肚子裡，總是懷著滿腹疑慮，生怕妳會棄我而去呢……可是啊，我總不會一輩子都像現在這樣吧。總有時來運轉的那一天……」

「誰知道呢。如果說現在就要時來運轉了，我可不信。你是有什麼把握嗎？」女人追問道，男人被問得有點語塞，但他還是笑著回答說：「哈哈哈哈，來，喝吧。」說完，他遞給女人酒杯，小心翼翼地斟滿。這才滿臉自信地挺著胸膛說：

「雖沒有特別的把握，但妳別小看我，我正藏可是號稱天下第一的武藏守正光大師的徒弟，承襲了天目一箇神[2]的真傳技藝。我從十二歲那年的春天開始學習鍛刀技術，像四方詰、三枚貼、二枚貼[3]等技藝，我早已融會貫通，也掌握了收束、上鑠、伸鑠[4]等技術的祕訣。就連極度講究陰陽和合訣竅的燒刃渡[5]，以及控制水溫的深奧祕技，我也深深刻印在骨髓裡，永遠不會忘記。還有像什麼棒劍、五分反、八分反[6]，以及平造、菖蒲造、落冠造[7]等各種技法，也都牢記在心。我不但能造出長刀短劍，而且從沒失敗過。妳看我現在如此落魄，大概以為我在吹牛，但是放眼望去，全日本六十多州的刀匠當中，恐怕再也找不到第二個技術超過我的。我們這一行雖是聞道有先後，但若讓我在眾師兄弟當中挑一個來給我當「相槌」[8]，幫我專心鍛造刀劍，別說師父的作品都比不上我，我甚至能造出著名刀匠虎徹[9]和繁慶[10]都自嘆不如的傳世寶刀呢。但可悲的是，我雖然身懷絕技，當今世上獨具慧眼能夠

2　天目一箇神：日本古代神話中的鍛冶之神，後世奉為鐵匠的祖師。

3　四方詰、三枚貼、二枚貼：鍛造日本刀時素材的不同組合方式，日本刀的刀身是由三種素材構成，分別為心鐵、皮鐵、刃鐵。

4　收束、上鑠、伸鑠：鍛造日本刀劍過程中的各種步驟。

5　燒刃渡：鍛造日本刀的最後一道火鍛工序。

6　棒劍、五分反、八分反：日本刀的造型有直刀和彎刀之分。直刀如棒者叫作「棒劍」；「反」則代表弧度大小。

7　平造、菖蒲造、落冠造：三種最常見的日本刀造型。

8　相槌：打鐵作業是由兩人輪流敲打，師父指點徒弟下槌點，徒弟就稱作師父的「相槌」。

9　虎徹：江戶時代起專門從事刀匠職業的家族名，後來變成日本刀匠的通稱。

10　繁慶：全名為野田繁慶，江戶初期的刀匠，拜幕府御用的鐵砲工惣八郎為師。

識別真工夫的武士卻少之又少。一般人只要聽到劍名冠上『正宗[11]』兩字，就算刀柄連接刀身處的刀鈕[12]生鏽腐爛，還是有人願意拿出千兩黃金買下；若是出自無名匠人之手，即使刀匠把自己五十年的生命都傾注在長度不到兩尺的利刃之上，普通人卻連五分銀子都嫌貴。但是啊，我既已修得如此的技藝，遲早能夠揚名天下，重振家聲的。」

女人專注地聽著丈夫表白，似乎又對他重新生出愛意，便滿臉堆笑對男人說：

「你若能名利雙收，那該多麼令人高興啊！到時候，你可別嫌我任性胡鬧就把我拋棄啦。只怪我自己糊塗，去年春天迷上了你。哎唷，你這可恨的冤家！」

阿蘭說著，將酒杯遞給男人。正藏一把握住阿蘭抓著酒杯的手說：

「我怎麼捨得啊？妳這任性的小東西。」

……不久，四周陷入寂靜。遠處寺院的鐘聲慢吞吞地響起，一聲又一聲，在民家的矮簷之間來回縈繞。朦朧的月亮逐漸升起，高高地懸掛在井台的吊桿頂端。

---

11 正宗：鎌倉末期到南北朝初期在相模國鎌倉開業的日本刀匠，是日本刀劍史上最著名的匠人之一。「正宗」一詞現在已是日本刀的代名詞。

12 刀鈕：日本刀的金屬附件，作用是將刀身卡在刀鞘裡，以防意外滑出刀鞘。

中篇

「正藏師傅，幹活真賣勁啊！」一名五十多歲的老頭向男人打聲招呼後，慢吞吞地走進店來。原來是村長。老頭背著兩手，手裡牽著胖嘟嘟的大白狗，腰上插著兩把引以自豪的腰刀，是從淀屋橋買來的，刀柄上掛著裝飾的銀鏈。

阿蘭一看到老頭，立刻搶在丈夫前面必恭必敬地說道：

「哎呀，村長老爺，請到這裡來。」說著，她連忙撣了撣草蓆上的灰塵。「那邊有火星飛舞。這種生火的工作場所可危險了。來，別客氣。請到這裡來。」

「呵，老闆娘真會說話。江戶來的就是跟我們不一樣。村裡那些小夥都讚妳待人和善，那個，說真的，確實說的沒錯。」村長邊發表評論，邊從「相槌」的小徒弟身邊擦過，走進主人家的起居室。女人奉上麥茶後，老頭端起來喝了幾口。看他文雅有禮的作派，不愧是德高望重的一村之長。

半晌，男人從熔鐵爐的前面站起來，先洗了手，這才來到老頭面前，很恭敬地向客人問候一番，老頭只是不斷點頭答著：「是啊，是啊。」等到男人問候完畢，他才開口說道：

「我說啊。」說完，原本撐開五指放在膝頭的手掌稍微朝身體方向移動一下，然後才很鄭重地開口說道：

「今天特地到你這裡一趟，不瞞你說，那個，是因為御家老[13]大人派人來通知，那個，就是說，叫我明天把村裡的刀匠領到他府上去。不瞞你說，我也嚇了一跳，不知到底怎麼回事，而且那個，你我又不是壞人，那個，來通知的人說，不是禍事，叫我跟你一起放心前去，而且那個，其實是一件可喜可賀的大喜事，可是那個，我完全搞不清來龍去脈呀。不過那個，正藏師傅啊，萬一你以前犯過什麼案子，那個，可就糟糕了。可是我看你，那個，真的是個老好人，而且那個，就算行為不端，那個，你也只是跟鄰居的姑娘談情說愛，兩個人都被愛情迷昏了頭，才一起私奔到這裡來罷了。那個，別看你長得肥頭大耳，像個彌勒佛似的，沒想到竟是個色鬼呢。老實說，那個，我是懷疑過你，不知你是否跟別人偷過情。不過那個，我也只是懷疑而已啦。如果真有這種事，御家老大人不可能把你叫去的。其實，那個，現在這位主公真是一位難得的賢君，不知他怎麼會把我們這些小老百姓的事情都弄得這麼清楚，以前還曾叫孝子和貞婦去賞賜過青緡[14]呢。光是我們村子，就有三個人受過賞賜。所以我猜你也會有什麼好事吧。不過那個，你已被父親趕出家門，算不上什麼孝子了，而且你那個老婆啊，我聽說她在人前說一套，到了你面前又是另一套。所以那個，老闆娘，妳先搗上耳朵，別聽我亂說啊。那個，我想，總不會給你老婆頒個什麼節婦之類的獎賞吧。總之啊，明天你得跟我們一起進城。你可不要跑到別的地方去了。其實那個，因為搞不清怎麼回事，我也擔心得很哪。但是主公既然吩咐了，我們就得遵命，老實說那個，既然已經來人通知了，我們就那個，那個，那個，哎，那個，我就是來通知你這件事的。那就明天見吧。」說完，老頭向正藏點頭致意後，就一面拉著狗兒，一面又被狗兒拉著，漸漸走遠了。小徒弟則站在門口目送老頭離去。

「哈哈哈，他的假髮髻被太陽照得好亮啊。哈哈哈，那個假髮髻……」小徒弟指著老頭的腦袋大笑起來。

春雨無聲無息地落在茅草屋頂，雨珠順著枝梢滴在棣棠花上，壓彎了花兒的腦袋，花朵不斷隨著雨點上下顫抖。屋中的紙門敞開，阿蘭無聊地斜靠著屋柱眺望屋外的雨景，她的身子扭曲著，看起來就像行書的「之」字。

13　御家老：江戶時代幕府或各藩的一種職位，地位僅次於幕府將軍和藩主。

14　青緡：「緡」是串錢的繩子，染成青色的叫作「青緡」。江戶時代的公卿貴族賞錢給百姓或奴僕時會用來將錢幣串成一串。

半晌，她想起了從前，心底不禁嘆息道：「哎！眼前這幅景致，以前在家的時候也看過啊。那時讀書讀累了，抬眼四處瀏覽，就會看到庭院角落裡的花兒正在盛開，那景象可比現在好看多了。那時的我，若說有什麼煩惱，不過就是想盡各種辦法把自己弄得漂漂亮亮的，在錢湯碰到附近年齡相近的女孩，大家總是誇我說，阿蘭的頭髮永遠這麼漂亮。可是現在的我，連鏡子都用不到，每天只隨手綰一綰，把頭髮綰成一個髻，甚至連個薄得像紙的插梳都沒有。最近天氣這麼潮溼，可是我能穿上身的衣服，除了這唯一的一件，再也沒有第二件了。這算怎麼回事啊？當初要是聽了伯母的話，嫁到那個裱褙師家裡，也不至於落到如今這種境地吧。但是我真的很討厭那個男人，他像一張打溼的紙似的，又軟又黏。再說，那時我剛愛上現在這個男人，他那種大方豪邁的氣質，我就是打從心底喜歡。所以當時也沒多想，就像追著雲彩似的跟他私奔。誰知逃出來之後才發現，生活裡充滿各種悲慘的滋味。哎，算了，這些也不用說了。只是我跟這個男人一起生活才發現，他大方豪邁得太過分了，有時簡直像個反應遲鈍的傻瓜。真不知我當初怎麼會愛上這種呆子，還讓伯母為我操了那麼多心。每當我想起從前，就不免暗自悔恨，幾乎想扯下頭髮甩在牆上，更想再罵自己幾句粗話。然而，每次到了夜裡，他對我既粗獷又溫柔，我又不禁對他生出無限愛意，覺得自己就算被他吸光了血，剝一層皮，也是心甘情願。儘管如此，有時聽到他對我指手畫腳，我又覺得十分厭煩，心底總是莫名其妙地升起怒火，甚至覺得只要他在我眼前，我就心煩意亂，恨不得挖掉自己的眼睛或是乾脆殺了他。每次陷入這種情緒，我心裡真是痛苦極了，不知該怨自己，還是該恨那個人。然後，我的老毛病就發作了。陣陣寒氣不斷從腳底升起，厚厚的冰塊逐漸封住我的胸口，那種悲慘的感覺，就像自己倒栽蔥一頭栽進無底的深井。直到他向我喊道，妳快醒醒！我才清醒過來，呆呆地看著他的臉孔。哎，或許我們前世是一對冤家吧。每次想到這，我心裡就湧起一種難以形容的痛楚。那種感覺，現在回想起來還是令人心煩。是因為我跟心愛的男人在一起之後一直過著窮日子，才這麼痛苦嗎？說不定這就是我們不能終身廝守的預兆？每當腦中閃過這個念頭，我就忍不住怨恨自己，當初真不該跟他展開這段孽緣的。悔不當初啊，只恨自己一時糊塗，陷進這種不幸的境地，只怪從前的自己……」

不知不覺中，女人慵懶無力的身子突然僵硬起來。她的左手原本用力拉住衣襟，下頷深深埋在衣領裡面。她忍不住咬住衣襟，忽然，一陣清風吹來，煙霧般的細雨隨風飄過，為她纖細的脖頸籠上一絲涼意。

阿蘭現在的心情就像被硫磺毒氣燻了眼睛或刺激喉嚨，但她卻抓不住毒氣，只能揮手驅趕。她不禁自怨自艾起來，腦中塞滿千頭萬緒，迷惘更令她焦慮，不自覺地沉浸在悲傷裡。

她從自在鉤[15]上取下銅壺，無意識地在男人的茶杯裡倒一杯熱水，端起來喝了一口。在這間家徒四壁的屋子裡，這個銅壺算是比較值錢的了。就連那杯熱水，喝起來也是溫溫的，跟涼水差不多，一點也不好喝。阿蘭有點生氣，心裡更是充滿各種悔恨。她深深嘆口氣，伸手拿起火鉗，心不在焉地撥弄著埋在爐灰中的炭火。然而，她發現灰裡只剩五六顆小得像豆子似的碎炭，而且在她定睛打量的這段時間，碎炭也越燒越小，最後竟然全都熄滅了。哼！阿蘭不耐煩地胡亂撥弄著爐灰，撥了半天，她扔掉手裡的火鉗，用力扭頭轉向一邊。就在這時，她看到丈夫跟村長一起穿過麥田，正朝著家門方向走來。

啊！回來了？到底為什麼把你叫去啊？她恨不得立刻抓著丈夫問個明白。但仔細望去，卻看到他正豪邁地踏著大步慢慢向前走，心裡不禁升起一股無明火。按理說，他一看到自己家，就該急著往前跑啊。進了家門之後，他就應該立刻奔到我身邊喊道：「老婆，我回來啦！」可他現在居然還落在那個村長老頭的後面。咦？怎麼走得這麼慢！彷彿有一隻雨後飛舞的蝴蝶忽然停在他肩上似的。這個人，根本不管人家兀自苦候的孤單！阿蘭邊埋怨邊注視逐漸接近門口的兩人。半晌，那兩人已經近到能夠看清臉上的眉毛，阿蘭連忙趿著草履跑出去，大約跑了十公尺，來到兩人面前，她只看了丈夫一眼，便轉臉向村長招呼道：

「這麼快就回來啦。路上地形崎嶇，您辛苦了吧？」阿蘭跟平時一樣說話說得很快，但今天還沒等她說完，村長那張乾巴巴的臉上就堆起笑容說道：

「喂，老闆娘，妳可別嚇一跳啊。不瞞妳說，那個，那個，其實那個啊，可不得了，好驚人唷，這次不是賞錢串，而是賞黃金呢。總之，真是一件天大的喜事。正藏師傅是個好男人！妳快去咬住他的脖子，親一口吧。哈哈哈，多令人開心啊。哈哈，太好了。今天我就先告辭了。明天再來吧。」村長說完，興高采烈地拚命揮著手，兩腳則在原地來回踏步，彷彿站不穩似的，嘴裡也不知所云地說了一大堆，然後才匆匆離去。男人的表情卻跟村長完全不同。只見他垂著腦袋，好像有滿腹煩惱似的。女人看他這副模樣，不禁感到疑惑，彷彿身在五里霧中。

「到底擔心什麼呀？看你愁眉苦臉的樣子。」女人一連追問了好幾遍。「就是這要命的東西！」說著，男人從懷裡掏出兩個包袱，砰地一下扔在女人面前。阿蘭發現兩個包袱裡各裝著二十五兩金幣。她睜大雙眼迅速伸手抓起兩個包袱。

15　自在鉤：有些傳統日式木屋會在屋內地面設置地爐，爐上的天花板垂下一個鉤子，可以上下移動，用來掛鐵鍋或銅壺。

「怎麼回事啊！這麼多錢！你這樣亂丟，多可惜！不過這也太出人意料，太驚人了。哎，你為什麼帶這兩包東西回來啊？」說著，阿蘭把身子移向丈夫身邊。

「我跟妳說啊，今天跟村長一起到了御家老大人的府上，那邊先讓我們在外面等了很久，兩條腿都跪麻了，也只好忍著。後來好不容易來了一位武士，把我們領進一間宏偉豪華的客廳。御家老大人就在這個房間裡親自接見我們。大人是一位非常和善的中年人，聲音聽起來也很溫和。他向我問道：『你就是那位日本第一的刀匠正藏啊？』我嚇壞了，連忙趴在榻榻米上回答：『小的名字確實是正藏，但是小的只是一名打造農具的鐵匠，哪敢自稱日本第一啊。大人一定找錯人了。』」

「哎唷，你怎麼說這種沒自信的話啊！」阿蘭插嘴說。

「哎，等一下，聽我說啊。大人聽了我的回答便對我說：『哪裡哪裡，不要謙虛。我聽說現今這個世上，你的手藝勝過所有刀匠，甚至比虎徹、繁慶都更勝一籌。關於你的事情，主公也聽說了。所以，今天特地把你叫來，不為別的，只希望你接下主公的旨意，用心辦事。』聽完這段話，我流著冷汗誠惶誠恐地請問大人，究竟要我做什麼。大人說：『真沒想到我們領地之內竟有如此優秀的名匠。以前讓你白白埋沒在民間，著實令人惋惜。現在主公降下一道令人感激涕零的旨意，命你即刻打造一口新刀。待新刀鍛成之後，再對你論功行賞。不過主公知道你手頭拮据，甚至還知道你平時只在需要的時候，才在住家附近雇個小徒弟當你的相槌。主公命我為你妥善打點一切。你希望誰來當你的相槌，只要說出名字，我立刻派人去請，不論此人在江戶還是在京都，都會派人去接他來。另外，想必你將會支出各種經費，為了不為難你這窮匠人，現在先賞給你五十兩金幣。打造的時間就以一百二十天為限。等你造出曠世寶刀，主公還有重賞。希望你盡心盡力，不可懈怠馬虎。』說完，大人又向村長吩咐道：『正藏是要幫主公辦事的重要人物，你一定要好好照顧，提供他各種方便，等到事情辦成，你當然也會有一份賞賜。』結果，我還沒來得及回話，村長就代我接受了任務。這一切經過，簡直就像做了一場夢啊。」

阿蘭聽完男人交代事情的經過，臉上露出欣喜的表情，眉梢和眼角，嘴邊和兩頰，全都籠上一層喜悅的光輝，看來嬌媚無比，光豔照人。她扭著身子再向男人靠近一些，然後放聲大笑起來。她笑得彷彿喘不過氣似的，一句話也說不出來，最後才像想起什麼似的猛然拍著男人的肩膀說：

「這有什麼難啊？你呀！這種天大的喜事，你竟然故意作弄我，害人家聽得心驚膽戰。還把關鍵部分描述得那麼驚險，你是有意戲弄我們女人啊。呵呵，你好壞唷。」女人說完，額頭湊到男人面前，斜眼瞟著他，那眼神裡充滿了嫵媚的風情，正藏就像一隻沉醉在花香裡的鳥兒，根本說不出一句話來。沒多久，女人把兩包金幣供在神壇上。不用說，他們倆今天是該好好慶祝一下，所以女人便出門買酒去了。

心情愉快時喝下的喜酒，特別容易醉。阿蘭很快就已微醺，她跪著向前移動幾步，膝蓋從她的衣襬之間露出來，她也毫不在意，只顧著從頭上拔下簪子，挑弄逐漸變暗的燈芯。

「呵呵，我們要時來運轉了吧？你看，這燈芯結出一個這麼大的丁字頭[16]。」女人說。她丈夫卻不理會，依然沉默不語。

「我都喝醉了，你怎麼回事？那麼嚴肅地板著臉。要是你身體不舒服，我去給你買藥吧？還是你只是累了？那我幫你搥搥腰？」女人說著，靠向丈夫。正藏發現女人今晚不同於平日，對待自己特別溫柔，但這反而讓他心裡非常難受。他的左手環繞在女人的脖子上，另一手拿起已經變冷的酒杯，一仰頭，喝光了杯中的酒。

「妳不用擔心。我沒事。」男人說。阿蘭腦袋枕在男人膝上，又為男人斟了一杯酒。

「哎呀，自從離開江戶之後，今天可是我第一次心情這麼暢快呢。原本堵在心裡的大石也掉下來了。從現在起，就等那一天到來了，哪天我們一起穿戴整齊，去拜訪我伯母吧。肯定會讓她大吃一驚。我要為從前的事向她請罪，祈求她的原諒。還有，你也回家向父親認錯，求他收回斷絕父子關係的命令吧。從此以後，我們就是世間公認的情侶了。我們會永遠幸福快樂，從前那些老友一定都會羨慕得要命……呵呵，夫妻兩個，一個是王爺，一個是王妃，一起過著美滿和樂的日子，哎呀！我好像看到咱們美好的結局了。」阿蘭說到這，瞇著雙眼，一副十分陶醉的模樣。

「哎，這樣躺著，好像越來越睏呢。我現在覺得自己似乎就要融化了，心情好極啦。」阿蘭像在撒嬌似的絮絮叨叨說了一大堆，正藏從她這番話裡感覺到濃濃情意，不禁對阿蘭生出一種令他激動的憐愛，同時也感受到刻骨銘心的悲傷。

「哎，慘啊！我要如何向她吐露心中的痛苦？我可以將自己的煩惱都吹進這對溫馴的耳朵嗎？」男人想到這，眼中不自覺地湧出一滴眼淚。淚水滴落在女人的臉頰上，她猛地一下跳起來，緊依著男人來回打量他的臉孔。

「好可恨，你這個人，心裡有事卻瞞著我。看看剛才你那表情，還有現在這滴眼淚，這溫熱的東西，是從哪裡跑出來的？為什麼不把心事告訴你老婆？我拋棄一切，連自己這條命都交到你的手裡，你卻對我這麼生分，實在太過分了。不管你要告訴我的是喜事還是禍事，

16　丁字頭：「丁字」即「丁香」，這裡是指燈芯結出的燈花狀如丁香。根據傳統習俗，出現丁字頭燈花是吉兆。

你不會不懂我對你的感情吧，我可不是那種聽到你訴苦就會臨陣脫逃的女人。」

阿蘭勸慰的同時，嬌弱的身子倚向男人懷裡。男人更加無法抵抗，便一把用力抱住她，用含糊不清的聲音說道：

「阿蘭，阿蘭，請妳原諒我。一切都是我的錯。我一直不知怎麼跟妳說，但現在非說不可了。等妳聽完之後，任憑妳怎麼處置都行。不瞞妳說，今天接受了主公的命令，我等於就被判了死刑。說來慚愧，十幾天前的那個晚上，我跟妳說的那些話，不知怎麼搞的，好像都傳到主公的耳裡去了。主公把我看成天下第一的刀匠，給我下了那個命令。我對主公的抬舉當然感激萬分，但可悲的是，我的技藝太拙劣，根本做不出超越我師父水準的名刀。我心裡很想推辭，但又擔心那晚自己說出的大話，萬一真的已經傳進主公的耳中，那我要怎麼自圓其說呢？更沒想到，就在我苦思對策時，村長那老頭竟替我接下了差事。我實在想不出拒絕的藉口，支吾其詞，猶豫再三，不知不覺中，就領到了一大包金幣。後來在回家的路上，我好像在做夢，沿途的花草也無心欣賞。反正啊，現在已經領了這麼多錢，我要是造不出一把好刀，就犯了欺君之罪，肯定要遭受重罰。事到如今，我要是如實稟報自己的技藝不行，就會被主公認為我在吹牛騙人，當然也會遭到處罰。如果我稍有本事，現在當然就會高高興興地接下差事，專心認真地打造成品。可是啊，請妳原諒我，那天晚上我跟妳說的那些，並沒有惡意，只是想安慰妳，讓妳放心，所以才說了那些大話。說起來，在鍛造刀劍這一行，我也鑽研了十多年，而且始終不畏辛勞，傾力學習鍛鍊，並已大致學到其中的訣竅。但是我生來眼笨手拙，實在沒有超越天下名匠的才能。就算我竭盡全力打造出一把刀，旁人的眼睛卻跟明鏡似的，立刻就會看出我的破綻，根本無法欺瞞世人。那樣的話，我必定會受到更重的處罰吧。現在想來想去，真的不知如何是好。要不然，不如把這包金幣原封不動地留下，再寫一封謝罪的書信，趁那些指定接來當相槌的老友還沒到達之前，我們一起逃走吧？老實說，在恩比山高的主公面前，還有御家老大人、村長大人和妳的面前，我真羞愧得抬不起頭，也說不出一句辯解的話，就連我自己，都對自己的懦弱無能感到痛恨。然而，這就是事實，聽了這些，妳一定不再愛我了吧？妳現在就算棄我而去，我也不會恨妳。雖然我也明白自己這種想法很愚蠢，但我倒是真的希望妳離開我，去找個能賺錢的男人，跟他永遠過著幸福的日子。如果妳不肯走，那我還是出家吧。到深山裡找間寺廟當和尚，或是做個雲遊四方的修行僧吧。我對妳說了謊，我有罪，現在只求妳原諒我，才能讓我擺脫這種痛苦。」

男人流著淚向阿蘭說了這番心裡話，阿蘭聽著百感交集，臉上一陣紅一陣白，最後終於恢復平靜說：

「說得這麼無情！別再跟我說什麼分手的話了！哪個女人會叫自己的男人去做和尚呢？

聽你這話，一切都怪主公多事吧。青天之下，又不是只有這裡才能曬到太陽。我們倆攜手逃跑，根本就是小事一樁嘛。沒事，沒事。哪有老爺求妻子寬恕的道理。呵呵，來，你就放寬心，再喝幾杯吧。其他的話，等我們喝夠之後躺下再說。」這個豪放大膽的女人說完，起身去把門窗關上，然後回來坐下，又仰頭喝光一杯。

「哎呀，看到一顆星星掉下來，突然覺得全身有點發冷呢。哼！管他呢。總會有辦法的。呵呵，誰叫我愛上你呢，也只好認了。」女人說。

下篇

「太陽都爬這麼高了，還在睡啊？我正想著，昨晚你老婆一定好好疼你了，今天早上大概起得晚，所以不敢太早來叫你，可你睡到現在就太……」村長站在門前自言自語著，又伸手在門上咚咚咚地一陣亂敲。正藏在夢中一驚，睜開眼，連忙翻身坐起來，這才發現家裡有點異樣。

「阿蘭，阿蘭，去上廁所了？不在家裡？哇，這這這……她逃跑了！啊！什麼？五十兩全部帶走了？天呀！」

正藏嚇得幾乎昏倒。不自覺地站起來又趴下去，來來回回在房間裡繞了幾圈，兩手在胸口用力亂抓一陣，最後才趴在榻榻米上發出悲傷的嗚咽。

村長在外面聽出屋裡出了狀況，一腳踢開後門，跳進屋裡。

「正藏師傅，發生什麼事了？正藏師傅，正藏師傅！」

「啊，是村長！」男人一躍而起，奔進工作的房間，抓起一把還沒裝上刀柄的鐮刀，臉上露出勇猛的表情，一副立刻就要把刀子往身體扎進去的架式。在這千鈞一髮之際，老頭連忙趕上來，拚命拽住他的手。

「等、等、等一下！」老頭費了好大的勁才搶下鐮刀。「我只能去死了。」正藏說。他兩眼布滿血絲，又掙扎著想把腦袋往鐵砧撞上去。

「危險啊！住手！你這傻子，連為主公效命的村長叫你住手，你都不聽嗎？」聽到村長這道不可抗拒的命令，正藏啞口無言，他砰地一下趴在地上無聲痛哭起來。村長再三詢問究竟發生了什麼事，正藏只用手輕輕指了一下行燈。村長抬起老花眼，雖然看到燈罩上寫著些什麼，卻看不清內容，只好湊上臉去。只見燈罩上用燒剩的木炭寫著顏色很淺的一行字：

我越想越恨你這懦弱無能的傢伙。五十兩金幣我帶走了，就算是你給我的賠償。

「這樣啊，明白了，我懂啦。五十兩金幣被你老婆偷走了，你的工作幹不下去了，所以，那個，就為了這個原因，你打算去死？別急別急，五十兩金幣我這村長一定替你補上，就算是我向主公表達效忠之意吧。你可千萬別再這麼衝動了。其實啊，那個，我早就懷疑，那女人是不是外面還有別的男人。她雖然看起來像個好女人，但是，那個，她實在太伶俐、太風騷。老實說，那個，像我這種專為主公辦事的村長，不但對她沒好感，甚至有點厭惡呢。不過呢，你們這種露水鴛鴦，本來那個，大概都是這種結局啦。說起來，那個，其實為了今後著想，你這次受個打擊，反而是件好事呢。像你這種日本第一的刀匠，要是為了這點小事丟掉性命，真的，那個，我這村長就太愧對主公了。你要是死了，那就是，那個，就是我的過錯。你只顧著自己去死，不管我會陷入困境，這種想法，老實說，那個，是不對的。所以我勸你不要心急，耐心地等等，等等，再等一等。」村長不厭其煩地咬著假牙再三勸阻，正藏真是求生不得，求死無門，他已搞不清自己究竟該如何是好了。

村長重新送來五十兩金幣。也不管正藏要不要，反正他一丟下錢就走了。但是正藏覺得自己的手藝實在太差勁。他想，這把刀是非做不可的，哎！可我就是沒有這種本事啊。正藏在心中悔恨不已。如今回想起來，我這日子過得根本不像個人嘛！住在這麼粗陋破爛的屋子裡，偶爾打造些鋤頭、鐵鍬之類的農具，簡直就是苟且偷生，我就像隻連影子都沒有小蟲，僅靠吸食露水維生。但即使微小如我，主公還特地發派任務給我，主公的盛意實在令我感戴。而那個跟我一起私奔到這裡的女人，我原以為她是不可能離開我的，結果她現在卻棄我而去，比丟掉一雙舊鞋還輕易地離開了我。像我這種連蟲子都不如的小民，主公不但允許我在他的領地內討生活，甚至還那麼抬舉我，想讓我一展手藝，這是多麼深厚的恩情！而我呢，昨天還用自己粗鄙又淺薄的目光，把這件事看成是找我麻煩。為什麼老天不懲罰我，讓我當場狂吐鮮血啊。現在仔細想想，我真的對主公感激不盡，這份刻骨銘心的恩情，更讓我眼中湧出感謝的熱淚。而另一方面，我也覺得非常悔恨，真的是悔恨不已。主公對我的恩情比山更高，比海更深，我雖想報答他，可恨我竟連兔毛一樣微小的技藝都沒有。哎，我乾脆一死了之算了？還是留下這條命比較好呢？儘管有人說我是白痴，也有人說我是傻瓜，但我畢竟是個頂天立地的男子漢，不但有雙手，四肢也沒缺陷。可是像我這樣一個五體俱全的男人，現在卻成了忘恩負義的畜生，我怎麼對主公說自己沒法做出這把刀呢？哎！我甚至連悲嘆的資格都沒有啊。天地之間，早已沒有我的容身之處，不論今生或來世，世界上再也沒有容得下我這六尺之軀的地方。為什麼會變成這樣呢？如今我清醒過來才發現，一切都怪自己一時糊塗，當初被阿蘭這塊破銅爛鐵腐蝕了自己的毅力，就連昨天，甚至昨夜，我還跟她在一起沉淪，一起腐爛。現在她棄我而去，我當然恨她，但我更恨從前的自己。我犯下背叛師父的大錯、惹怒父親的大罪，難怪我現在也遭到了痛苦的磨難，一切都是命中註定。我心裡也明白，所以我早已認命，但我對自己的罪過卻不能饒恕。嘖！那個在我心頭抹灰的女人，我當初到底看上她哪一點？那個害我掉進自滅深淵的惡魔，我怎麼會跟她一起私奔呢？她究竟哪裡可愛了？嘖！我這種懦弱的表現，連我自己都難以忍受。現在回顧從前，雖說往事無法追悔，但我當初若是沒有走上歪路，一路只知埋頭修行的話，現在一定已被師父選為他的相槌了。師父雖有眾多徒弟，但他對我特別欣賞。我若當了師父的相槌，就能精益求精，練就一身鍛刀絕技。但可悲的是，我現在卻沒有任何本事，明後天即將到達的師兄弟不但比我技勝一籌，他們大概都會因為我跟女人私奔而看不起我吧。我有什麼藉口能厚著臉皮跟他們相見呢？就算我願犧牲有生之年，奉獻生命給天地神明，凝聚誠心，竭盡全力，甚至把自己的肝和膽都丟入大鑠、小鑠[17]的烈火裡燒成灰燼，從早到晚揮動鍛鐵的槌子，敲了再敲，槌了再槌，一連敲上三萬兩千七百六十八槌，哎！哎呀！已受到污染的我，神明不會傾聽我的心願，更不會保佑我吧。哎，我已無處可逃了。就讓我的肉體碎成粉塵，隨風飄逝吧。就讓我的生命灰飛煙滅吧。我已不再對神佛懷抱任何冀求。原本賴以遮擋風雨的樹蔭，現在因為自己的罪過開始漏雨了。原可蒙受普照的慈光，現在也因為自己的罪過被烏雲遮蔽了。該死，我還是去死吧！殺了我，快點殺了我吧！我只希望憑空吹來一陣毒風，盡快殺了我！殺了我吧！

正藏思索到這裡，眼中流下一行混著懺悔的血淚。悔恨交加的咬牙聲從他嘴裡冒出。不

17　大鑠、小鑠：打造刀劍時淬火的術語。

知什麼時候，他的嘴唇咬破了，一道血淋淋的鮮紅，流過他蒼白的下顎。

內心的苦惱令他呼吸沉重，他脫掉上衣，露出上身的肌肉，兩條腿端端正正地盤坐著。他的左手放在那個貌似布袋和尚[18]的大肚子上撫摸兩三下，另一隻手拿起了道具。他的眼中露出做好準備的光芒，好！他用力睜大了雙眼。正要把道具插進身體的瞬間，他突然發現，自己手裡拿著的，竟是被村長奪走的那把鐮刀。失察了！是我疏忽了！這下我死不成了。不，應該說，我怎麼能死呢？人家那麼同情我，甚至還借錢給我，我竟要恩將仇報，只想著自己去死，真的是我考慮不周。然而，我也不能這樣活下去啊。要不然，我還是做出那把刀來吧？但令人遺憾的是，我卻沒有這種本事。既然如此，那還是別動手打造吧？不行，不開始做那把刀的話，我是一分一秒也活不下去的。那麼，我還是應該去死吧？死，並不難，麻煩的是，就算我死了，問題並沒有解決。反正不管我怎麼想，現在只有一條路可走，就是做出那把刀來。那我就試試看吧？雖然我也明白，就算做出來也等於是白做。但是事已至此，不能不動手去做啊。我應該去做嗎。到底該不該做呢？哎，不知道。難道不該打造那把刀嗎？不該動手去做嗎？不動手打造的話，我畢竟還是無法忍耐。所以說，我是真的不能不做。那就試試看吧？應該做吧？應該下定決心去做吧？只要我開始動手，說不定就能做出一把好刀。不，『說不定』是不可能出現的。既然如此，我還是不該去做吧？不對，我想來想去，實在也想不出不做那把刀的理由。所以，我應該下定決心打造那把刀？我應該不顧一切去做那把刀嗎？我應該立定志向，無論如何也要造出一把出眾的好刀嗎？我應該下定這種決心嗎？啊呀！其實除了這個選項，我還有別的路可走嗎？做吧！動手去做吧。我應該去做的！做一把當代最棒的寶刀！我要打造一把古今無雙的好刀！不要再堅持自己的想法，我該感恩仁德兼備的主公對我親切眷顧，還要感謝御家老大人、村長大人對我熱心關照。我拜師學藝十幾年，即使技藝不夠精進，卻也練就了相當的技巧，為了報答師父對我口傳心授的教誨，我要重新振作。啊！就像我降生到這個世界後就已把靈魂交給這塊鐵砧，咬緊牙關用力打，一槌一槌慢慢數，單數為報恩，雙數為守義；橫向敲一鑿，鑿去不捨之情，縱向再一鑿，鑿去怯弱之心；鑿完折起繼續打，敲裂重新疊著敲，反覆鍛造十五回，再把鐵塊一分為四，反覆糅合槌打。用我全身熱血糅合鐵胚，心無旁騖打造刀刃，燃起胸中熊熊烈焰，一回又一回，反覆鍛燒鐵胚數回，再經歷熔鐵、糅合、淬火[19]、銑磨[20]等各種步驟，小心翼翼地

18　布袋和尚：五代後梁時期的僧人，總是背著布袋、笑口常開，相傳是彌勒佛轉世。
19　淬火：打鐵時，把燒紅的生鐵胚放在水裡冷卻的重要步驟。
20　銑磨：刀身模型打造完成後，用銑刀反覆研磨刀身，磨成理想的形狀。

除去塗在刃口上的刃土，接下來，就是至關緊要的最後一步，也叫作燒刃渡。當刀身插進我用誠摯的眼淚聚集而成的冷卻水裡，瞬間激起一陣熾熱的水花。我祈求神明佑助，賜我神力，即使要我立即獻出生命，也在所不惜。求佛祖垂憐，求神明憐憫，我在這裡誠心祈禱，並不為自己的名聲或榮譽，我只求準確掌握水溫，鍛成一把好刀。世上有許多刀匠是為追求私欲或名譽而鍛造刀劍，我相信自己的作品肯定不會比他們遜色。古代曾有許多關於名匠的傳說，譬如像天國、天座、神息[21]等人，我雖不太清楚，但我聽過村正[22]的故事，還有出生在近代的助弘，後人稱他的作品為「新刀正宗[23]」，就是因為他在鍛造刀劍時心無旁鶩，全副精神都投入鍛刀的作業。哎！從前的我多麼愚蠢！古代那些所謂的名刀，譬如像小烏、小狐、鬼切、鬚切……這些名刀，都是誰打造出來的？肯定不是夜叉也不是菩薩，而是跟我一樣的人類，他們都擁有凡夫的肉體，十指俱全，背脊挺直……我不死了，不去死了，我不會隨便拋棄生命。來吧！既然生為神國日本的男子，我怎能死得像一隻小蟲？正藏思索至此，他的想法改變了，臉上表情也發生變化，眼中放出發憤圖強的紅光，髮絲全都向上倒立，就像一股正在燃燒的黑煙，直向上方竄起，彷彿要把天空燒焦似的。

正藏訂購了大量的稻荷山黃土[24]和播州[25]鐵砂，數量多得連村長看了都大吃一驚。他還在房屋周圍拉起一圈驅邪除厄的注連繩[26]。從這時起，正藏不再接受農具的訂單，就連一根釘子、一把小刀，他都不肯做，只把全副精神都用來鍛造這把刀。他做出一把，覺得不夠理想，就立刻拋棄，然後開始做第二把，這樣日復一日，整天都在重複鍛刀的作業。正藏當然是足不出戶了，就連那些趕來當「相槌」的師兄弟，也不知怎麼被他說服的，大家都不曾邁出大門一步。轉眼之間，一百二十天過去了，藩主派人前來詢問時，正藏答道：「懇求主公再寬限一些時日，如果要我在自己不滿意的作品上刻上名字，那我寧願切腹謝罪。」前來取刀的官員大吃一驚，再三勸說正藏，但是正藏就是不肯妥協，官員只好回去向藩主稟報。藩主也覺得無奈，最後甚至還幫正藏解釋說：

「正藏是要證明他非常看重我的命令吧。聽說他不肯再接其他訂單，這就是最好的證

21 天國、天座、神息：都是平安時代前期的古書裡出現過的著名刀匠。
22 村正：居住在伊勢國（現在的三重縣桑名市）的刀匠一族，此家族打造的日本刀也稱「村正」。
23 新刀正宗：江戶時代攝津國（現在的大阪與兵庫縣部分地區）刀匠助弘打造的日本刀。
24 稻荷山黃土：全國最有名、品質最佳的黃土。產於京都伏見，顏色土黃，土中含鐵。
25 播州：播磨國的別名，位於現在的兵庫縣西南部。
26 注連繩：神道教的祭祀道具之一，用來標示神聖區域與其他區域的界限。

明。好吧，那就隨他去吧。」

藩主說完，眾人無語，只有村長覺得不以為然。但正藏卻不管別人說什麼，仍是每天一大早就在晨星閃爍下開始敲響打鐵的槌聲。夏天過去了，秋天也過去了，季節已經變換，正藏卻依然埋頭苦幹，不肯稍作休息。藩主看他這麼拚命，也就不再催他。

時間過得很快，滴水成冰的寒冬降臨，鳥兒都站在稻草人身上曬太陽，落葉隨風四處飄舞，此起彼落的金屬敲擊聲傳遍整個村莊。不久，恬靜悠閒的春天來到人間，田裡的野火拉著長長的尾巴飄向天際，雲霞之間升起的熱氣造成裊裊光影，正藏聽到戶外的雉雞不時發出鳴叫，但他仍然不肯踏出大門一步。轉眼之間，夏天又過去了，打鐵的槌聲依舊叮叮噹噹響個不停。槌聲響徹雲霄，幾乎要把月亮震落，人們經常在睡夢中被那聲音驚醒。轉眼之間，三年過去了。有一天，村長家的白狗不知為何叫個不停，村長覺得有點納悶，正要出門探視一番。才踏出一步，就看到門前站著一個滿臉落腮鬍的長髮男人，清秀的臉上露出神采奕奕的表情。啊呀！原來是久違的正藏啊！

藩主宅第的華麗庭園裡，綠樹成蔭，翠葉茂密，假山與池塘相映成趣。正藏緊跟在村長的身後，誠惶誠恐地站在迴廊邊，他緊張得不得了，不停地嚥著口水，心情激動得幾乎立刻就要流下眼淚。眾位武士井然有序地並列兩旁，藩主悠然自在地坐在正中央。這時，一名近臣把正藏帶來的新刀呈了上去，藩主接過刀，靜靜地從刀鞘裡抽出那把刀。頓時一道寒光從鋒刃的鋩子[27]前端閃過。如此驚人的傑作，簡直令人無法直視。更厲害的是，如果細細打量，就會發現從刀鍔到刀尖，再從刀尖到刀柄，整把刀都閃耀著細膩柔和的光澤，刀身泛出的青光恍若秋季的長空。更因為刀身的色澤清澄，刀上的刃文被襯托得燦爛輝煌。長長的刀刃好像裹著一層寒霜的白線，不斷閃出銀光。特別是緊連刀尖的鋒刃，造型奇特，頗有一刀斷玉的氣勢。藩主愛不釋手地用心欣賞刀身，只見刀面的紋樣既像千層雲湧，又像海潮翻滾，再看，又像黑色羽毛飄在春雪之上，然後又變成了水底晃動的星影，逐漸取代湧動的雲霞。總之，這把刀真是令人驚異的稀世傑作，越看越像擁有生命似的，彷彿一眨眼就會變成一尾神龍。藩主十分痴迷地欣賞著刀身，一句話也說不出來，好像被刀迷醉了似的。半晌，藩主右手握著刀向前探出身子說：

「正藏，你辛苦了。這把刀真是夠美的。但也因為外型實在太美了，反而讓人有點不放心。刀刃銳利嗎？」

---

27 鋩子：刀尖的鋒刃部分呈現的紋樣。

聽了這話，正藏不知如何回答，專心思索幾秒，突然，他臉色一變，猛地一下跳上迴廊，撐直兩腿矗立在藩主面前，然後用手砰地一聲在自己的大肚子上拍了一下說：

「請您揮刀試試！小的我保證刀起刀落，立刻就把這肚皮切成兩半。」

幸田露伴年表

一八六七年	出生	八月二十二日，生於武藏國江戸下谷三枚橋横丁（現在的東京都台東區）。
一八六八年	一歲	因上野戰爭開戰，全家搬家至淺草諏訪町。
一八七五年	八歲	進入東京師範學校附屬小學（現在的筑波大附屬小學）就讀。
一八七八年	十一歲	東京師範學校附屬小學畢業後，進入東京府第一中學（現在的都立日比谷高中）就讀，同學年有與尾崎紅葉、上田萬年、狩野亨吉等人。
一八八〇年	十三歲	因家中經濟問題自東京府第一中學肄業，開始前往湯島聖堂的圖書館讀書，因此結識淡島寒月。
一八八一年	十四歲	進入東京英學校（現在的青山學院）就讀，並由長兄成常收留照顧。在成常影響下對俳句產生興趣，不久開始於菊池松軒的漢學塾讀書學習，培養漢學素養。
一八八三年	十六歲	自東京英學校退學，以獎學生身分進入遞信省公立電信修技學校就讀。

一八八四年	十七歲	電信修技學校畢業，於中央電信局實習一年。
一八八五年	十八歲	實習結束，以電信技師身分被派往北海道余市。讀過坪內逍遙出版的《小說神髓》，燃起對文學的熱情。
一八八七年	二十歲	八月，放棄公職，離開余市回到東京。 九月，歷經波折後終於抵達家鄉東京。旅途中創作許多俳句，其中「故里遙，惆悵伴露眠，野宿中。」即是別號「露伴」的由來。此段歷程也在六年後以日記體裁進行連載，題名為《突貫紀行》。
一八八八年	二十一歲	開始下筆撰寫出道作〈露團團〉。
一八八九年	二十二歲	二月，在依田學海的推薦下於《都之花》連載《露團團》，博得讀者好評，正式於文壇出道。 九月，於《新著百種》發表短篇小說〈風流佛〉。 十二月，以客座小說寫手的身分加入日就社（現在的讀賣新聞社）。
一八九〇年	二十三歲	一月，於《日本之文華》發表〈緣外緣〉（後改題為〈對髑髏〉）。 六月，在赤城山之旅的旅宿中寫下〈鬍子男〉、〈一口劍〉兩篇小說。旅途結束後離開日就社，進入國會新聞社。
一八九一年	二十四歲	搬家至根岸，與居住附近的饗庭篁村、幸堂得知、森田思軒、岡倉天心、高橋太華等人組成「根岸黨」。

		二月，完成小說〈豔魔傳〉。
		十一月，〈五重塔〉於《國會》連載。
一八九二年	二十五歲	五月，長篇小說〈鯨取〉於《國會》連載。
一八九三年	二十六歲	一月，長篇小說〈風流微塵藏〉於《國會》連載。
一八九四年	二十七歲	罹患傷寒，一度徘徊於生死邊緣，痊癒後創作欲望衰退。
一八九五年	二十八歲	三月，與山室幾美結婚。
		停止〈風流微塵藏〉的連載，成為未完成之作。
一八九六年	二十九歲	發表〈新羽衣物語〉。
一八九九年	三十二歲	發表〈椀久物語〉。
一九〇〇年	三十三歲	長女幸田歌出生。
一九〇五年	三十七歲	棄筆小說〈滔天浪〉，此後將寫作重心轉至撰寫史傳及古典評論。
		九月，次女幸田文出生。
一九〇六年	三十九歲	長子幸田成豐出生。
一九〇八年	四十一歲	受聘為京都帝國大學講師，搬家至京都，未滿一年即辭職回到東京。
一九一〇年	四十三歲	妻子山室幾美過世。

一九一一年	四十四歲	取得文學博士學位。
一九一二年	四十五歲	長女幸田歌因猩紅熱過世。 與兒玉八代再婚。
一九一九年	五十二歲	四月，歷史小說〈命運〉於《改造》連載，被譽為史傳最高峰之作。
一九二〇年	五十三歲	著手撰寫《芭蕉七部集》評釋。
一九二六年	五十九歲	長子幸田成豐因肺結核過世。
一九三三年	六十六歲	與妻子兒玉八代分居。
一九三七年	七十歲	獲第一屆文化榮譽勳章。與妹妹幸田延同時成為帝國藝術院會員。
一九四〇年	七十三歲	小說〈連環記〉於《日本評論》發表。
一九四五年	七十八歲	妻子兒玉八代過世。
一九四七年	八十歲	完成《芭蕉七部集》評釋。 七月三十日，於千葉縣市川市的自宅病逝。

日本近代文學大事記

一八八五年	明治十八年	四月，坪內逍遙的文學論述《小說神髓》出版，講述近代小說的理論與方法，提出寫實主義，影響了之後的日本近代文學。 五月，尾崎紅葉、山田美妙、石橋思案、丸岡九華等人成立文學團體硯友社，推崇寫實主義，創刊日本近代第一本文藝雜誌《我樂多文庫》。
一八八六年	明治十九年	四月，二葉亭四迷發表文學理論〈小說總論〉，補充了《小說神髓》的不足之處，兩者皆為對於日本近代小說的重要評論。 七月，谷崎潤一郎出生於東京市（現東京都）。
一八八七年	明治二十年	六月，二葉亭四迷發表長篇小說《浮雲》，此作以言文一致的筆法寫成，宣告日本近代文學開始。
一八八八年	明治二十一年	十二月，菊池寬出生於香川縣。

一八八九年	明治二十二年	一月，饗庭篁村、山田美妙等十四名文學同好共同編輯文藝雜誌《新小說》。同月，夏目漱石初識正岡子規，開始進行創作。 四月，尾崎紅葉出版《二人比丘尼色懺悔》，登上硯友社主導地位。 五月，夏目漱石於評論子規《七草集》時首次使用漱石的筆名。 九月，幸田露伴的小說《風流佛》出版。明治二十年代，幸田露伴與尾崎紅葉並列為兩大代表作家，文壇稱作「紅露」。 十一月，泉鏡花入尾崎紅葉門下。
一八九〇年	明治二十三年	一月，森鷗外發表短篇小說〈舞姬〉，對之後浪漫主義文學的形成有極大影響。
一八九二年	明治二十五年	三月，芥川龍之介出生於東京市（現東京都）。
一八九三年	明治二十六年	一月，島崎藤村與北村透谷創刊文學雜誌《文學界》，以浪漫主義為主，對抗當時主導文壇的硯友社。
一八九四年	明治二十七年	八月，甲午戰爭爆發。 十二月，樋口一葉接連創作出〈大年夜〉、〈濁流〉、〈青梅竹馬〉、〈岔路〉和〈十三夜〉等，轟動文壇。此時至一八九六年一月，後世評論者稱之為「奇蹟的十四個月」。

一八九五年	明治二十八年	一月，學術藝文雜誌《帝國文學》創刊。 四月，甲午戰爭結束。 六月，泉鏡花於純文學雜誌《文藝俱樂部》發表短篇小說〈外科室〉，帶起甲午戰爭後的觀念小說風潮。 十二月，金子光晴出生於愛知。
一八九六年	明治二十九年	一月，森鷗外、幸田露伴、齋藤綠雨創辦雜誌《醒草》，提倡近代詩歌、戲劇的改良。 十一月，樋口一葉逝世。
一八九八年	明治三十一年	一月，國木田獨步於雜誌《國民之友》發表小說〈武藏野〉，以浪漫派作家身分展開創作生涯。 三月，橫光利一出生於福島。 十二月，黑島傳治出生於香川縣。
一八九九年	明治三十二年	五月，壺井榮出生於香川縣。 六月，川端康成出生於大阪市。
一九〇〇年	明治三十三年	四月，與謝野鐵幹和與謝野晶子創立《明星》詩刊，傳承浪漫派精神。
一九〇三年	明治三十六年	三月，國木田獨步發表小說〈命運論者〉，此作與十月發表的小說〈老實人〉筆法轉向寫實，為開啟自然主義派先鋒之作。

		十月，尾崎紅葉逝世。 十二月，小林多喜二出生於秋田縣。
一九〇四年	明治三十七年	二月，日俄戰爭爆發。
一九〇五年	明治三十八年	一月，夏目漱石於《杜鵑》發表〈我是貓〉，大獲好評。 七月，蒲原有明發表詩集《春鳥集》，引領日本現代詩的象徵主義。同月，石川達三出生於秋田縣。 九月，日俄戰爭結束。
一九〇六年	明治三十九年	三月，島崎藤村自費出版小說《破戒》。此作與夏目漱石的《我是貓》並譽為二十世紀初寫實主義的雙璧。 十月，坂口安吾出生於新潟縣。
一九〇七年	明治四十年	一月，在森鷗外的支持下，上田敏等人成立文藝雜誌《昴星》，標誌著新浪漫主義的衍生。 九月，田山花袋於雜誌《新小說》發表小說〈棉被〉，為自然主義的先驅，也是私小說的起點之作。 十月，小山內薰創刊《新思潮》雜誌，引介歐美戲劇以及文藝動向，隔年三月停刊。
一九〇八年	明治四十一年	六月，國木田獨步逝世。

一九〇九年	明治四十二年	三月，大岡昇平出生於東京市（現東京都）。 五月，二葉亭四迷逝世。 六月，太宰治出生於青森縣。
一九一〇年	明治四十三年	四月，志賀直哉、武者小路實篤、有島武郎、有島生馬創刊《白樺》雜誌，提倡新理想主義和人道主義。 五月，永井荷風創辦雜誌《三田文學》。 六月，社會主義者策畫暗殺明治天皇，政府大肆搜捕社會主義者和無政府主義者，史稱「大逆事件」。幸德秋水與同夥遭逮捕審判，翌年判處死刑。 九月，以小山內薰為首，集結谷崎潤一郎、和辻哲郎、後藤末雄等人第二次創立《新思潮》雜誌。 十月，山田美妙逝世。
一九一二年	大正元年	一月，德田秋聲的《黴》出版單行本，獲得空前的評價。一九一〇年發表的小說《足跡》也趁勢出版。兩部作品令德田秋聲奠定自然主義的地位。
一九一四年	大正三年	二月，山本有三、豐島與志雄、久米正雄、芥川龍之介、松岡讓、菊池寬等人第三次創立《新思潮》雜誌。久米正雄發表〈牛奶場的兄弟〉，豐島與志雄發表〈湖水與他們〉，皆為新思潮派的代表作。 七月，第一次世界大戰爆發。

一九一五年	大正四年	十月，芥川龍之介於雜誌《帝國文學》發表〈羅生門〉。在松岡讓的介紹下入夏目漱石門下。
一九一六年	大正五年	二月，菊池寬、芥川龍之介、久米正雄、松岡讓和成瀨正一等人第四次創立《新思潮》雜誌。芥川龍之介的短篇小說〈鼻〉受到夏目漱石激賞。 十二月，夏目漱石逝世。
一九一七年	大正六年	二月，萩原朔太郎自費出版第一本詩集《吠月》，獲得森鷗外讚賞，開拓象徵詩派的新領域。
一九一八年	大正七年	十一月，第一次世界大戰結束。同月，武者小路實篤於宮崎縣木城村發起「新村運動」，建立勞動互助的農村生活，實踐其奉行的人道主義。
一九二一年	大正十年	一月，志賀直哉開始於《改造》雜誌連載小說〈暗夜行路〉。 二月，小牧近江、今野賢三、金子洋文創刊雜誌《播種人》，鼓吹擁護蘇俄的共產革命，劃下無產階級文學時代的開始。
一九二二年	大正十一年	菊池寬創刊《文藝春秋》，致力於培養年輕作家。
一九二三年	大正十二年	一月，菊池寬創立文藝春秋出版社。 九月，關東大地震後，政府趁動亂鎮壓左翼運動者，社會主義評論家大杉榮遭憲兵隊殺害，無產階級文學運動暫時受挫停擺。谷崎潤一郎舉家從東京遷至京都。

一九二四年	大正十三年	六月，《播種人》改名《文藝戰線》復刊。 十月，橫光利一、川端康成、今東光、石濱金作、片岡鐵兵、中河與一等人創刊雜誌《文藝時代》，主張追求新的感覺。雜誌第一期揭載橫光利一的短篇小說〈頭與腹〉促成「新感覺派」的開始。
一九二五年	大正十四年	一月，三島由紀夫出生於東京市（現東京都）。 十二月，《文藝戰線》雜誌集結無產階級文學雜誌、學者，成立「日本無產階級文藝聯盟」，使無產階級文學得以迅速發展。
一九二六年	昭和元年	十一月，無產階級文學運動第一次內部分裂。「日本無產階級文藝聯盟」內部實行改組，改名為「日本無產階級藝術聯盟」。遭排除的非馬克思主義者另立「無產派文藝聯盟」，創立雜誌《解放》。
一九二七年	昭和二年	二月，芥川龍之介於文學講座上公開批評谷崎潤一郎的小說，展開一連串芥川與谷崎的小說藝術爭論。兩人於《改造》雜誌上撰文駁斥對方引發筆戰，直至七月芥川自殺。 五月，《文藝時代》宣布停刊。 六月，葉山嘉樹、林房雄、藏原惟人、黑島傳治、村山知義等人遭「日本無產階級藝術聯盟」剔除，另組「勞農藝術家同盟」。 十一月，藏原惟人退出「勞農藝術家同盟」，另組「前衛藝術家同盟」。

一九二八年	昭和三年	三月，藏原惟人為了讓無產階級文學運動者不再分裂對立，結合「日本無產階級藝術聯盟」、「勞農藝術家同盟」等團體組成「日本左翼文藝家」，之後誕生「全日本無產者藝術聯盟」。 五月，濟南事件。 六月，中村武羅夫發表評論〈是誰踐踏了花園！〉，公開抨擊無產階級文學。 十二月，「全日本無產者藝術聯盟」創立文藝雜誌《戰旗》，迎來無產階級文學的高峰。
一九二九年	昭和四年	三月，小林多喜二完成小說〈蟹工船〉，發表於《戰旗》雜誌。此作為無產階級文學的代表作，受到國際高度評價。 十月，橫光利一、川端康成、犬養健、堀辰雄等人創刊《文學》雜誌。 十二月，中村武羅夫、川端康成、龍膽寺雄、淺原六朗、嘉村礒多、久野豐彥、岡田三郎、飯島正、加藤武雄、權崎勤、尾崎士郎、佐佐木俊郎、翁久允等人組成「十三人俱樂部」，號稱「藝術派十字軍」。
一九三〇年	昭和五年	四月，以「十三人俱樂部」為中心，吸收其他現代主義派作家如舟橋聖一、阿部知二、井伏鱒二、雅川滉，成立「新興藝術派俱樂部」，公開反對馬克思主義，取代新感覺派，成為文壇上最大宗的現代藝術派別。 七月，小林多喜二因〈蟹工船〉遭到當局以不敬罪起訴，遭捕入獄。

		十一月，黑島傳治發表以濟南事件為題材的長篇小說《武裝的城市》，遭當局禁止發行。
一九三一年	昭和六年	十一月，「全日本無產者藝術聯盟」底下的專業同盟與其他無產階級文化團體合併為「日本無產階級文化聯盟」，創辦《無產階級文化》雜誌。
一九三二年	昭和七年	三月，保田與重郎創刊《我思故我在》，反對無產階級派和現代藝術派，主張回歸日本傳統，為「日本浪漫派」之前身。
一九三三年	昭和八年	二月，小林多喜二遭當局逮捕殺害。 五月，室生犀星、井伏鱒二等人成立「秋聲會」，島崎藤村並成立「德田秋聲後援會」鼓勵創作低迷的德田秋聲。 十月，小林秀雄、林房雄、武田麟太郎、川端康成、廣津和郎、深田久彌、宇野潔二等人重新創立新《文學界》雜誌。另一方面，舟橋聖一、阿部知二成立《行動》雜誌。 十二月，《無產階級文化》發行最後一期，隔年「日本無產階級文化聯盟」被迫解散。
一九三五年	昭和十年	二月，坪內逍遙逝世。同月，直木三十五逝世。 四月，菊池寬為紀念好友芥川龍之介與直木三十五，創立「芥川賞」與「直木賞」。前者為鼓勵純文學新人作家，後者則是給予大眾作家的榮譽肯定。 第一屆芥川賞頒予石川達三的〈蒼氓〉，直木賞得獎作家為川口松太郎。

一九三六年	昭和十一年	二月，陸軍中「皇道派」的青年軍官率領數名士兵，刺殺「統制派」政府官員，包含兩任前首相，並且一度占領東京。後來遭到撲滅。此政變又稱「帝都不祥事件」。 三月，武田麟太郎、本庄陸男、平林彪吾等人創立《人民文庫》，獲得無產階級派作家的支持。另一方面，保田與重郎、神保光太郎、龜井勝一郎、中島榮次郎、中谷孝雄、緒方隆士等人創刊《日本浪漫派》雜誌，伊東靜雄、太宰治、檀一雄等人也加入其中。
一九三七年	昭和十二年	四月，永井荷風出版小說《濹東綺譚》，此作體現荷風小說的深沉內涵，也流露出對時局的消極反抗。 十二月，日軍占領中國南京。
一九三八年	昭和十三年	二月，菊池寬以促進文藝發展、表彰卓越作家為目的，成立日本文學振興會。 三月，石川達三目睹南京大屠殺慘況後，寫成小說《活著的兵士》，發表後遭當局判刑。
一九三九年	昭和十四年	九月，第二次世界大戰爆發。同月，泉鏡花逝世。
一九四一年	昭和十六年	十二月，太平洋戰爭爆發。
一九四三年	昭和十八年	八月，島崎藤村逝世。

一九四五年	昭和二十年	十月，黑島傳治逝世。 十一月，德川秋聲逝世。 八月，日本宣布無條件投降。 十二月，以秋田雨雀、江口渙、藏原惟人、德永直、中野重治、藤森成吉、宮本百合子等戰爭期間遭受鎮壓的無產階級作家為中心，組成「新日本文學會」。
一九四六年	昭和二十一年	一月，荒正人、平野謙、本多秋五、埴谷雄高、山室靜、佐佐木基一、小田切秀雄等人創刊《近代文學》，提倡藝術至上主義，邁開戰後文學第一步。 五月，太宰治在《東西》雜誌發表無賴派宣言：「我是自由人，我是無賴派。」無賴派因此得名。 六月，坂口安吾《墮落論》出版。 七月，谷崎潤一郎重新執筆因戰爭而停止連載的小說《細雪》，至隔年三月共完成三冊。
一九四七年	昭和二十二年	七月，太宰治於《新潮》雜誌連載小說《斜陽》，同年十二月出版。 十二月，橫光利一逝世。
一九四八年	昭和二十三年	五月，太宰治完成《人間失格》。此作與《斜陽》皆為無賴派體現於小說創作上的代表作。 六月，太宰治自殺。同月，菊池寬逝世。

一九五〇年	昭和二十五年	六月，韓戰爆發。
一九五一年	昭和二十六年	一月，大岡昇平於《展望》雜誌發表〈野火〉，隔年出版，成為戰爭文學代表作之一。
一九五二年	昭和二十七年	二月，壺井榮於基督教雜誌《New Age》連載小說《二十四隻瞳》，同年十二月出版。
一九五三年	昭和二十八年	七月，簽署停戰協定。韓戰結束。
一九五八年	昭和三十三年	一月，大江健三郎於《文學界》發表短篇小說〈飼育〉，同年獲得芥川賞，是當時有史以來最年輕的受獎者。
一九五九年	昭和三十四年	四月，永井荷風逝世。
一九六五年	昭和四十年	七月，谷崎潤一郎逝世。
一九六八年	昭和四十三年	十月，川端康成以《雪國》、《千羽鶴》及《古都》等作品獲得諾貝爾文學獎，為歷史上首位獲獎的日本人。
一九七〇年	昭和四十五年	十一月，三島由紀夫發動政變失敗後自殺。
一九七一年	昭和四十六年	十月，志賀直哉逝世。
一九七二年	昭和四十七年	四月，川端康成逝世。

作者簡介

幸田露伴（一八六七－一九四七）

本名為幸田成行，別號蝸牛庵、雷音洞主、脫天子等。一八六七年出生於江戶下谷（現在的東京都台東區）。一八七八年進入東京府第一中學（現在的都立日比谷高校），與尾崎紅葉、上田萬年、狩野亨吉等人為同學，後轉學至遞信省創辦的電信學校。畢業後以電信技師身分派往北海道余市，並於此段時期接觸到大量文學作品。其中，坪內逍遙的《小說神髓》為露伴帶來極大啟發，因此萌生從事文學創作的想法。

一八八七年，露伴放棄北海道的公職，徒步返回東京。在這段艱苦的旅途中，他創作了許多俳句，其中的一首：「故里遙，惆悵伴露眠，野宿中。」即是他最有名的別號「露伴」的由來。露伴回到東京後開始積極發表創作，他於一八八九年在文學雜誌《新著百種》發表的小說〈風流佛〉受到廣大讀者矚目，隔年在《國民之友》月刊發表〈一口劍〉，其後在《國會》進行小說〈五重塔〉的連載，就此奠定文壇地位。這段期間，露伴與同世代的尾崎紅葉打造出被稱為「紅露時代」的黃金時代，以更接近口語的寫作風格獲得大眾讀者青睞，並有「寫實主義就是尾崎紅葉，理想主義就是幸田露伴」這一說法。

一九三七年，露伴因其文學成就榮獲日本政府頒發的第一屆文化勲章，同年成為帝國藝術院會員。一九四七年因狹心症逝世，得年八十歲。

譯者簡介

章蓓蕾

生於台北，政大新聞系畢業。一九八一年起定居日本，專事翻譯三十多年，共有譯作六十餘部。一九八五年歸化日籍，日名立場寬子（Tateba Hiroko）。熱愛江戶明治的歷史文化，近年的譯作多與江戶明治有關，其中包括明治小說《三四郎》、《後來的事》、《門》、《明暗》、《金色夜叉》，以及介紹江戶民俗的《江戶的秘密》、《江戶人的生活超入門》、《春畫》、《江戶百工》、《江戶百業》等。著有《明治小說便利帖：從食、衣、住、物走入明治小說的世界》。

幡014 **風流佛**
Fūryūbutsu by Kōda Rohan

作　　者	幸田露伴
譯　　者	章蓓蕾
總 策 畫	楊　照
封面設計	王志弘
校　　對	呂佳真
責任編輯	丁　寧
國際版權	吳玲緯
行　　銷	闕志勳　吳宇軒
業　　務	李再星　陳美燕　李振東
總 編 輯	巫維珍
編輯總監	劉麗真
發 行 人	凃玉雲
出　　版	麥田出版 地址：104473台北市中山區民生東路二段141號5樓 電話：(02)2500-7696 傳真：(02)2500-1967
發　　行	英屬蓋曼群島商家庭傳媒股份有限公司城邦分公司 地址：104473台北市中山區民生東路二段141號11樓 網址：www.cite.com.tw 客服專線：(02)2500-7718｜2500-7719 24小時傳真專線：(02)-2500-1990｜2500-1991 服務時間：週一至週五09:30-12:00｜13:30-17:00 劃撥帳號：19863813 戶名：書虫股份有限公司 讀者服務信箱：service@readingclub.com.tw
香港發行所	城邦（香港）出版集團有限公司 地址：香港灣仔駱克道193號東超商業中心1/F 電話：+852-2508-6231 傳真：+852-2578-9337
馬新發行所	城邦（馬新）出版集團【Cite (M) Sdn. Bhd.】 地址：41-3, Jalan Radin Anum, Bandar Baru Sri Petaling, 57000 Kuala Lumpur, Malaysia. 電話：+6(03) 9056 3833 傳真：+6(03) 9057 6622 讀者服務信箱：services@cite.my
麥田部落格	http://ryefield.pixnet.net
印　　刷	漾格科技股份有限公司
初版一刷	2023年8月
售　　價	470元
I S B N	978-626-310-480-8
電 子 書	978-626-310-481-5（EPUB）

國家圖書館出版品預行編目(CIP)資料

風流佛／幸田露伴著；章蓓蕾譯. -- 初版. -- 臺北市：麥田出版：英屬蓋曼群島商家庭傳媒股份有限公司城邦分公司發行, 2023.08
　面；　公分. --（幡；14）
譯自：風流仏
ISBN 978-626-310-480-8（平裝）

861.57　　112008306

城邦讀書花園
www.cite.com.tw

Printed in Taiwan.
本書若有缺頁、破損、
裝訂錯誤，請寄回更換。